고독한 밤에 호루라기를 불어라

이응준 산문집

민음사

우주의 전사(戰士) 토토에게

"엄마는 괴물 같은 건 없다고 했지만 정말로 있어요."

"정말 그렇지?"

"왜 어른들은 거짓말을 해요?"

—영화 「에일리언2」에서

글쓰기의 목적은 살아남고 이겨내고 일어서는 것이다.

행복해지는 것이다.

—스티븐 킹, 『유혹하는 글쓰기』[1]에서

고독한 밤에 호루라기를 불어라

서문

　나는 작은 개 한 마리와 명왕성에 단둘이 살고 있다. 여기서 우주천체망원경으로 지구가 보인다. 인간들이 보이고 인간이 아닌 것들도 보인다. 언제부터인가 내가 살아가는 기분은 이렇다. 정말 그런 거 같기도 한데, 다시 지구로 돌아가고 싶지는 않다. 대신 메시지가 있고, 그게 이 책이다.

　세상 기준에서 봤을 때 나는 행복한 사람이 아닐 수 있다. 내 기준으로 봐서도 내가 마음에 드는 것은 아니다. 다른 모든 사람들이 뻔뻔하게 혹은 수줍게 감추고 있는 것처럼 나는 쓸쓸하고 정처 없다. 우리는 다 이러다 사라질 것이다. 그걸 부정하고 싶지는 않다. 내가 공산주의자가 되지 못한 것은 인간이 태어나는 그 순간부터 죽음 앞에서 공평하기 때문이다. '허무'를 잊지 않기에 나는 강하다.

세상이 묻지도 않았는데 대답하는 인간은 크게 봐서 두 종류가 있는데, 하나는 실성한 사람이요 다른 하나는 작가이다. 신이 인간에게 하는 질문은 복잡하고 난해해야 하며 인간이 신에게 하는 질문은 단순하고 명확해야 한다. 나는 두 가지 질문을 다 취급한다. 작가가 이런 임무에 충실하게 살아가면 실성하지 않을 수가 없다. 그걸 '상처'라고 불러도 좋고 '슬픔'이라고 해도 굳이 반대하진 않겠다. 다만 내가 원하는 것은 내가 솜씨 좋은 목수(Carpenter) 같은 존재가 되는 것이었다. 앞으로도 그럴 것이다.

이 책의 절반 정도는 죽음이 내게 가까이 와 있던 시절에 쓴 것들이다. 만약 이 책에 뛰어난 점이 있다면 바로 그 때문일 것이다. 사랑에 대해 질문한다는 것은 인생과 죽음에 대해 질문한다는 것이며, 신에 대해 질문하는 것은 사랑에 대해 질문하는 나를 포기하지 않는 것이다.

스무 살 무렵 작가가 된 이후로 많은 글들을 써 왔지만, 단 한 번도 내 책이 사람들에게 도움이 되면 좋겠다는 생각을 한 적이 없었다. 만약 어디에 그렇게 썼거나 어디에서 그런 말을 했다면, 이유는 그때그때마다 달랐겠지만 실토하건대 거짓이었다. 나는 나를 위해 썼다. 하지만 돌이켜보니,

이제껏 내 글들은 장르를 불문하고 신에게 보내는 일종의 '조난신호'였다. 그것들이 누군가에게는 등대 불빛으로 작용하지 않았을까 하는 희망을 가져 본다. 나는 이 책이 당신에게 도움이 됐으면 좋겠다. 이번에는 거짓이 아니다. 정말이다.

아무나 작가인 시대에 이런 나를 '자신의 몇 안 되는 작가'로 기억해 주는 이들이 있다. 그들에게 안부 인사로 이 책을 전한다. 내가 살아 있듯이 당신들도 살아 있다는 그런 생각을 해 보는 것은 나약함이 아니라 자부심이다. 그간 어떻게 지냈는지는 묻지 않겠다. 세상은 어둡고 독하기 때문이다. 홀로 걷고 걸을 때 나는 아, 내가 아직 살아 있구나, 그럴 뿐이지만, 내 마음속에서 당신들이 영원히 살아 있기에 나는 기쁘다. 나는 지금 이 순간, 당신이 환하게 웃으면 좋겠다.

2023년 8월 이응준

1부

명왕성에서 이별

명왕성에서 이별

인류와 인공지능 기계들이 아마겟돈과 같은 전쟁을 벌인다면 과연 어떤 결과가 도래할 것인가? 누구는 인류 쪽이 이기고 누구는 인공지능 기계들 쪽이 이길 거라고 제각기 나름의 일리 있는 주장들을 내놓을 터이다. 만약 내 의견을 묻는다면, 나는 후자가 전자를 멸망시키리라고 본다. 결코 인간이 한심해서가 아니라, 기계는 사랑하는 이의 죽음에 대한 슬픔과 그 후유증이 없을 것이기 때문이다. 기계는 영혼이 없으므로 당연히 영혼의 소모나 황폐 또한 없다. 일단 적으로 입력되어 있으니 무조건 그 적을 계산 값이 나오는 바대로 무정하게 죽이면 그만인 것이고, 적에 의해 동료가 파괴됐다고 한들 한 치도 흔들릴 까닭이 없다. 행여 인간의 증오 내지는 복수심이 기계와의 사생결단에 도움이 되리라는 반박은 가당치 않다. 작은 싸움이라도 제대로 치러 본 경험이 있는 사람이라면 세상 모든 전쟁은 힘과 냉정함 그 두 가지에 의해 좌우됨을 모를 리 없을 것이다. 인간들이 사랑하는 이의 죽음에 마음을 뺏길 동안, 기계군단은 인간의 살에 불을 지르고 뼈를 바수어 버리고 말 것이다.

위와 같은 내 조금은 엉뚱한 생각이 정말 과학적으로 타당한 것인지 아닌지에 관하여 기실 나는 아무런 관심이 없다. 내 저 말들이 맞건 틀리건 저 말들을 통해서 내가 하고 싶은 말들은 정작 따로 있다는 소리다. 요즘의 나는 차라리 내게 감정이라는 게 아예 존재하지 않았으면 좋겠다고 바랄 만큼 죽음이라는 단어 앞에서 눈물을 흘리고 있는 중이다. 이 눈물은 타인에게 보이기도 하고 보이지 않기도 하는 눈물이다. 보이지 않는 눈물은 보이는 눈물보다 때로 더 아프고 외롭다. 이승의 상처들이 대부분 그러하듯.

내 어머니가 죽었을 때 나는 스물일곱 살의 청년이었다. 오랜 세월 동안 국어 교사였던 어머니는 유방암 수술을 받으며 10년 정도 앓았고 그중 3년은 재발 기간이었다. 어머니와 나는 병실에서 단둘이 지냈다. 나는 어머니의 대소변까지 받아 내면서 열심히 간호했다. 이십 대 중반의 혈기왕성한 사내놈이 혹독한 고통에 시달리는 암 환자를 돌보며 좁은 병실 안에 갇혀 있는 일은 직접 겪어 보지 않고서는 이해하기 힘든 어둠이었다. 병수발 3년에 효자가 없다는 소리는 결코 싸가지 없는 과장이 아니다. 어머니의 상태가 아무런 호전도 기대할 수 없게 되자, 어느새 나는 계속 이런 식이라면 어머니의 삶이 차라리 이쯤에서 마무리되는 게 낫지 않을까 하는 은밀한 생각까지 품게 되었으니까. 이건 고백 성사 이전에 내 있는 그대로의 과거다.

그리고 그날 그 저녁, 나는 죽음을 보았다. 진통제로 절은 어머니의 육신은 소시지에 마구 난도질을 해 놓은 듯했다. 나는 그 무수한 흉터들의 내력을 낱낱이 알고 있었다. 나는 내 어머니의 얼굴 속에서 괴로워 소리치는, 일그러진 인간의 수만 가지 얼굴들을 읽었다. 요컨대, 구원을 바랄 수 없는 완벽한 절망이란 바로 그런 것, 지구는 단두대 모양을 하고 있었다. 사과나무로부터 아무 생각 없이 떨어지는 살찐 사과처럼, 어떤 그림자 덩어리가 내 정수리에서 쑤욱—빠져나와 발등을 때리곤 병실 바닥을 데굴데굴 굴러 침대 밑으로 들어갔다. 낮에 어머니는 젊은 여의사에게 크리스천이냐고 물었다. 그녀는 천천히 고개를 저었다. 어머니는 자신은 천국에 갈 것이므로 죽는 게 두렵지 않다고 했다. 그저 고통만 없애 달라고 애원했다. 젊은 여의사는 진통제 주사를 놓았다. 어머니가 어머니에서 시체로 변하는 순간, 나는 얼음이 되어 가는 어머니의 입술에 입을 맞추었다. 젊은 여의사는 비닐장갑을 낀 손으로 어머니의 열려진 항문을 확인하고는 쓸쓸한 표정으로 사망선고를 하였다. 역시 후일담일 뿐이지만, 그 경험 이후로 내게는, 사제(司祭)처럼 행동하지 않는 의사들을 저주하는 버릇이 생겼다. 숨지기 한 시간쯤 전이던가. 어머니는 반혼수 상태에서 갑자기 일어나 코앞에 있는 나를 허공 대하듯 하며 자꾸만 나를 찾고 또 찾았다. 어머니는 자신의 유일한 아들이 독일 쾰른에 있는 걸로 착각하고 있었다. 그러고는 둘러싼 모두를 향해 내 아들에게 잘못하면 자기의 원수가 될 거라고 말하였다. 어머니는 다시 누웠고 다시는 일어나지 않았다. 지하 시체실로 내려가는 엘리베이터는 끝없이 추락하는 것만 같았다. 내가 아이고, 아이고, 서럽게 우는데, 밀랍인형처럼 생긴 대머리 시체실 관리인은 이렇게 위로했다.

"학생. 걱정하지 마. 이거 냉동고 아니야. 냉장고야."

어머니의 시신은 육중한 냉장고 안으로 들어갔다. 쿵, 하고 은빛 냉장고 문이 닫힐 때, 나는 내 인생의 한 시절이 막을 내리는 소리를 들었다.

나는 현대무용가 김화숙 선생이 중고 턴테이블을 선물해 준 덕택에 클래식광이던 어머니의 LP들을 자주 듣는다.

요즘도 가끔씩 그런 식으로 어머니의 친구들을 만나기도 하는데, 어느 원로 연극배우는 어머니의 표정을 그대로 흉내 내며 눈시울을 붉히더라. 나중에 어머니의 유품들을 정리하는 와중에, 어머니의 수첩 커버 안쪽에 내 사진이 끼워져 있는 것을 발견했다. 1년여 대학교를 휴학한 채 머물렀던 독일 쾰른의 대성당 앞에 서 있는 스물두세 살 무렵 나는 미소를 짓고 있었다. 아직은 인생의 큰 슬픔에 오염되지 않았던 내 낯선 얼굴이었다. 어머니의 49제까지 치른 뒤 그저 나는 언젠간 내게도 어김없이 닥칠 것을 미리 보았을 뿐이라고 생각하기 위해서 많은 노력을 기울였지만, 이후로 3년 가까이 마치 월남전에서 귀환한 야전병사가 심리적 외상에 시달리듯 방황할 수밖에 없었다. 요즘도 가끔씩 나는 그날 그 저녁 문득, 내 정수리에서 빠져나와 발등을 때리곤 데굴데굴— 병실 바닥을 굴러 침대 밑으로 들어갔던 어떤 그림자 덩어리가 떠오른다. 그리고 그것이 거기에 아직도 웅크리고 있는 것 같은 기분에 휩싸이곤 한다. 시간은 모든 것을 지워간다. 내 안에 있는 것들도 내 밖에 있는 것들도, 무엇보다 나 자신마저도 다 사라지게 만든다. 시간은 어머니의 죽음도 그렇게 만들어 가고 있었다. 그나마 다행한 일이었다.

그리고 얼마 전. 지난 16년간 나를 위로해 주고 지켜 주었던 내 강아지 토토가 무지개다리를 건너가 버렸다. 토토가 치매 현상을 보이기 시작하면서부터 나는 토토를 돌보기위해 거의 아무 일도 할 수가 없었다. 짐승도 나이가 들면사람이 노환을 앓는 것과 똑같다는 것이 굉장히 끔찍한 슬픔을 환기하고 있었다. 토토는 머리를 요란하게 흔들고, 정처 없이 헤매며, 어두운 구석으로 처박히듯 들어갔다가는, 이윽고 함정과 늪에 빠진 것처럼 되돌아 나오질 못하고 있었다. 작은 늙은이가 나의 아들이라는 게 너무 이상했다. 애잔함이 고통보다 더 괴로워질 즈음 나는 토토에게 기저귀를채워 주었다. 태어난 지 석 달 된 강아지였을 적에도 채우지 않았던 기저귀. 토토는 다시 어려진 게 아니라 내가 모르는 어떤 사람이 된 것 같았다. 나는 슬프기 직전에서 생각을멈추고 오로지 행동하기 위해 애썼다. 쓸데없는 질문보다는 그것이 강해지는 훈련에 가까웠기 때문이다. 사실 우리가 살아가는 데에는 그다지 많은 대화가 필요치 않다. 사랑도 마찬가지다. 노환에 스스로 곡기를 끊고 죽으려드는 토토에게 그 마지막 3주 동안 온갖 맛있는 것들을 뒤섞고 빻아서 버무린 특식을 나무숟가락으로 떠먹였고 심지어는 의료기기 상가에서 사람 환자들이 쓰는 스포이트까지 사 와서음식 농축액을 억지로라도 먹이게 되었다. 나중에는 토토를 간호하다가 내가 몸살감기에 걸려 한참 고생을 했다. 그러는 나를 보고 누구는 안락사를 시키라는 소리도 했다. 그러나 백번을 양보해 그것이 나와 토토를 위하는 말일지라도 무조건 절대 말도 안 되는 소리였다. 만약 그런 짓을 한다면 나의 나머지 인생이 어떠할지 나는 잘 알고 있었다. 책임을 다하지 않은 인생은 결국 망한다. 게다가 암 같은 병에 걸려 고통에 시달리는 것이 아니라 자연스러운 노환이라면 나는 토토를 토토의 죽음까지 잘 배웅해 주어야 했다. 녀석이 단 하루라도 더 내 곁에 있어만 준다면 나는, 단 하루만큼 더 용기 있는 사람이 될 수 있을 거였다. 꼭 끌어안고 있는 우리는, 겁쟁이가 아니었다. 그러나 그것도 한계가 있었는지, 토토는 그 혼란 속에서도 이제 더 이상은 아무것도 먹지 않겠다는 표시를 분명히 내었다. 나는 토토와 눈으로 말하며, 그럼 그렇게 해 주겠다고, 이제부터는 아무것도 먹지 말자고 말했다. 그날부터 나흘간 나는 토토의 곁에 누워 토토의 머리에 손을 얹은 채 잠들고 깨어 있었다. 나는 오로지 녀석의 얼굴과 눈동자만 들여다보면서 지냈다. 반려동물들은 죽으면 무지개다리를 건너간다고 한다. 그리고 후일 주인이 죽으면 가장 먼저 달려와 반긴다고 한다. 나는 반려동물이 죽고 나서 우울증 치료를 받는 사람들이 있다는 소리가 과장이 아님을 체험하고 있다.

『대반열반경』에 이런 대목이 나온다. 35세에 깨달음을 얻어 장장 45년 간 팔만대장경 분량의 가르침을 설파하고 다니던 석가모니는 80세의 노구로 자신이 영면에 들 때가 되었음을 스스로 알았다. 인도 쿠시나가르의 히란냐바티 강가에는 사라나무 두 그루가 서 있었다. 제자 아난다는 그것들 사이에 북쪽으로 침상을 마련해 삶에 지친 스승을 가만히 뉘였다. 아직 꽃 필 때도 아닌데 주변의 모든 사라나무들은 활짝 꽃을 피워내 흰 꽃잎들이 눈보라처럼 천지에 휘날렸다. 부처는 자신의 제자가 돼 수행하고 있는 속세의 아들 라후라가 울고 있자 이렇게 말한다.

"라후라여, 슬퍼할 것은 없다. 너는 아버지에 대하여 할 일을 다 했다. 나도 너에게 할 일을 다 했다. 라후라여, 마음을 번거롭게 해서는 안 된다. 나는 그대들과 함께 모든 중생들을 위하여 두려워하는 일이 없이 또 애써 원한을 짓지 않았고 또 해를 끼치지 않았다. 라후라여, 나는 지금 멸도(滅度)에 들면 다시는 남의 아버지가 되지 않는다. 너도 또한 반드시 멸도에 들어 다시는 남의 자식이 되지 않을 것이다. 나와 너와는 다 같이 난(難)을 일으키지 않을 것이며 또 노여워하지도 않을 것이다. 라후라여, 불법은 상주(常住)하는 것이다. 너에게 부탁하건대 무상한 모든 법을 버리고 다만 해탈을 구하지 않으면 안 된다. 이것이 곧 나의 가르침이다."

부처는 울고 있는 제자 아난다에게도 말했다.

"울지 마라. 내가 이르지 않았더냐. 누구든 언젠가는 헤어
지기 마련이라고, 그것을 절대로 피할 수 없다고. 아난다
여. 나의 죽음을 한탄하거나 슬퍼하지 말라. 내가 항상 말
하지 않았느냐. 아무리 사랑하고 마음에 맞는 사람일지라
도 마침내는 완전한 이별이 찾아오는 것이라고. 만난 자는
반드시 헤어지지 않으면 안 된다. 너는 지금 무엇을 슬퍼하
고 있느냐. 그럴 수밖에 없는 것을 그러지 말라고 하는 것
은 있을 수 없는 일이다. 이 세상에 태어난 것은 반드시 죽
지 않을 수가 없는 것이다. 어찌 피할 수가 있겠느냐. 아난
다여! 무너져 가는 것들에게 아무리 무너지지 말라고 만류
한들 그것은 순리에 맞지 않는 일이다."

나는 이 이야기를 죽어 가는 토토를 보듬어 안고 며칠
간 반복해서 읽어 주었다. 이윽고 7월 1일 밤 10시경 토토는
내 품 안에서 평온하게 무지개다리 저 너머로 건너갔다. 나
는 반려견 화장장 직원이 보여 주는 토토의 따뜻한 유골을
만져 보았다. 겨우 이게 토토라니. 그리고 그동안 잊고 있었

던 어머니를 떠올렸다. 어머니뿐만이 아니라 어머니의 죽음과 그 풍경을. 죽음도 암기과목이라는 것을 깨닫는다. 죽음을 잊지 않으면 삶의 허튼짓거리들을 그만하게 된다.

　언젠가 명왕성의 사진을 본 적이 있다. 1930년 발견된 이후 태양계의 9번째 행성이었으나 2006년 국제천문연맹(IAU)의 행성분류법이 바뀜에 따라 행성의 지위를 잃고 왜소행성(dwarf planet)으로 강등당한 명왕성. 그런데 그 사진은 지구에서 명왕성을 바라본 게 아니라 명왕성에서 지구를 바라보았을 때를 과학기술의 힘을 빌려 시뮬레이션 한 사진이었다. 어느 경우든 명왕성과 지구는 인간이 상상할 수 없을 만큼 아득히 멀리 떨어져 있다. 나는 우리가, 어머니와 내가, 토토와 내가, 그토록 아득히 멀리 헤어졌다는 기분에 빠져들었다. 그러면서도 나는, 어리석게도 나는, 그들이 완전히 소멸해 버린 게 아니라, 이 우주 어딘가에서 숨 쉬고 있다면 좋겠다는 허망한 바람에 더욱 쓸쓸해졌다. 깨달은 자 석가모니 부처는 자신의 아들에게 너는 윤회의 사슬을 끊고 앞으로 누구의 아들로도 태어나지 말라, 이제 나는 누군가의 아버지로도 태어나지 않을 거라고 말했으나, 또 나는 그의 그런 말을 죽어 가는 토토에게 읽어 주었으나, 사실 나는 그들과 지금의 여기와는 다른 어딘가에서 지금의 나와는 다른 누군가가 되어서라도 꼭 다시 만나고 싶었다. 토토 는 명왕성에서 내가 있는 이곳을 바라보고 있는 게 아닐까? 어머니는 어머니의 명왕성에서 나를 그리워하고 있는 것 은 아닐까? 내가 지금 나의 명왕성에 홀로 서서 '영원히'라 는 외로운 단어에 기대어 그들을 사랑하고 있듯이. 이것은 힘찬 말이 아니다. 분명 서글픈 말이지만, 그리고 가슴 저미 는 말이기도 하지만, 우리는 이유를 불문하고 어쨌든 견뎌 야 한다. 산속의 그 어떤 짐승들도 스스로에게 왜 사는가에 대한 의문을 품지 않는다. 존재는 의미에 선행하는 것. 의미 를 자꾸 추적하다 보면 인간은 어쩔 수 없이 무의미에 도달 하게 되고, 그것은 곧 죽음이다. 살아 있으니, 무조건 사는 것이다. 이것이 삶의 기본이다. 반면 또한 우리는 우리 각자 가 누구인지 알기 위해서라도 몸을 단련하고 영혼을 정돈해 야 한다. 오늘도 나는 이 수많은 인파 속을 걸어가면서도 나 의 명왕성에 우두커니 홀로 서 있다. 내가 혼자라는 사실 말 고는 늘 확실한 진리란 세상 어디에도 없다. 나는 아직도 내 가 그날 그 저녁 문득 내 정수리에서 빠져나와 발등을 때리 곤 데굴데굴— 어머니의 병실 바닥을 굴러 침대 밑으로 들 어갔던 어떤 그림자 덩어리인 것만 같다. 토토는 그간 내가 자기 방어적으로 잊고 있던 죽음에 대한 감각을 되찾아 주 었다. 세상 모든 사건과 사물 들이 모조리 새삼스럽다. 이것이 토토가 내게 주고 간 선물이라면 이것도 한 깨달음일 것이고 그렇다면 사랑하는 이의 죽음은 보석이다. 하지만 나는 이 보석이 너무 아프다. 하루의 어느 순간에는 너무 화가 나 차라리 세상이 온통 불살라져 버렸으면 좋겠다고 거리에서 소리치고 싶다. 누가 먼저 시작한 수작인지는 몰라도, 흔히들 죽음을 긍정적으로 포장할 적에, 그리스 신화 속의 영생하는 신들과 인간을 비교하는 경우가 있다. 그리스의 신들은 오히려 인간들을 부러워하는데, 그 이유인즉슨 인간에게는 죽음이 있어서라는 것이다. 죽음이 없는 신은 마네킹에 불과하다고. 정말 그러한가? 그리스 신들에게 물어는 봤는가? 지금 나는 내가 영생하기 위해서가 아니라 사랑하는 자의 죽음이 너무 괴로워 차라리 우리가 마네킹이어도 좋겠다. 아쉽게도 슬퍼하고 있는 나는, 기계가 아니다.

기실 우리는 살아 있어도 타인으로부터 늘 죽임을 당한다. 타인이라는 것은 지옥 이전에 하나의 죽음과 같은 벽이다. 사랑이라는 마약 같은 착각에 빠졌을 때나 그가 나의 타인이라는 사실을 잊을 뿐, 그러나 그것마저도 오래 갈 수가 없다. 그래서 먼 타인이 아니라 가까운 타인인 가족끼리는 곧잘 상처 주고 증오하게 되는 것이다. 사랑은 죽음만큼 어려운 숙제다. 누군가는 이 글을 읽고서 네 일기장에나 끼적

일 일이 아니냐고 비난할지 모르겠지만, 그래도 내가 이렇게 쓴 것은, 결국 죽음에 대한 고찰은 그 어떤 세상의 이야기보다 소중하다는 믿음 때문이다. 고작 사람이란 타인에게 상처를 주는 아둔하고 잔인한 짐승들이지만, 타인의 상처를 함께 나누면서 치유받는 용한 존재이기도 하니까. 나는 스스로를 위로하면서 타인을 위로하고 싶었다. 스스로를 치유하면서 타인 역시 스스로를 치유하게 되길 기도했다. 꼭 일기가 아니더라도, 모든 글이란 어떤 의미로든 자기고백의 성격을 지니게 마련이다.

지난 8월 18일 토토의 천도제가 있었다. 조용히 합장을 끝내고 집으로 돌아와 나는 10년 가까이 축축한 창고 속에 처박혀 있던 검도 장비들을 꺼내 햇살 아래서 말리고 닦아냈다. 새로운 검도 도장도 곧 알아볼 생각이다. 토토가 그러는 것을 바라고 있기 때문이다. 아직도 나는 견디기 힘든 슬픔에 시달리고 있다. 그러나 모든 사랑이란 결국 마음을 강하게 가지는 것이다. 우리는 그래야만 한다.

(2016.10.)

거대한 삼나무 숲 에세이

후드티 하나 걸쳐 입고 쓰레기 버리러 밖에 나갔다가 하마터면 동태가 될 뻔했다. 동태(凍太) — 얼린 명태. 과연 멋지다. 동태눈깔이라는 단어도. 문득 그런 생각을 했다. 하지만 나는 그렇지 않아도 쓸쓸하기 그지없는 이 세상에 삭풍수필(朔風隨筆)을 보태고 싶지는 않다. 대신 나는 당신의 마음처럼 깊은 가을을 이야기하련다. 내 지난 10월의 어느 날을 말이다. 사랑에 빠져 있는 사람이라고 해서 사랑이란 무엇인가에 대하여 늘 기록하고 분석하면서 사랑을 하지는 않는다. 사랑은 사랑이고, 사랑하고 있는 사람은 사랑하고 있는 사람이다. 마찬가지로 나는 이것이 어떤 이야기인지 잘 모르겠고 실은 뭐가 이야기이고 뭐가 이야기가 아닌지조차 별 관심이 없다. 다만 동태까지는 아닐지언정 동태눈깔 정도로는 들어 줄 만한 무엇이길 바랄 뿐이다. 모든 것들이 속절없이 얼어붙어 버리고 마는 세상 속 삭풍수필이 아니다. 당신의 마음처럼 깊은 10월의 이야기. 내 지난가을의 어느 날이다.

토토가 열한 개의 고운 구슬들로 변해 버린 그 순간부터 시인이자 건축가 함성호 형은 나를 이전보다 더욱 많이 걱정해 주었다. 구척장신(九尺長身) 낙타마냥 생겨먹은 그는 7월의 뙤약볕 아래서 토토의 유골함을 멍하니 들고 서 있는 나를 뻐끔뻐끔 내려다보며 말했다.

"내가 너와 토토 사이에서 어떤 말을 해 줄 수 있겠니."

"……."

나는 그가 반려동물 화장터까지 따라와 준 유일한 호모사피엔스인 것은 유니버설하게 감사했지만, 대체 저게 뭔 뜻인지는 도무지 알아먹을 수가 없어 블랙홀에 갇힌 듯 갑갑했다. 대중적으로나 예술사적으로나 전위미술은 여전히 강한 생명력을 유지하고 있지만 전위음악은 그리 오래 호황하지 못한 채 쇠락의 길을 걸었다. 왜냐. 자고로 인간이란 요상한 꼴은 종종 재밌어 할 수 있어도 괴팍한 소음에는 어쩔 수 없이 짜증을 내는 법이니까.

그리고…… 여름이 잔해마저 완전히 사그라진 지 오래인 그 이른 아침에 나는 김포공항에서 성호 형에게 전화를 걸었다.

— 나 지금 떠납니다.

— 언제 오느냐?

— 안 돌아올지도 모를 일.

제주도에서 예쁜 사설 도서관을 짓고 사는 K누님 댁에 한동안 의탁할 예정이었다. 나는 토토 없이 서울에서 혼자 지내는 게 너무 힘들었다.

— 사료는 먹었느냐?

— 방금 공항 식당에서. 짬뽕.

— 참으로 어울리지 않는 행동이었구나. 짜장면을 먹지 그랬느냐.

— 웬 강요?

— 짜장면을 좋아하면 어린애고 짬뽕을 좋아하면 어른인 것.

— …….

— 어서 다시 너답게, 깡다구 있게 지내란 소리. 토토 죽은 핑계로 축 늘어져 있는 짓 그만하고. 정신병자도 정신 건강을 챙겨야 하느니라.

— ……영감님은 단팥빵이 좋으세요, 소보루가 좋으세요?

— 오우, 나는 당근 단팥빵이지. 달고, 팥이 잡귀를 물리쳐 주거든.

—어른이 맞구나, 형은.

—소보루를 먹는다 하였을 적에, 그것은 아이인 게냐?

—그렇다고 해야만 하겠지.

—짬뽕이랑 소보루를 좋아하면?

—그럼 인생의 구라 자체가 꼬이는 거지, 나처럼.

—너의 그 폭력적인 솔직함은 비관이라기보다는 겸손의 가능성을 일말이라도 내포하고 있는 듯하여 차마 못 견디고 싶진 않구나.

—……

—앞으로는 볶음밥을 먹도록 해라. 짜장 소스에 짬뽕 국물마저 나오느니.

—……

—모더니즘 그거 사람 골병들게 만든다. 포스트모더니즘으로 살아, 포스트모더니즘으로.

나는 이 세상 인간들 가운데 시인이자 건축가 함성호 형이 제일 좋다. 그리고 존경한다. 정말이다. 그러나 나는 무슨 수를 써서라도 절대절대, 저 형처럼 되진 않을 것이다. 바로 이것이 내 피곤한 인생의 요점이다.

공항 대합실 TV에서는 힐러리 클린턴과 도널드 트럼프가 역겹고 격렬한 말싸움을 사이좋게 주고받고 있었다. 나는 트럼프가 공화당 대선후보가 되고 나서부터는 그의 미합중국 대통령 당선을 내 나름의 공부와 논리에 의해서 장담하며 다녔다. 평소 교류하는 이들이 별로 없기에 망정이지, 다들 나를 한심하게 쳐다보는 표정들이 스릴 만점이었다. 하지만 나의 함성호만은 내게 그러지 않았다. 그 까닭은 간명했다.

— 네 의견에 동의하고 싶다. 트럼프가 미국 대통령이 되면 주한미군이 철수할 거 같아서 그런다.

당대라는 것은, 시대들 중 가장 난제다. 까마득한 1000년 전보다 당신이 직접 살고 있는 오늘이 당신에게는 오히려 더 많은 오독과 왜곡으로 점철돼 있다. 그래서인지 카를 마르크스는 『자본론』을 쓰면서 이렇게 투덜댔던 것이다. 자본주의 안에서 자본주의를 아는 것은 어려운 일이라고. 그렇다. 쥐구멍 속의 쥐에게 쥐구멍은 쥐구멍이 아니라 이 세계의 허상인 것이다. 쥐는 자신이 쥐라는 것이나 알고 사는 것일까? 쥐는 고양이가 고양이라는 것만 알고 사는 것은 아닐까? 게다가 요즘 여론조사가 자꾸만 들어맞지 않는 것은 여론조사를 대하는 사람들이 영악하고 음흉해져서만이 아니라, 21세기 현대인의 내면이 확 정전돼 버리고 왕창 와해돼 버린 탓이다. 좌우간. 나는 미합중국 대통령 도널드 트럼프를 핵전쟁의 전조쯤으로 믿고 있는 분들께 이러한 충언을 전해 드리고 싶다. 시인이자 건축가 함성호 씨는 1987년 백

기완 선생의 대선캠프에 몸담고 있었다는데, 백 선생이 집권할 경우 젊은 장관 후보였다는 게다. 예나 지금이나 대한민국 대통령 백기완은 상상하기조차 불가능하지만 함성호가 대한민국의 어느 부처 장관인 풍경을 그려보고 있노라면 모골이 송연해지다가 파마가 돼 버릴 지경이다. 그러니 여러분은 미국인도 아니신 주제에 남의 나라 대통령 도널드 트럼프 앞에서는 좀 태연들 하시라, 라는. 우리는 현상과 당위를 구분하기는커녕 무식한 억하심정과 유치한 자기현시를 이념이라고 사기 치면서 실재적이고도 시급한 문제들을 농락하고 유린하는 환자들이 득실득실한 나라에 살고 있다.

내가 성호 형에게 말했다.

— 나 유기견이라도 입양할까?

— 왜?

— 토토가 없으니 외로워서.

— 그러지 말거라.

— 왜?

— 왜? 너는 왜 인생에 불편한 게 없으려고 그러냐?

— …….

— 노래를 잃지 마라. 그게 중요하다.

나는 둔감한 악마가 예민한 인간에게 옳은 소릴 지껄이는 세상이 지긋지긋했다. 입양이야 뭔 경로로든 누구 눈치

안 보고 당장 할 수 있지. 하지만 훗날에 분명히 또 찾아들 가혹한 이별이 너무 두려워, 망설임조차 결심인 게 사실이었다.

— 나 진짜 간다.

— 술 마시지 말거라.

아무런 대꾸 없이 전화를 끊은 다음. 비행기 탑승구 앞에서 좌석권을 항공사 여직원에게 내미는데, 불현듯 등 뒤에서 묘한 감정을 불러일으키는 새소리가 났다. 나는 황급히 뒤를 돌아다보았다. 뭐 대단한 시조새가 날개를 펴고 있을 리 없었다. 이제는 헛것까지 들리는구나. 나는 내가 가끔씩 함성호에게 그러는 눈빛을 내게 날리고 있는 항공사 여직원을 지나쳐 탑승구 안으로 비적비적 걸어 들어갔다.

비행기 안에서 줄곧 나는 작은 금속함이 달린 목걸이를 왼손에 살포시 쥔 채 눈을 감고 있었다. 화장장 화덕에서 나온 반려견의 유골을 다시금 초고온으로 가열해 기술처리하면 스님의 사리와 비슷한, 이른바 엔젤스톤이 만들어진다. 그 작은 금속함에는 토토의 유골에서 열한 개의 구슬 모양으로 추출된 뒤에도 남은 볍씨만 한 엔젤스톤들이 담겨 있었다.

토토의 천도재(薦度齋) 이후로 나는 겉으로든 속으로

든 한 번도 토토의 이름을 부르지 않았다. 그리움이 감당할 수 없을 정도로 사무쳐 왔기 때문이다. 대학교 시절에는 뭔가 좀 고독한 기분에 사로잡히면 그때 구할 수 있는 가장 두꺼운 새 책을 사서 첫 페이지부터 마지막 페이지까지 단 한 글자도 빼놓지 않고 꾹꾹 밟아 가며 다 읽어 버렸다. 내용의 이해 같은 것은 하등 관계없었다. 무조건 활자만 섭렵했다. 그러면 대세를 가늠할 수 없는 청춘의 혼전(混戰)이 중역(重譯)되는 것만 같아서 차라리 마음이 편해지곤 했다. 책과 함께 있으면 나무와 함께 있는 것처럼 위로가 된다. 이것은 정신적 은유가 아니라 물리적 상상력이다. 푸르고 높은 아름드리나무로부터 책의 갈피갈피가 나왔으니 책을 품고 있는 우리는 푸르고 높은 아름드리나무를 햇살처럼 들고 다니며 그것 아래 고여 있던 그늘과 그것을 흔들던 비와 바람을 읽고 있는 셈이다. 뜻 깊은 책 한 권을 가진다는 것은 한 그루 영원히 자라는 영혼의 나무를 가진다는 뜻이다. 내가 책을 쓰는 사람이 된 것은 아마도 외로움이 많아서였을 거라고 나는 늘 생각해 왔다. 책을 쓰는 일은 외로움과 정면으로 부딪히는 일이고, 기실 그것이 외로움을 소화하는 최선의 태도이자 방법론인 것이다.

　어둠 속에서 나는 삼나무 한 그루를 고요히 떠올려 보았다. 삼나무는 늘 푸른 바늘잎 큰 나무로 키 40미터에 지름이 두세 아름은 보통인 거목이다. 『일본서기』의 「신대(神代)」에 보면 스사노오노미코토(素鳴尊)라는 신이 나오는데, "내 아들이 다스리는 나라에 배가 없어서는 안 될 일이다." 라며 자신의 수염을 뽑아 흩어지게 하니 삼나무가 되었다고 한다. 나이테 무늬가 고운데 정갈하고 해충을 물리치는 향기를 품어 가구목재로 각광받는 삼나무는 편백나무와 더불어 일본인들이 매우 사랑하는 수종(樹種)으로서 하이쿠(俳句)를 비롯한 여러 일본문학에 자주 등장한다. 우리나라에 있는 삼나무들은 1900년대 초 이후 일제로부터 도입되어 남부 지방에 심어졌다. 삼나무가 특히 추위에 약하기 때문이고, 제주도에 몰려 있는 것들은 방풍림으로 조성되었다.

한 그루 삼나무는 내 마음속에서 한 권의 책이 되었다가 책상이 되었다가 통나무집이 되었다. 그 안에는 벽난로가 있고 토토가 그 앞에서 배를 뒤집으며 놀고 있었다. 내가 무언가 한 편의 글을 다 쓰고 나자, 어느새 녀석은 새근새근 잠들어 있었다. 16년이라면, 서른한 살의 내가 마흔일곱 살이 되는 시간이다. 나의 그 시간을 정확히 알고 있는 유일한 존재는 토토였다. 업은 윤회에서 비롯되고 이 업이 다시 윤회를 생산해 돌고 돈다. 사주에 복종하면 이날은 이렇고 저날은 저렇고 하면서 운명이라는 말장난의 노예가 돼 버린다. 대신 악한 행동이 내게 와도 반응하지 않으며 독송을 하고 진언을 외우면 업이 바뀌고 그것이 내 마음에 들어와 빛 나게 된다. 나는 나의 업과 윤회를 직시하고 싶었다. 성호 형은 나더러, 토토야. 너는 죽었다, 라고 가끔 허공에 일러 주라고 말했다. 그래야 49제 이전에 이승과 저승 사이에 머 물고 있는 토토가 자신은 죽었다는 사실을 잊지 않는다고. 집 근처 작은 절에서 천도재를 지내 주며 나는 토토에게 이 렇게 말했다. 네가 있게 되는 곳이 다시 이 세상이건 아니면 정말로 무지개다리 건너편이건 간에, 그 어떤 곳보다 가장 좋은 곳이라고 믿을게. 아빠는 여기서 꼭 해내야만 하는 일 들이 아직 몇 가지 남아 있어. 만약 그것들이 뜻 깊은 일들 이라면 그 어떤 어려움 속에서도 반드시 이룰 수 있게 도와 다오. 네가 있을 곳에 나도 있을 자격이 없다는 것이 두렵지 만, 토토. 내 일생 가장 아름다운 인연. 그 어떤 인간보다 순 수한 내 친구야. 사랑한다. 널 잊지 않을게. 너도 나 잊지 마. 다시 만나자.

한 시간쯤 뒤 나는 해안가 카페 파라솔에 홀로 앉아서 바다를 바라보며 느긋하게 망고주스를 마시고 있었다. 성 호 형 당부대로 술은 입에 대지 않기로 했다. 역사를 움직이 는 사건 혹은 변화는 결코 하나의 모순(원인)에서 발생하는 게 아니라 다른 여러 모순(원인)들과 결합해 빚어진다. 이것이 소위 루이 알튀세르의 중층결정론 개념이다. 살아내고 생각하는 것은 단순할수록 좋을지 모르겠으나, 이해하는 것까지 단순하면 제 안에서건 제 밖에서건 참사가 터지기 마련이다. 왜냐. 세상이라는 참사 자체를 이해할 수 없으니까. 오답을 정답으로 우기며 타인을 괴롭히게 되니까. 1914년 6월 28일 일요일. 사라예보에서 오스트리아-헝가리 제국의 황태자 프란츠 페르난디트와 황태자비 호엔베르크 조피를 사살한 열아홉 살 세르비아 청년 가브릴로 프린시프는 자신의 그 행동이 제1차 세계대전의 신호탄이 되었다는 사실 앞에서, 4년 뒤 오스트리아 테레지엔슈타트에 있는 감옥 부근 병원에서 죽게 되는 그 순간까지 어리둥절해했다고 한다. 체포될 때 이미 결핵을 앓고 있던 프린시프는 수감 중 골결핵으로 악화돼 한쪽 팔을 절단했으며 결국 자신이 일으킨 제1차 세계대전이 7개월쯤 뒤 종식되는 것을 못 본 채 1918년 4월 28일 폐병으로 사망했다. 그게 역사고, 그게 개인이다. 중층결정론 개념이니 뭐니 따질 것도 없다. 2500년 전에 석가모니 부처가 연기론(緣起論)으로 다 설명해 주고 간과학이 아닌가 말이다. 내가, 저 혼자 역사를 짊어진 듯 구는 자들의 진심은 믿어도 그들의 지능과 지성은 경멸하는 이유가 그래서이다. 당연히 진심이니까 저렇게들 재수 없는 바보천치겠지. 코미디를 공연하기 위해 무대와 배우가 필요한 게 아니라, 코미디를 해석한다면서 배우는 객석에 불을 지른다. 그게 세상이다.

그러한 상념에 잠겨 있던 와중에, 나는 깜짝 놀랐다. 토토가 나를 찾고 있는 게 아닌가. 정신을 차리고, 개 짖는 소리가 나는 쪽으로 가 봤더니. 카페에서 키우는 블랙리트리버 한 마리가 굵은 줄에 매어져 있었다. 그런데. 똥이 사방에 널려져 있고 밥통과 물통이 더럽게 말라붙어 있는 것이, 관리 상태가 거의 학대수준이 아닌가. ……개는 나의 눈을 보았고. 나는 개의 눈을 보았다. 나는 몇 모금 넘기지도 않은 망고주스를 쓰레기통에 집어 처넣고 자리를 떴다. 왜냐. 카페 주인 놈을 때려죽여 버릴 것만 같아서.

나는 해안가를 걸으며, 개의 주인이라는 것과 개라는 것에 대해 생각했다. 짐승과 인간에 대해 생각했다. 인간이라는 짐승에 대해 생각했다. 개라는 불쌍한 천사에 대해 생각했다. 친구라는 것에 대해 생각했다. 이해할 수 없는 것들에 대해 생각했다.

……그리고 ……바닷바람이 태풍의 눈동자 같은 방풍림을 천천히 휘감아 돌았다. 어느덧 나는 거대한 삼나무 숲 한가운데 서서 은박지에 싸온 햄버거를 먹고 있었다. 얼마 뒤에는 저녁이 노을과 함께 내려앉을 거였다. 나는 생수병

의 물을 반은 마시고 나머지 반으로는 얼굴을 축였다. 김포 공항 비행기 탑승구에서 들었던 환청은 그곳에서 분명한 새 소리로 여기저기서 문득문득 울려 퍼지고 있었다. 나는 무 언가를 묵묵히 기다리고 있는 신들처럼 느껴지는 저 삼나무 들이 책이라면 첫 페이지부터 마지막 페이지까지 단 한 글 자도 빼놓지 않고 다 읽어 버리고 싶었다. 거대한 삼나무 숲 은 내게 쥐구멍이 아니어야 했다. 이 세계의 허상이 아니어 야 했다. 인간은 자신이 원하는 비극을 위해서 일부러 쥐가 되고 또 일부러 자신의 슬픔 주위에 고양이를 풀어놓는 게 아닐까.

토토의 천도재 이후로 나는 겉으로든 속으로든 단 한 번도 토토의 이름을 부르지 않았더랬지만, 비로소 나는, 토 토의 이름을 소리 내어 불러보았다.

"……토토."

그리고 말했다.

"토토야. 너는 죽은 거다. 알고 있지?"

삼나무 숲을 걸어 나오는데, 핸드폰에서 음악이 흘러나 왔다. 예쁜 사설 도서관을 제주도에 짓고 사는 K누님이 나 를 찾고 있었다. 도착해도 벌써 했었을 텐데 아무 소식이 없 어서였을 것이다. 나는 음악이 멈출 때까지 그대로 두었다. 나는 날이 저물기 전에 어서 이 거대한 삼나무 숲과 그 거대한 섬을 떠나고 싶었다. 앞으로는 볶음밥을 먹도록 해라. 짜장 소스에 짬뽕 국물마저 나오느니. 모더니즘 그거 사람 골병들게 만든다. 포스트모더니즘으로 살아, 포스트모더니즘으로. 성호 형의 위대한 말씀을 되새기니, 피식, 웃음이 비어져 나왔다.

나는 돌아오는 비행기 안에서도 줄곧 작은 금속함이 달린 목걸이를 왼손에 살포시 쥐고 있었다. 나는 악한 행동이 내게 와도 반응하지 않으며 독송을 하고 진언을 외우듯 한 편의 시를 한 줄 한 줄 머릿속에서 묵독(黙讀)했다. 대학교 시절 좋아하던 잉게보르크 바하만의 「소외」였다. ……나무들에게서 나는 더는 나무들을 볼 수 없다. ……가지들은 바람이 불어도 잎새들을 가지지 않는다. ……열매들은 달콤하다. 하지만 사랑이 없다. ……열매들은 한 번만 포식하는 것이 아니다 ……이제 무엇이 되어야 할 것인가? ……내 두 눈앞에선 숲이 날아가고 ……내 두 귀 옆에선 새들이 입을 닫는다. ……나를 위해서는 어떤 초원도 침대가 되지 않는다. ……나는 시간 앞에서 포만하고 ……시간에 굶주려 있다. ……이제 무엇이 되어야 할 것인가? ……산 위에선 밤에 불이 타오를 것이다. ……나는 나를 열고 모든 것들에게로 또다시 다가가야 하는가? ……나는 어떤 길에서도 길을 볼 수가 없다. ……좀 비감하긴 하지만, 아름다운 시였다.

인생의 가장 어려운 문제가 딜레마에 있다고들 하지만, 딜레마야말로 인생 최고의 맛이다. 딜레마에서야말로 한 인간의 결정력이 드러나기 때문이고, 그 결정에 의해 놓아 버리게 된 것을 통해 오히려 한 인생의 진면목이 드러나기 때문이다. 인간은 놓아 버리는 것이 확실할수록 더 잘 싸울 수 있다. 딜레마가 없는 인생은 실패한 인생이고, 딜레마를 피하는 인생은 비겁한 인생이며, 딜레마 속으로 뛰어드는 인생은 꼭 한 번 살아 볼 만한 인생이다. 노래를 잃지 마라. 그게 중요하다. 당신의 마음은 깊은가? 우리의 마음은 서로의 상처를 알아볼 정도로 깊은가? 누군가 내게 그렇게 묻는 목소리가 들렸다. 이제 무엇이 되어야 할 것인가?

(2017.2.)

하얀 뭉게구름 안에 있는 것

1

착한 척하는 인간들의 돼먹지 않은 기도들이 역겨워 하나님은 이 지긋지긋한 지구에서 아예 저 먼 별나라로 이주해 버리셨다. 우리가 밤하늘을 올려다보았을 적에 알 수 없이 눈시울이 뜨거워지는 것은 바로 그 때문이다.

그날 정오 무렵, 나는 홀로 철문 앞에 서 있었다. 파란색 페인트칠이 누더기처럼 벗겨진 녹슨 철문이었다. 안전상 철거가 시급해 보이는 상가건물의 계단을 오르면서, 나는 내 인기척에 수많은 개들이 필사적으로 짖어 대는 소리를 들었다. 그 아이들은 사막에서 낙타가 물을 찾는 것처럼 내 존재를 감지하고 있었다. 철문 맞은편에는, 그러니까 유기견 보호소 앞 내 등 뒤에는, 유령들이 교인일 것만 같은 교회의 금 간 유리문이 있어서, 뭔가 분위기가 B급 공포영화의 촬영 세트장 같았다. 철문은 개들의 절규만 차단 못하는 게 아니었다. 잘 씻겨 주지 못하는 녀석들의 냄새가 어두운 복도 가득 코를 찔렀다. 늦가을이었다.

돌이켜보면 지금보다 대강 여섯 살이나 젊었음에도 당시 나는 내가 이미 완전히 늙어 버렸다는 독단에 빠졌더랬다. 그만큼 나는 침울하고 지쳐 있었다. 뭐가 젊음이고 뭐가 늙음인지도 모르면서 말이다. 어쨌거나 나는 일생일대의 결심으로 그 철문 앞까지 온 사람이었다. 누구나 한 번쯤은 자신의 철문 앞에 홀로 서게 되는 게 인생이 아닐까도 싶었다.

도착했다는 내 전화를 받은 한 청년이, 조금 전 내가 올랐던 계단 끝에서 복도로 모습을 드러냈다. 웃옷과 바지가 짝이 맞지 않는 꾀죄죄한 트레이닝복을 입었는데 많아 봐야 스물대여섯 살쯤으로 보였다. '고시원 공포웹툰'의 조연 캐릭터, 딱 그 스타일이었다. 정말로 세 평짜리 고시원에서 먹고 자고 그러는지도 몰랐다. 지나치게 선량해서 슬픈 얼굴, 유기견 보호소 관리자가 아니라 그 친구 본인이 유기견 같았다. 입양 문제로 나와 수차례 전화통화를 한 바 있는 원장 아주머니는 아예 나타나지 않았다.

고시원 공포웹툰이 바지호주머니에서 과자 부스러기를 털어 내듯이 열쇠를 꺼내 철문을 열었다. 순간, 나는 유기견 보호소라는 것의 내부와 난생처음 맞닥뜨렸다. 얼추

백여 마리의 개들이 철창 안과 비닐장판 바닥에서 발광(發狂)을 해 댔다. 자원봉사자들의 도움이 늘 턱없이 부족한 환경이었다. 정신을 수습한 나는 고시원 공포웹툰이 가리키는 데로 가서, 마치 나를 알아보고 달려오는 것 같은 개 한 마리를 반사적으로 안아 올렸다. 원장이 보내 준 사진과 동영상 속에서 자기보다 큰 개들에 치여 시달리던 그 수컷 시추였다. 먹이 다툼에서 뒤쳐진 탓에 너무 말라, 안고 있는 내 팔뚝이 아팠다. 녀석은 "어서 우리 집으로 가자."는 듯이 나를 쳐다봤다. 우리? 우리 집? 아아, 정말 그렇게 말하고 있는 것 같은, 묘하게 예쁜 갈색 눈동자였다. '인간'이 무엇인지 알고 싶은가? 이에 학문 따위 필요 없다. 유기견 보호소에 가 보면 된다. 배신당해 버려진 개들이 인간을 증언하고 있을 것이다.

고시원 공포웹툰은 서로를 끌어안고 있는 갈색눈동자와 나를 디지털카메라로 연속해서 사진 찍었다. 구청 제출용이었다. 나는 왼팔로 갈색 눈동자를 계속 안은 채 오른팔을 뻗어 여러 장의 서류들을 작성해야 했다. 만약 그곳 바닥에 갈색 눈동자를 다시 내려놓는다면 영원히 헤어질 것만 같았기 때문이다.

절차를 다 끝마치고, 철문을 나서려는데, 고시원 공포웹툰이 갈색 눈동자에게 이렇게 말했다.

"잘 가, 리치. 행복해야 해."

유기견 보호소에서 임시로 부르는 녀석의 이름이 '리치(Rich)'였다. 버려진 건지 실종된 건지 하여간 거지꼴을 하고 있는 작은 개에게는 말도 안 되는 이름이었다.

나만의 착각이었을까? 고시원 공포웹툰은 우리를 따라가고 싶어 하는 눈치였다. 소름이 돋았다. 절대로 있을 수 없는 일이었다. 나는 세상에서 가장 어울리지 않는 이름이 붙은 개를 안고 그 허물어져 가는 건물이 진짜로 와르르 무너지기 전에 서둘러 바깥으로 빠져나왔다. 개들이 울부짖는 소리가 내 뒷모습을 물들였다. 새로운 가족이 끝까지 생기지 않는다면 안락사를 당하거나 그렇지 않더라도 저 연옥(煉獄)을 하염없이 견뎌야 할 아이들이었다. 나는 심한 죄책감에 사로잡혔다.

전날 밤, 나는 아이의 이름을 '행복'으로 정했었다. 나는 불행했고, 행복하고 싶었다. 나는 어렵게 찾은 내 행복이 도망칠까 봐 행복이를 더 꼭 안았다. 뼈만 남은 행복이가 그러는 것인지 영혼이 피폐해진 내가 그러는 것인지 아니면 그러한 '우리' 둘이 함께 그러는 것인지 둥둥둥 심장 뛰는 소리가 사방으로 퍼져나갈 지경이었다.

나는 고개를 들어 혹시 어디 무지개가 떠 있진 않나 두리번거렸다. 황당한 짓이었다. 요 며칠 비 온 적이 없었고,

하얀 뭉게구름만이 있는 화창한 날이었다. 반려견들은 죽어서 무지개다리를 건넌다고 한다. 그래서 훗날 가족이 죽으면 그 무지개다리로 마중을 나온다고 한다. 행복이는 내 가슴에 포옥 얼굴을 묻었다. 곧 겨울이 오겠지. 저 하얀 뭉게구름 같은 함박눈이 내리겠지. 단 하루라도 토토가 죽은 그 날로부터 어서 어서 더 멀어졌으면 싶었다. 나는 택시를 기다리며 서 있는 그 자리에서 행복이의 이름을 '토토'로 바꾸었다. 누구나 한 번쯤은 제 인생의 철문 앞에 홀로 서게 된다. 그것이 철문인지 무엇인지 알건 모르건 간에. 우리의 첫 늦가을이었다.

2

의사인 고교 동창이 전화를 걸어와 물었다.

"왜 토토가 둘이야?"

내 책 에세이소설 『해피 붓다』의 맨 앞장에는 이런 헌사(獻詞)가 있다.

─무지개다리 건너편에 있는 토토와 지금 내 곁에 있는 토토에게

내 의사 친구는 『해피 붓다』의 이 부분을 의아하게 여

겼던 거다. 그는 내가 토토와 16년간 지내다가 사별한 뒤 유기견을 입양해 또 '토토'라는 이름을 붙인 사실을 몰랐던 것이다. 나는 그냥 이렇게 대답했다.

"그런 게 있어."

"……"

귀찮아서라기보다는, 설명하려면 너무 많은 양의 진지한 감정이 필요해서 그랬다. 나는 옆에 엎드려 있는 토토의 머리를 쓰다듬어 주었다. 더이상은 아프지 않은 작은 짐승이 나를 쳐다보았다. 길게 잡아봤자 십수 년 안에 이 녀석과도 영원히 이별하게 되겠지. 모름지기 사람에게는 이정표가 중요하다. 자신에게 다가온 어떤 일들을, 어쩌면 사소한 일들조차도 이정표로 삼는 이가 현실을 견디고 꿈으로 전진하는 법이다. 소설가인 내가 내 책의 외부에서 원하는 이야기는 대체로 그런 성격의 것이다.

『해피 붓다』가 세상에 나온 날, '1판 1쇄 발행 2019년 7월 1일'을 보고는 깜짝 놀랐다. 전혀 의도한 게 아니었을 뿐더러, 저런 날짜는 저자인 내가 맘대로 정할 수 있는 것도 아니다. 토토는 2016년 7월 1일 밤 10시경, 무지개다리를 건너갔던 것이다. 이 녀석이 이런 식으로 내게 안부를 묻는구나, 하는 생각에 눈물이 고였다.

홍콩 무비스타 주성치의 이름을 거꾸로 한 필명을 가진

일본작가 하세 세이슈는 소설『소년과 개』²로 유명하다.

"내가 개와 함께 산 지도 어느새 25년의 세월이 훌쩍 넘었다. 지금까지 세 마리의 개를 떠나보냈고, 현재는 두 마리 개와 함께 살고 있다. (……) 죽음, 이별은 가슴이 찢기는 슬픔을 동반한다. 결코 익숙해지지 않는다. 그럼에도 나는 개와 함께 사는 삶을 선택했고, 여기에 후회는 없다. 개는 내 가족이며 스승이기 때문이다. 그들은 과거의 일에 연연해하지도 않고, 다가올 미래를 고민하지도 않는다. 오로지 현재를 살아갈 뿐이다. 그리고 가족에게 무조건적인 사랑을 쏟는다.

젊은 시절 나는 아무렇게나 살았다. 오만했다. 이 세상이 나를 중심으로 돌아가야 했고, 모든 것이 내 발 아래 있다고 생각했다. 그런 나를 조금씩 바꿔 준 고마운 존재가 바로 개들인 것이다."

"40대 중반이 되면서부터 나는 사람과 개와 관련한 소설을 쓰기 시작했다. 그 전까지는 누아르 소설을 쓰는 소설가로 알려져 있었다. 암흑가를 무대로 폭력과 배신이 난무하는 소설을 여러 작품 써 왔다. 그 때문인지 내가 쓴 개에 대한 소설은 그다지 인기를 끌지 못했다. 그래도 나는 집필을 멈추지 않았다. 사람과 함께하는 삶을 선택한 개라는 생명체에 대해 내가 할 수 있는 일은 쓰는 것밖에 없었기 때문이다."

"개는 우리에게 늘 가르쳐준다. 무엇보다 중요한 것은 사랑이며, 인간적인 계산이 없는 무조건적인 사랑이야말로 모든 것을 이길 수 있다고. 영혼과 영혼의 소통이야말로 인류라는 어리석은 종을 구원해 줄 것이라고."

자신과 똑같은 생각을 가진 사람을 홀로 멀리서나마 알게 된다는 건, 기쁨 이전에 충만한 위로를 준다. 그게 책의 힘이겠지. 글의 힘이겠지.

반려견과 사별한 뒤 다시 반려견을 입양한다는 건 정말이지 쉬운 결정이 아니다. 사람이 아이를 입양할 적에 그 아이가 자신보다 일찍 죽을 것을 당연시하고 입양하는 부모는 없다. 하지만 반려견을 입양하는 보호자는 당연히 그래야만 한다. 아이가 자신보다 먼저 죽을 것이며 그 과정을 돌보고 그 결과까지 견뎌 내야 한다는 태양 같은 사실을 도저히 외면할 길이 없다. 첫 번째 사별까지는 어찌어찌 알면서도 모른 척 지내다가 닥치게 되면 그때 가서 감당한다지만, 그 이후에 이루어지는 입양부터는 만남의 첫날부터 사별의 트라우마를 각오하고 극복해 내야만 하는 것이다. 혹자는 사람과 헤어지는 것보다 개와 헤어지는 것이 더 힘들었다고 말하면 무슨 죄나 짓는 것마냥 여기기도 하지만, 글쎄 그것이 죄인지 아닌지는 직접 겪어 보면 알게 된다. 예컨대, 부모님과의 경우를 비롯해 사별이 차고 넘치는 나였음에도 불구하고 그 경험들이 토토와의 사별에 이렇다 할 도움이 되지는 못했다. 어느 쪽의 고통이 더 크고 무겁다는 게 아니라, 사랑하는 사람과의 사별과 사랑하는 개와의 사별은 각기 다른 빛깔로 엄청난 고통이라는 뜻이다.

토토가 죽고 나서 석 달 남짓이 흐르는 동안 녀석의 부재가 감각될 적마다 가슴이 칼에 찔린 것처럼 아팠더랬다. 이대로는 돌아 버릴 것만 같아서, 그런 내 이야기를 「명왕성에서 이별」이라는 산문으로 발표했다. 한 글자 한 글자 새기듯 정성을 다한 건 맞지만, 남이 읽어 주라고 쓴 글이 아니었다. 나 자신을 위로하기 위해 쓴 글이었다. 내가 살고 싶어서 쓴 글이었다. 그런데, 반응이 뜻밖이었다. SNS를 중심으로 퍼지며 상당히 인기가 있었다. 늦가을이었다.

와중에, 아무리 숨어서 지내는 작가라고 해도 여러 경로로 편지를 전달받았는데, 그중 어느 변호사의 글이 각별했다. 프라이버시일 수 있기에 보편적인 문장으로만 설명하자면, 그는 14년 10개월 동안 단둘이 함께하던 비글을 암으로 잃고서 극단의 비관과 우울에 괴로워하고 있었다. 본인이 대표인 변호사 사무실을 아예 문 닫아 버리고 아이와 바닷가에 가서 마지막 나날들을 보냈고, 결국 아이는 그의 품에서 숨을 거두었다고 했다. 독실한 불교신자인데, 집 안에

모셔둔 불상(佛像)도 뒤로 돌려놓을 정도로 세상이 캄캄하고 미워졌다며 스스로도 자신이 위험한 상태임이 느껴져 뭔가 도움을 받을 수는 없겠나 싶어 반려견과의 사별을 다룬 글들을 검색해 보다가 「명왕성에서 이별」을 읽게 되었던 것이다. 그는 하루에도 스무 번 넘게 되풀이해 읽으며 위로를 받고 있다고 적었다. 그런데 오히려 그의 그런 글을 읽고 위로받은 것은 다름 아닌 나였다. 예외적으로 오직 그에게만 답장을 보내 주었는데, 무지개다리 건너편에 있는 아이를 위해서라도 다시 힘을 내 일어나 걷고 뛰시며 혹시 기회가 닿는다면 유기견 보호소에 꼭 한 번 가 보시라고 서신을 끝맺었다. 그리고 나는 무지개다리 건너편에 있는 토토를 위해서라도 다시 힘을 내 일어나 걷고 뛰었고 유기견 보호소로 가서 리치, 아니, 토토를 입양했다.

요즘도 가끔 그 변호사의 편지를 생각한다. 나는 나를 위한 글을 써 놓고도 남에게 감사의 인사를 받은 사람이다. 가장 이상적인 세상이란 그런 게 아닐까 하는 정답도 얻었다.

3

지금 토토의 털은 나랑 살고 나서부터 자란 털이다. 보드랍고, 윤기가 잘잘 흐른다. 5년 전 유기견 보호소에서의 그 철사 같고 가시덩쿨 같던 털은 미용을 받으며 싹 다 잘려 나갔고 이후 완전히 건강해진 토토 몸에는 새살처럼 새털이 덮여 있는 것이다. 나는 비가 오나 눈이 오나 매일 한 차례 하는 산책 중 토토에게 이렇게 말하곤 한다.

"길고양이들을 좀 봐. 얼마나 가여운지. 뭐 드는 생각 없어? 감사와 겸손. 그런 생각. 응?"

이제껏 아무 대답도 듣지 못했지만 불만은 없다. 사실 길고양이들 앞에서 생각이 많아져야 할 건 토토가 아니라 인간들이니까. 개와 고양이는 함께 살던 인간을 배신하고 버린 적이 없다.

2016년 11월 14일, 내 비망록은 이러하다.

"유기견 보호소를 나와서 나는 우선 이런 일들부터 했다. 16년간 토토가 다니던 동물병원에 들러 토토에게 온갖 검사와 진료와 처방 들을 한 뒤 목욕과 미용도 시켰다. 병원에서 도착하자마자 설사부터 하더니 아프기 시작했다. 세상에 겨울비가 내리는데, 아이는 아프고, 나도 몸살을 앓고 있다. 아이의 이름은 '행복'이 아니라. 그냥 '토토'라 지어 주었다. "토토야." 하고 부르면, 그게 뭔 소린가 하고 나를 갸우뚱 바라본다. 나는 잘 지내고 싶다. 내 마음 속의 토토와 지금 내 앞의 토토와 함께."

나흘 뒤,

"토토가 더 많이 아프다. 폐렴과 기관지염과 기관지협착증. 유기견 보호소에서는 기를 쓰고 견뎌 낸 병들이 이제 내 곁에서 터져 나오고 있는 것이다. 불쌍하고, 속상하다. 토토를 간호하다가 내가 병이 났구나. 지난여름 무지개다리 저편으로 건너간 토토와 그랬던 것처럼. 이별만큼 만남도 어려운 것이 삶이고 인연인가 보다."

사흘 뒤,

"대형마트 지하 동물병원 앞에서 올해의 첫 크리스마스 캐럴을 들었다. 이상하게 마음이 안 좋았다. 나는 아픈 토토를 꼭 끌어안고 이렇게 되뇌었다. 나는 사적인 인간이다. 나는 사적인 인간이다. 잊어선 안 된다. 흔들려선 안 된다. 나는 세상일 때문에 이상하게 마음이 안 좋을 이유가 전혀 없는, 사적인 인간이다. 대형마트 지하 동물병원 앞에서 다짐한다."

그리고 또 사흘 뒤.

"토토의 병세가 어젯밤 다시 악화됐다. 기침과 호흡 곤란, 콧물이 낫지를 않는다. 근심이 크다. 이별도 아프지만 새로운 만남도 이렇게 힘이 든다. 세상에는 정말 공짜가 없나 보다. 아님. 나한테만 이런 건지. 답답하니, 별소리가 다 나온다. 하긴 인간은 언제나 바보 같은 짓을 할 수 있다. 특히 평소에도 머저리 같은 나 같은 머저리는 특히."

12월 10일,

"주니어 토토는 잘생긴 외모와 쿨한 성격에 사람을 좋아하고 잘 달린다는 것 등에서는 시니어 토토와 참 비슷하지만 몇 가지 점에서는 꽤 다르다. 필경 유기견 출신이기 때문일 것이다. 시니어 토토는 생후 석 달 즈음부터 내가 보듬어 키워서인지 누구를 공격하기는커녕 누가 자기를 해칠 수 있다는 상상 자체를 아예 하지 못했었다. 반면 누구도 핥아 주거나 하진 않았지만. 그런데 주니어 토토는 겪은 상처와 시련 들이 많아 정말 이해할 수 없는 포인트에서 갑자기 화를 내고 문다. 늘 그런 것은 아닌데 문득문득 그런다. 처음엔 나도 힘들었다. 게다가 그런 애가 아프기까지 하니 간호해 주기가 너무 불편하고. 그러던 토토가, 그제부터, 내가 지쳐 누워 있으면 조용히 다가와 내 얼굴을 핥아 준다. 따뜻한 두 손으로 내 마음을 어루만지듯이."

12월 12일,

"토토 마음을 잘 모르겠다. 상처 많은 마음. 10년 전 즈음의 나를 보는 것 같다. 지금 내 마음은, 가만히 기다리는 마음."

2017년 1월 3일,

"공식적으로 선언한다. 토토의 폐렴과 각종 질환들을, 종식시켰다. 토토와 나는 만났고, 우리는 불행을 이겼다."

2017년 2월 9일,

"유기견 보호소에서 데려왔을 적에 토토는 몸무게가 4.2킬로그램이었다. 안고 있는데 엉덩이뼈가 내 팔에 닿아 아플 정도였으니까. 보금자리와 보호자가 생기자 비로소 긴장이 풀렸는지 폐렴과 이질과 독감을 심하게 앓았고, 지극정성을 들여 기어코 완치시켰다. 잘못하면 애 또 죽나 싶을 정도로 어려운 과정이었다. 며칠 전 각종 예방접종을 시키고 구충제를 먹이면서 다시 몸무게를 달았다. 6킬로그램. 수의사 말로는, 강아지가 그 정도 몸무게가 는 것은 사람으로 치면 30킬로그램 정도 는 것과 같다고 하더라. 나는 무척 기뻤고, 문득 슬펐다. 6킬로그램. 무지개다리를 건너간 토토가 건강했을 때 몸무게가 딱 6킬로그램이었다."

5월 27일,

"토토에게서 진정한 남자다움이란 무엇인가에 대하여 날마다 많이 배운다. 무지개다리 건너편에 있는 토토 시니어가 이 나약한 아빠가 세상에 흔들리고 쓰러질까 봐, 저런 스탈린 같은 놈을 보내 준 것이다. 내가 잠자는 동안 누가 내 벗어 놓은 안경을 잘근잘근 씹어 놓았는지 굳이 수사할 필요가 없다. 내가 몰래 저지르는 죄에 대한 하나님의 입장을 충분히 이해할 것만 같으니."

2018년 1월 1일,

"위대한 토토님의 신년사. 인간들아, 물지 마라. 똥을 먹지 마라. 신나게 놀아라."

6월 24일,

"자다가 눈을 뜨자, 토토가 옆에서 자고 있었다. 배를 살살 쓰다듬어 주니 벌러덩하고 얼음까지 하며 좋아했다. 그런데 갑자기 내 손을 물었다. 이놈이 아직까지 유기견 시절 버릇을 고치지 못한 모양이고, 원래 성격이 희한한 놈이다. 다시는 아빠 물지 마. 토토. 아빠가 가족이라고는 세상에 너 하나인데. 아빠 물면 어떡해. 그리고 양손 한 쪽씩 달라니까 억지로 내밀고. 엎드려, 하니까 엎드리는데. 내가 머리를 쓰다듬으니까, 으르렁—."

2022년 여름. "리치!" 이렇게 소리치면, 그게 뭔 개소리인가 하는 식으로 쌩깐다. "토토야." 하고 부르면, 꼬리가 좌우로 왔다리갔다리 정신이 없다. 이제는 내가 목을 물고 있어도 가만히 있다. 잘도 잔다.

동네 빵가게 아가씨가 한번은 물어왔다. "얘는 다른 개들을 보면 왜 그렇게 짖어요? 덩치도 주먹만 한 게." 나는 덩치도 주먹만 한 게 유기견 보호소에서 덩치가 늑대만 한 녀석들의 괴롭힘을 이기고 어떻게든 살아남으려 악을 쓰다 보니까 그것이 습성으로 각인된 탓이라고 설명해 주었다. 빵가게 아가씨는 입으로는 "아하." 그렇지만 정작 듣는 둥 마는 둥 계속 빵가게 앞을 물청소하고 있었다. 빵가게의 쇼윈도우 속 빵들을 물끄러미 바라보고 있노라면, 문득 토토는 '빵' 같다는 생각이 든다. 밀가루 입자들이 맑은 물과 함께 빚어지고 따뜻한 불에 부풀어올라 둥글넙적해진 빵 같다는 생각이 든다. 비단 생긴 것만이 아니라 성격까지도 빵 같다는 느낌을 준다. 단팥빵이니 소보로니 하는 그런 빵의 종류가 아닌, '빵'이라는 관념적 정체성과 뉘앙스가 실체로 변한 무엇이 있다면 나는 그것을 '토토'라고 부르고자 한다.

토토는 빵이다. 그래서 다른 개들에게 빵빵대는 것이다. 이 심오한 까닭을 자신이 타인에게 던진 질문에 대해서조차 성실하지 못하는 빵가게 아가씨가 깨달을 리 만무하다. 나는 빵가게 아가씨가 가여웠다.

4

어젯밤에는 꿈을 꾸었다. 무지개다리 건너편에 있는 토토를 만났다. 죽은 거 같았는데, 내가 만지고 이름을 막 부르니까, 까만 눈동자를 뜨고 움직였지만, 나를 알아보고 반기는 것 같지는 않았다. 슬픔에 뒤척이며 깨니, 불 켜진 방 침대 위 내 발 부근에 토토가 자고 있었다. 토토 시니어는 귀가 멀기 전에는 천둥번개가 치면 벌벌 떨면서 오줌까지 지리고 그랬었다. 오늘 천둥번개가 난리다. 그런데 토토 주니어는 미동도 없다. 하품한다. 무서운 놈이다. 시니어 토토는 그저 천사 같았는데, 토토 주니어는 우주의 왕자 같다.

정말 무지개다리라는 게 있기는 한가? 지금 토토 시니어는 어디에 있는 걸까? 마지막 며칠은 애기 울음 소리를 내곤 했는데. 어딘가에서 사람으로 환생한 것일까? 완전히 소멸해 버린 것일까? 하긴, 나도 아직 사라지지 않았을 뿐.

5

일본 작가처럼 나도 한국 작가로서 개에 관해 할 말이 있다. 내 개와 단둘이 있는 시간은 인간으로서 가장 순수해질 수 있는 시간이다. 나는 토토가 언젠가 한 번은 내게 말을 할 것만 같다. 둘만이 서로를 고요히 보고 있을 때면, 영영 이별하기 전까진, 언젠가 딱 한 번은 토토가 내게 말을 걸어올 것만 같다.

프랑스 장군이자 훗날 프랑스의 대통령이었던 샤를르 드 골은 정치인을 많이 알게 될수록 개를 좋아하게 된다고 말했더랬다. 그는 그 이유를 밝히진 않았지만, 뭐 뻔하다. 인간들 가운데 가장 쓰레기 같은 것들이 정치인이고 정반대가 개라는 소리였겠지. "사람을 오래 관찰할수록 내가 기르는 개를 더욱 사랑하게 된다."라고 했던 블레즈 파스칼의 말을 독한 버전으로 업그레이드한 듯하다.

"한 번도 개를 사랑한 적이 없다면, 영혼의 일부가 깨어나지 않은 것이다."

이건 작가 아나톨 프랑스의 말이다.

나는 저런 말들 대신 내 묘비명(墓碑銘)을 미리 써 두었다. 이미 친구들에게 화장(火葬)시켜서 바다에 뿌려 달라고 당부해 놓았기에 무덤도 묘비도 있을 리 없지만, 대신 내게는 내 책이 있지 않은가. 내 책 안에 이렇게 묘비명을 남기면 된다. 작가인 것이 늘 나쁜 것만은 아니다. 내 묘비명은 아래와 같다.

개 같은 세상에서 개처럼 살면서

인간을 가장 미워하고 개를 가장 사랑했지만

노래를 잃지는 않았던 사내.

잠깐 이 별에 있다가

완전히 이별했으니,

개 같은 걱정일랑 하지들 마라.

다시는 만날 일 없다.

6

시는 고통 속에서도 쓰지만 소설은 고통 속에서는 못 쓴다. 소설은 그 고통이 지나간 뒤에 쓰는 것이다. 인간은 무언가를 쓴다고 해서 구원받지는 못한다. 기본적으로 쓴다는 것은 그게 아무리 선하고 유익한들 죄를 짓는 일이다. 인간 따위가 감히 다른 인간에게 영향을 끼치려 하다니 가당키나 하냔 말이다. 반면 아무리 하찮은 글을 읽는다고 하더라도 그 시간 동안 인간은 구원받는다. 읽는다는 것과 본다는 것은 다르다. 또한 읽는다는 것은 보고 듣는 것과는 더 다르다. 읽으면서 인간은, '보는 인간'과 '보고 듣는 인간' 전부를 잊는다. 모든 문서 안에는 경전(經典)으로서의 씨앗이 있다. 아무리 보잘것없는 글이라도 그렇다. 읽는 사람이 그렇게 읽으면 그렇게 된다. 대신 반드시 지켜야 할 조건이 있다. 그걸 타인에게 강요해서는 안 되며 아예 입 밖에 내지 않고 저 혼자 간직해야 한다. 내가 작가로서 알고 있는 것은 이런 것들뿐이다. 그래서 나는 쓰는 자보다 읽는 이를 존경한다. 문학을 하는 사람보다는 문학을 좋아하는 사람이 훨씬 선하고 아름다우니까. 이렇듯 한 가지 일을 오래 하다가 저절로 알게 되는 것들의 거의 대부분은 기쁨보다는 슬픔 쪽이다. 그렇기에 더더욱 우리는 목숨을 걸고 행복해져야 한다. 그런 각오로 행복해야 한다. 그래야 불행한 과거에 휩쓸리지 않을 수 있으니까.

불교의 가르침에 따르면 불성(佛性)은 인간만이 지닌 것이다. 내 생각은 다르다. 개는 인간에 대한 순수함과 사랑으로 이미 자신 안에 불성을 가지고 있다. 나는 좋은 인간이기를 포기한 지 오래다. 그런 부족한 인간이기에 사람을 사랑하라는 말은 자신 있게 못하겠다. 책임지기가 싫다. 언어도 그렇고 사람도 책임질 수가 없다. 다만 나는 개는 사랑하라고 말할 수 있다. 특히 길을 잃거나 버려진 개를 사랑하라는 말은 꼭 해 주고 싶다. 그들은 인간을 사랑하시는 하나님의 천사이기 때문이다. 사랑의 진실은 그런 모습으로 우리에게 온다. 하나님이 바쁘셔서 대신 어머니를 보냈다고? 엄마는 인간 아닌가? 나쁜 엄마들도 많다. 대신 하나님은 상처받은 개들을 우리에게 보내셨다. 토토와 죽음으로 헤어지고, 또다시 새로운 토토를 만난 것은, 내 인생의 가장 중요한 이정표다.

7

지난밤 또 악몽을 꾸었다. 고시원 공포웹툰이 나를 찾

아왔다. 리치를 데려가겠다고 했다. 그 옆에는 슬라보예 지젝이 검은 보자기를 든 채 그 몽골어처럼 들리는 영어로 자기가 토토의 친아버지라며 이제 그만 토토를 데리고 가겠다고 왈왈대는 거였다.

나는 아무 말 없이 목검으로 고시원 공포웹툰과 지젝의 대가리를 마구 연타했다. 오랜만에 검도를 하는지라 어깨가 뻐근했다.

그들은 컹컹거리며 맞다가 뒤뚱뒤뚱 도망쳤는데, 고시원 공포웹툰은 노란나비가 되어 날아가고, 슬라보예 지젝은 뒷모습이 하마로 변해 있었다. 아빠는 강하고, 나는 악몽도 무찔렀다.

토토와 산책 중에 하늘을 올려다본다. 착한 척하는 인간들의 돼먹지 않은 기도들이 역겨워 하나님은 이 지긋지긋한 지구에서 아예 저 먼 별나라로 이주해 버리셨다. 우리가 밤하늘을 올려다보았을 적에 알 수 없이 눈시울이 뜨거워지는 것은 바로 그 때문이다. 그러나 저것은 하얀 뭉게구름이 있는 화창한 하늘이다. 뭐가 젊음이고 뭐가 늙음일까? 무엇이 삶이고 무엇이 죽음일까? 사랑과 이별은 정말 다른 것일까? 저 뭉게구름 너머에는 무지개다리가 있을까? 나는 기도를 하지 않으니 하나님이 예쁘게 봐 주실까?

뭉게구름이 토토의 얼굴 같다. 토토가 말한다.

"아빠, 잘 지내고 있어?"

"……."

"아빠. 아무것도 슬퍼하지 말고 행복하게 살아. 다시 만날 때까지 토토랑 잘 지내."

"어, 그래. ……그럴게."

토토가 나를 보고 웃고 있다. 입을 조금 벌린 채 혀를 내밀고 헤헤거리며.

나는 발길을 멈추고 토토를 내려다본다. 토토가 나를 올려다본다. 빵이 나를 올려다보며 웃고 있다. 사람이 주는 사랑이 사람의 사랑이라면, 개가 사람에게 주는 사랑은 천사의 사랑이다. 나는 나의 빵, 나의 천사를 들어 올려 꼬옥 끌어안는다. 지금 세상에 가득한 이것이 누구의 심장 소리인지 모르겠다.

(2022.8.)

2부

폭염서정(暴炎抒情)

폭염서정(暴炎抒情)

　　어느덧 밤이 깊었고, 하루 종일 내가 보거나 들었던 모든 것이 하나같이 어제의 것이 되어 버렸다. 낮에는 오랜만에 그와 긴 전화통화를 했더랬다. 나는 언제나처럼 나의 괴로움을 털어놓았고, 그는 언제나처럼 자신은 아무 괴로움이 없다고 말하였다. 진실로 그는 그러한 사람이어서, 내가 "만약 이러는 게 죄가 되지 않는다면 아무 생각도 하고 싶지 않다."고 하니, "그럼 그러는 것이 좋겠다."고도 말해 주었다. 우리는 약간 즐거운 이야기도 나누었다. 누군가 그것을 엿듣고 있었더라면 무척 어두운 이야기라 여겼을 수도 있었을 테지만, 예나 지금이나 나는 위로 따위가 필요한 사람이 되고 싶진 않았다. 어느덧 밤이 깊었다. 어제나 오늘이나 마치 언제나 그래 왔던 것처럼 혹독하게 무더운 여름밤이다.

　　일 때문에 여기저기를 오가다 간혹 젊은 친구들을 만나

면, 그들 가운데 비혼주의자들이 의외로 많다는 사실을 접하게 되고는 내심 놀라는 요즘이다. 물론 결혼제도는 문명 안에서 쇠락해 가는 중인지 오래다. 다만 나는 특히 이 나라에서 젊은이들이 결혼생활을 영위하기에는 경제적 어려움이 너무 크다는 이유로 결혼을 거부하고 있는 것으로만은 보이질 않는다. 그들은 결혼만 부정할 뿐 연애에 관하여서는 열려 있는 편인데, 대체로 사랑의 유효기간을 몇 년 안쪽으로 규정하고 있고 나는 공감했다. 긴 사랑의 실패라면 나도 일가견이 있는 몸이니까. 한마디로 연인이 서로간의 오랜 사랑을 믿지 않는 것, 그러한 인간의 한계를 있는 그대로 받아들이는 일종의 '내려놓음'이 우격다짐 비슷한 제도의 도덕보다는 훨씬 지혜로울 수도 있다는 데에 다시 한 번 더 공감한다. 사랑을 하면서도 미구(未久)에 닥칠 이별을 준비하며 사랑한다는 것은 고약한 노릇일 뿐일까? 마음을 강하게 갖는 가장 좋은 방법은, 마음을 가지지 않는 것이다. 인간은 평소 고난에 노출되어 있어야 근본이 강해진다. 그리고 좋은 게 얼마나 좋은 건지 알게 된다. 인간은 '하는 것'으로 혁명을 이루지만, '안 하는 것'으로 구원받는다. 위악에 기대어 살아간다는 것은 서글픈 일이다. 그러나 어느 날 이 위악이 더 이상은 위악일 수 없게 되었다는 사실을 깨닫게 되면, 이런 혼잣말을 되뇌는 자신을 발견하게 될 것이다.

— 중요한 것만 생각하자. 중요한 것만 생각하자. 중요한 것만을.

이 중요한 것 안에는 서글픔이 끼어들 겨를이 없다. 그리하여 이 중요한 것은 오로지 '사랑'일 것이다.

까닭을 밝히기는 싫다. 인생을 대략 80세 정도로 봤을 적에, 이미 50세 가까이를 살아온 나는, 내 인생이 여지없이 실패했다고 본다. 더욱이 향후 이것을 성공한 인생으로 역전시키고 싶은 의사가 전혀 없다. 그런다면 그것은 내 수많은 죄목들 앞에서 면목 없는 일이다. 수줍은 척 허세를 떠는 게 아니다. 진심이다. 그저 내게 자연(自然)으로서 주어진 삶은 끝까지 견뎌 보고 싶다. 이미 실패를 자인한 인생으로서 고통은 고통대로 감당하는 대신 더 살고 싶은 대로 살다가 죽을 것이다. 다시금 나는 명백히 실패한 인생이다. 그것을 알고 있는 것이 내 '자유'다. 나는 죄인이지만 자유인이며 살아간다는 것은 죽어 간다는 것과 같은 말이다. 그러니 죽어 가고 있다는 것을 잊지 않으며 살아가면 된다, 죽을 때까지. 행복하기를 바라는 마음은 배신을 밥 먹듯이 하는 인간을 믿는 것과 같은 '행위'다. 행복은 간사하다. 행복을 바라지 않으면, 불행하지 않을 수 있다.

그런데 또한 문득문득 이런 생각도 하게 된다. 사람이 정말로 끝까지 이기적인 존재일 수만 있다면 이러한 사랑은 충분히 인간의 사랑을 사랑으로서 가능하게 할 것이다. 그러나 사랑 없이 살아가거나 사랑을 하면서 살아가다 보면, 사실은 내가 강해지고 아름다워짐으로써 누군가를 기쁘게 해 주고 싶다는 동기가 부여되지 않는다는 게 얼마나 답답하고 넘기 힘든 벽인가를 절감하게 되는 때가 있다. 사람은 이기적인 것 같지만, 사실은, 당신이 환하게 웃는 모습을 보고 싶어서 강해지거나 아름다워지고 싶어 하는 이타심으로 환하게 차오르고, 그것이 요컨대 '사랑'일 것이다. 그렇게 본다면 막상 인간은 이기적이기는커녕 사랑에 있어서도 이기적인 척하고 싶어 하는 참으로 마음이 약한 존재인지도 모른다. 언젠가 누군가에게서, "시는 지옥에서도 쓸 수가 있어서 좋지요."라는 말을 들은 적이 있다. 시가 빛을 보는 것은 어둠, 곧 지옥 속이니, 시는 기적이 된다. 시는 사랑의 동의어다.

오늘 한낮 이 전대미문의 폭염 속에서도, 횡단보도에서 내 쪽으로 마주 걸어오던 젊고 수수한 연인은 꼭 잡은 서로의 뜨거운 손을 절대 놓지 않으며 대체 뭐가 그렇게 재밌는지 연신 깔깔거리고 있었다. 마치 이 세상 모든 불행더러 엿이나 먹으라는 듯이. 하긴 그런 것이지, 사랑이란. 그리고 청춘이란. 형식에 구애받지 않는 것이 사랑의 힘이다. 예나 지금이나 나는 위로 따위가 필요한 사람이 되고 싶진 않듯 과연 저들이 언제 이별하게 되건 간에 감히 저들을 위로할 수 없다. 그와 나는 바로 이러한 이야기를 약간은 즐겁게 나누었는데, 누군가 엿듣고 있었더라면 무척 어두운 이야기라 여길 수도 있었을 테지만, 만일 이러는 게 죄가 되지 않는다면 나는 삶에 있어서 가장 해 볼 만한 것은 사랑이라는 생각 말고는 아무 생각도 하고 싶지 않다. 어느덧 밤이 깊었다. 또다시 한 인간의 일생이 온통 이런 것만 같은 혹독하게 무더운 여름밤이다. 하루 종일 내가 보거나 들었던 모든 것이 하나같이 어제의 것이 되어 버렸다. 하지만 우리는 가을이 오면 꼭 만나자고 하였다.

(2018.8.)

죽음에 관한 소견

　삶과 죽음이 다른 것은 살아 있는 사람과 죽은 사람의 다름이요, 살아 있는 사람과 죽은 사람이 다른 것은 살아 있는 사람의 말과 죽은 사람의 말이 다름이다. 죽은 사람이 어떻게 말을 하냐고? 무슨 그런 어리석은 말을 하시나. 기실 우리는 살아 있는 사람들의 말보다는 죽은 사람들의 말에 둘러싸여 살아가고 있다. 도서관에 한번 가 보라. 그 수많은 온갖 책들 가운데 대부분은 고인(故人)이 쓴 것들이 아닌가 말이다. 이쯤 되면 더 예를 들 필요도 없이 문명이라는 것 자체가 가히 죽은 이들이 건설한 은하계라고 할 만하다. 다만 우리는 오늘도 또 다른 은하계를 개척해 가는 새로운 인간이 되고자 노력할 뿐이다. 명심할 바는, 죽어서도 살아 있는 자가 있고 살아 있음에도 죽은 자가 있다는 점일 터이다. 시간이 곧 신이고, 죽음이 없었다면 종교는 필요치 않았을 것이다.

직접 겪은 일임에도 불구하고 과연 이것이 진실인지 아닌지 헷갈리는 경우가 종종 있다. 내 아버지의 유언일지도 모르는 유언이 바로 그러하다. 그것이 확실히 유언이 아니라 '유언일지도 모르는 유언'인 까닭은, 작년 이맘때 돌아가신 아버지가 내가 어릴 적 술에 얼큰하게 취하신 채 딱 한 번 남긴 말이어서 농담인지 진담인지 도무지 아리송해서다. 그 내용은 이렇다. 첫째, 절대로 보증을 서지 마라. 둘째, 절대로 의형제를 맺지 마라. 셋째, 절대로 몸에 문신을 새기지 마라.

어떤가. 첫 번째 사항은 경제적으로 망하지 말라는 것, 두 번째 사항은 우정에 있어서 객기 부리지 말라는 것, 세 번째 사항은 부모가 주신 몸 정갈하게 간수하라는 뜻 정도로 받아들이면 대강 무리가 없을 듯싶은데, 하여간 아버지는 생전에 이것 말고는 '유언'이라는 단어까지 써 가면서 내게 무언가를 당부한 바가 없으니 더욱 헷갈릴 밖에. 민법학자인 내 아버지는 태권도 7단의 무도인(武道人)이었고, 무엇보다 묘한 괴짜였다. 저 유언일지도 모르는 유언은 받는 이보다는 내려준 이에게 더 어울리는 셈이다.

저 유언일지도 모르는 유언을 이제부터 무조건 유언이라고 쳐도, 내가 요즘 들어 내 아버지의 저 유언을 문득문득 자주 떠올리는 것이 그가 죽음 속으로 사라져 버렸기 때문이라는 사실만큼은 명백하다. 죽음이라는 것은 이렇게 죽은 이에 대한 어떤 것과 모든 것들을 환기시키고 변화시킨다. 죽은 자가 살아 있는 자보다 살아 있는 자들을 훨씬 더 잘 설득한다. 훨씬 더 잘 홀린다. 살아 있는 자들은 살아 있는 자보다 죽은 자에게 훨씬 더 관대하다. 훨씬 더 혼잣말처럼 속삭인다. 죽음은 힘이 세다.

그렇다면 죽음이란 살아 있는 이가 죽어서야 죽음일 뿐일까? 죽음은 산 자의 무기(武器)이자 부적(符籍)이다. 죽음을 각오하면 우리는 삶에서 못 해낼 일이 없다. 그 어떤 적도 멸망시킬 수 있으며 그 어떤 재앙도 씹어 먹어 완전히 소화시킬 수 있다. 그리고 그 일을 다 한 뒤에도 당당히 죽을 수가 있다. 우리는 이런 기가 막힌 무기이자 부적을 공평하게 하나씩 지니고 태어난 사람들이다. 인생은 후진이 없다. 가만 있어도 시간은 가고 풍랑이 없어도 우리는 배 위에 앉아 서서히 조용히 수평선을 향해 가고 있으며 그 끝에는 죽음이라는 낭떠러지가 있다. 웃자. 번뇌와 억압에 비한다면 외로움이야말로 해맑고 상쾌한 것이다. 나는 내가 소심하다고 생각하는 편이지만 가끔은 사실은 반대일 수도 있다는 생각을 하기도 한다. 대범함이라는 게, '어쩔 수 없었다는 것'과는 한참 다르게 자신의 과거에 대해 후회하지 않는 것이라면 나는 비교적 대범한 사람이다. 살아간다는 것은 죽어 간다는 것과 같은 말이다. 죽어 가고 있다는 것을 잊지 않으며 살아가면 된다. 항상 죽음을 종달새처럼 제 어깨 위에 얹고 있으면 된다. 병으로든 사고로든 '일부러'가 아니라 '저절로' 죽을 때까지. 죽음은 죽은 자가 아니라 산 자가 들고 있어야 훨씬 더 빛난다.

그에게 노벨문학상이 돌아가지 않자 전 세계적으로 항의가 일었던 1899년생 작가 호르헤 루이스 보르헤스는 유전적 질병으로 거의 장님이었는데, 자신의 「1983년 8월 25일」이라는 단편소설에서 바로 그날 자살할 거라고 공언을 했더랬다. 보르헤스가 8월 25일을 고른 것은 그의 생일이 8월 24일이어서 생일보다는 하루를 더 산 다음 죽으려고 했기 때문이었다. 그러나 결국 그는 자살을 하지 않았다. 한 기자가, 왜 자살하지 않았느냐고 묻자, 그가 이렇게 대답했다.

─못 했어. 겁이 나서.

그러고 나서. 보르헤스는 1986년도에 죽었다. 거의 두 달 모자라는 3년 뒤에. 간암으로. 그 두 달 전쯤에는 결혼까지 해 놓고.

내 인생에 대해서도 잘 모르겠는 판국에, 남의 인생 나는 별로 알지 못한다. 알고 싶지도 않고. 다만. 인간이란 어차피 가만히 의자에 앉아만 있어도 시간이 알아서 죽여 주게 돼 있는 거다. 그걸 일부러 앞당길 필요는 없다는 얘기.

게다가, 굳이 스스로 죽은 바로 그다음 날, 지구가 멸망할 수도 있을 텐데, 그 좋은 구경을 왜 포기하는가? 나는 묘한 괴짜였던 내 아버지의 아들이 맞는가 보다.

흔히 이런 말을 한다. "자신에게는 엄격하고 타인에게는 관대하라." 또 혹자는 이런 말을 한다. "자신에게도 엄격하고 타인에게도 엄격하라." 나는 생각이 좀 다르다. 인간은 타인에게 관대한 만큼 자신에게도 관대한 것이 좋다. 자신에게 관대하지 못해 자신을 망치고 주변을 망치는 게 인생이다. 앞날을 근심하지 마라. 타인을 걱정하지도 마라. 앞날의 근심은 어리석고 타인을 걱정하는 것은 오만이다. 혁명은 인생이라는 혼돈 속에서 의미를 잃지 않으려는 기도와 행동이다. 성공하건 성공하지 못하건 간에 늙고 병들고 죽으리라. 그래서 '지금'을 소중히 해야 하는 것이다. '지금'밖에는 존재하지 않는 것이다. 과거는 망상이고 미래는 몽상일 뿐인 것이다. 깨어 있어야 한다. 인간이 자신의 죄 때문에 신이라는 물음표를 만들고 경배했고, 그 경배 없이는 불안해서 괴로웠다면, 예술은 바로 그 불안일 것이다.

편의점에서 기한이 하루 지난 바나나 한 다발을 그냥 가져가시겠냐 그래서 토토랑 나눠 먹으려고 가지고 왔다. 요즘 들어 이런 신비한 일이 자주 일어난다. 사실은 어젯밤에도 다른 편의점에서 내가 먹으려고 했던 냉동편육이 기한이 반나절 지나 못 판다고 하여 냉동함박스테이크를 샀는데, 계산을 할 적에 냉동편육을 그냥 가져가시라고 그러는 거다. 나는 가지고 왔다. 그리고 오늘밤 또 이 '바나나미라클'이 일어난 것이고. 요즘은 길을 가면 그렇게 많은 할머니들이 물수건도 주고 녹차도 주면서 예수 믿고 구원받으라고 한다. 이것은 우연이 아닌 것 같다. 하나님은 내 편이신 것이다.

다시 한 번 더 곰곰이 생각해 보니, 묘한 괴짜 아버지의 유언 중에 중요한 것은 대강 해석되는 그 내용들이 아니라 세 가지 사항에 공통으로 들어 있는 '절대로'인 듯싶다. 그 '절대로'가 아버지가 내게 남기신 유언의 핵심이고, 그것은 바로 이것일 것이다.

— 아들아. 이 아버지는 너를 사랑한다. 지금도 그렇지만, 죽어서도 영원히 너를 사랑할 거야. 세상에 무너지지 마라, 내 아들.

내 아버지가 일생 스스로 강조한 덕목은 '인내'와 '용기' 이 두 가지였던 것 같다. 이 밤과 새벽 사이 내게 묻는다. 너는 인내와 용기가 한 몸인 자인가? 내가 좋아하는 작가들 가운데는 아무래도 예민한 예술가들이어서 그런지 자살한 이들이 좀 되지만, 내가 그들을 좋아하는 것은 그들이 자살했기 때문이 아니라 훌륭한 작가였기 때문이고, 어쩐지 만약 보르헤스가 자살했더라면 나는 보르헤스를 지금처럼 좋아하지는 않았을 것 같다. 아버지가 돌아가시고 나서, 나는 고아가 되었으며 사실상 일가친척조차 하나 없는 완전한 혼자가 되었고, 식구라고는 개 한 마리뿐이다. 아버지의 저 유언이 진짜 유언인지 장난이었는지는 이제 와 중요치 않다. 살아 있는 나는 죽은 자인 그가 오로지 그리운 것이다. 제 아픈 삶을 끝까지 상대하다가 담담히 죽음을 맞이한 한 인간의 실존적 무도(武道)가 존경스러운 것이다. 나는 나의 슬픔 앞에 스스로 관대하고 싶다. 다시는 만날 수 없는 그가 나를 사랑했던 마지막 사람이었기 때문이다. 무서운 아버지도 없는데, 이 여름이 다 가기 전에 문신이나 한 번 새겨 볼까?

죽음은 삶보다 위대하지 않다. 죽음을 위대하게 하는 것은 그의 삶이다. 죽어서도 살아 있는 사람들이 있다. 그러나 이런 것들보다 천만 배 더 중요한 사실이 있다. 사람은 살아서나 죽어서나 위대할 필요가 없다.

(2018.7.)

수필인간(隨筆人間)

　　비좁은 컨테이너 박스 안에서 구두를 닦고 수선하는 한 늙은 사내를 알고 있다. 그는 봄 여름 가을 겨울 하루하루를 그 열악한 생의 참호 안에서 고개를 숙인 채 앉아 마치 병든 세계를 치유하듯 더럽혀지고 망가진 구두를 빛나고 온전케 한다. 내가 과음을 한 다음 날이면 구두를 닦는 버릇이 생긴 데에는 이 사람의 소박한 요술을 조용히 감상하기를 즐기게 된 까닭이 크다. 전날 밤 어지러운 술집 골목들을 비틀비틀 누비며 엉망이 돼 버린 구두가 그의 손길에 의해 거듭나는 과정과 그 모양을 멍하니 바라보고 있노라면 나는 내 전생의 모든 과오가 청산되는 것만 같은 기분에 젖어드는 것이고, 무엇보다, 크든 작든 근본적으로, 숙달된 장인의 능숙한 기예는 유쾌한 엄숙을 준다. 탕아의 더럽혀지고 망가진 구두를 빛나고 온전케 하는 것을 별 일 아니라며 폄하하는 자가 있다면 나는 그가 얼마나 대단한 일을 하는 위인이신지는 모르겠으되 그의 처음부터 끝까지를 송두리째 무시하지 않을 수 없다. 그러나 소위 '구두병원'이라 써 붙여져 있기 마련인 요즘의 구둣방이 몰락하는 직종이 된 지 오래인 것은, 나와 같이 반성과 명상을 목적으로 구두를 맡기러 가는 은밀한 괴짜는 물론이요 평범한 필요에 따라 구두를 닦는 이들이 많이 줄었고, 값싸고 질 좋은 기성품 구두들이 대량 생산되는 상황에서 문제가 생기면 바로 버리고 새것을 사지 굳이 고쳐 신으려는 사람은 별로 없기 때문이다. 홀아비 처지는 과부가 걱정해 준다고 했던가. 구두병원 원장님과 문인인 나 사이의 각별한 친분은 우리 둘이 공히 치명적인 사양산업(?)에 종사한다는 공통점에서 기인한 서글프고 착잡한 연대가 아닐까 싶다.

나이가 어느덧 환갑에 가까운 그는 고아로 자라서 올해 전문대학에 들어간 아들과 단둘이 산다. 얼마 전에는 동네 교회 첨탑에 있던 철제 십자가와 그것을 받치고 있던 구조물이 부서지면서 떨어져 끔찍한 참사가 날 뻔했는데 하필 그때 그가 그 아래를 지나가다가 구사일생으로 피해 타고 있던 자전거만 박살이 난 사건이 있었다. 십자가에 깔려서 죽을 뻔하다니. 십자가에 못박혀 죽는 게 차라리 낫지 말이다. 사뭇 극도로 불운하고 추레하다. 내게는 이것이 그와 나 같은 이들의 우울한 상징처럼 여겨졌다.

만물만사의 흥망성쇠란 어찌 해 볼 것도 없는 당연한 이치이다. 가령 컴퓨터가 나오면서 타자기와 타자수가 사라지고, 핸드폰이 생기면서 전화교환수가 사라진다. 대형마트들의 혁신적인 유통과정으로 인해 재래시장이 사라지는 것은, 메이지유신 때문에 백주대낮에 칼 찬 사무라이가 거리에서 사라져 검도 도장이 생겨나는 것과 마찬가지다. 특히 최근 20년 간처럼 세상 문물의 뿌리가 거의 싹 다 뒤바뀌는 경우에는 더더욱 그렇다. 누구는 이런 것들을 두고 타락이라고 욕하고 싶겠으나 실상 이러한 것들은 '변화'이어서, 변하는 세상 따라 적절히 변화하지 못하면 긴 현실 속에서는 마침 그게 타락일 게다.

이는 남의 흉이 아니라 내 딱한 처지다. 이제는 순수문학을 하는 한국작가라는 존재는 웃기지도 못하는 코미디언에 불과하다. 나로서는 그런 실존적 모욕감을 느끼면서도 문학을 포기하지 않기 위해 인내와 결기에 못지않게 공부가 요구됐다. 천만다행으로 펜을 놓지 않으며 새로운 꿈을 꾸고는 있지만, 그런다고 해서 내게 상처가 남지 않는 것은 아니다. 문득 굉장한 무기력이 찾아오고 그 낙담의 끝은 한 인간을 스스로 죽일 정도로 무섭다.

그러나 그 굉장한 무기력이 찾아왔던 것처럼 문득, 지금으로부터 어언 30년 전, 그러니까, 내가 스무 살 즈음에 썼던 어떤 시 몇 편을 지금의 이십 대가 읽고 있다는 사실을 우연히 발견하게 되고는 그야말로 탕아의 더럽혀지고 망가진 구두가 어느 사내의 손길에 의해 빛나고 온전케 되는 것을 멍하니 바라보는 것보다 더 놀라게 되는 때가 있고, 그럼에도 불구하고 이것은 내가 아직도 시라는 것을 쓰고 있다는 사실보다 더 놀라운 사실이 아닐는지도 모른다.

하루의 일을 마친 늙은 구두수선공이 저녁 무렵 자신의 작은 컨테이너 박스, 그 비좁은 생의 참호 속에서 걸어 나와 가방을 둘러멘 채 어딘가에 있을 집으로 돌아가는 그 야윈 등을 바라보는 것은 내게 뭐라 설명하기 힘든 복잡한 감정을 불러일으킨다. 나는 누구인가? 아직도 누군가는 내 어린 시절의 시를 읽어 주고 있고 나는 여전히 오리무중의 모독 속에서 새로운 시를 쓰고 있는 중이다. 보잘것없어 보이는 일을 목숨처럼 여기며 살아간다는 것은 일제히 묘한 슬픔을 안겨 준다. 다만 나는 속삭이고 싶다. 사실상 인생은 시나 소설이 아니라고. 인생은 순간순간 한 편의 수필(隨筆)이다. 우리 모두는 시인이나 소설가나 수필가도 아닌 '수필 인간(隨筆人間)'이다. 인생과 인간은 시처럼 비장하고 아름답지도, 소설처럼 풍성하고 구조적이지도 않다. 도대체 얼마나 큰 판을 벌여야 행복할 것인가? 소원대로 큰 판이 좌지우지되면 행복할 자신이 있는가? 무기력이란 내가 하고 있는 일의 작은 '신비'를 잃어버렸을 때 일어나는 현상이다. 우리가 무자비하게 변해 가는 세상 속에서 잃은 것은 실용이나 보람이 아니라 바로 이 '신비'다. 허황되지 않은 알찬 신비. 실체인 신비. 그것을 과연 무엇이라고 부르든 그것은 인생에 있어서 가장 소중한 것들 가운데 단연코 하나이며 그것이 없는 인생은 생기와 빛을 잃어버린 인생이다. 원래 희망이라는 것은, 사랑이라는 것은, 그렇게 큰 게 아니다. 자꾸 사랑과 희망을 과장선전하지 말라. 작은 희망과 작은 사랑을 찾는 자가 종국엔 큰 희망과 큰 사랑을 얻는다는 입바른 소리도 말짱 거짓이다. 인생은 원래 허무하고 인생은 작다. 인간도 작다. 작은 것을 작다고 알아야 한다. 그래야 우리 각자가 진리를 잃지 않는다. 내가 스무 살에 썼던 시를 요즘 같은 세상에서 다만 몇 명이라도 요즘의 스무 살들이 돌려 읽는다는 것, 이것보다 더 신비로운 일이 어디 있겠는가 말이다. 비좁은 컨테이너 박스 안에서 구두를 닦고 수선하는 한 늙은 사내를 알고 있다. 그는 봄 여름 가을 겨울 하루하루를 그 비좁은 생의 참호 안에서 고개를 숙인 채 앉아 무슨 병든 세계를 치유하듯 더럽혀지고 망가진 구두를 빛나고 온전케 한다. 저녁 무렵 붉게 물드는 그의 야윈 등은 우리의 서글프고 착잡한 연대가 아니다. 나의 작은 신비다.

(2018.7.)

세상을 싫어하는 사람의 행복

지난가을 저 멀고 먼 독일에서 한 시인이 아직은 아까운 나이에 쓸쓸히 죽었다. 서점을 거닐다 보면, 그녀의 책들만을 진열한 코너가 마련돼 있다. 반가움보다는 슬픈 만감이 교차한다. 시인은 목숨을 저버리고 나서야 사람들 눈에 그나마 아른거리기라도 하는 존재가 돼 버린 지 오래다. 온 세상 시인들이 동시에 파업을 한들 누가 모래 먼지 한 톨만큼이나마 아쉬워해 주겠는가. 섭섭함 따위 사치다. 이런 걸 시비 걸 요량이었으면 애초에 문학을 하지 말았어야 했다. 내 잘못이고, '망해 버린 시의 나라'의 시민들인 시인들 잘못이다. 비교적 늦은 나이에 단신으로 독일에 유학한 그녀는 고대근동고고학 박사 학위를 땄더랬다. 한국에서 독일박사가 얼마나 흔해지고 무용해졌는지는 모르겠으되, 한국인이 독일에서 박사 학위를 받는 것이 얼마나 죽을 고생인지 독문학을 전공한 나는 잘 안다. 게다가 그녀는 그 독일제 고

대근동고고학 박사 학위를 이용해 뭔가 그럴듯한 이득을 챙기지도 못했다. 그래서인지 문득 이런 생각을 하게 된다. 저렇게 죽을 거였으면서 그녀는 왜 그토록 고통스럽게 살았던 것일까? 차라리 그 기간 동안 한국에서 대충 살았더라면 덜 억울하지 않았을까? 더 재밌지 않았을까? 더 뜻있지 않았을까? 그 몹쓸 병을 미리 발견하고 완치시킬 수 있지 않았을까? 인생은 정답이 없고 이래도 후회 저래도 후회인 것 같아, 늘 우리는 '운명'이라는 단어에 의지한다. 그러나 모호한 운명과는 달리 분명한 것이 여기 있어, 아득히 고독하고 많이 아팠던 그녀는 이 세상 그 어떤 어둠도 물리칠 만큼 아름다운 시와 산문 들을 남겼고, 삶의 무자비한 허무 속에서도 헛되지 않았다는 것. 무엇보다, 그녀는 단 한 번도 자신의 삶이 억울하다고 세상에게 말한 적이 없으니, 이번에는, '망해 버린 시의 나라'의 시민들인 시인들 가운데 오직 단 한 명의 천박한 시인인 내 잘못이다. 나는 세상이 싫다.

한 시절 집중적으로 정치칼럼을 이런저런 신문들에 연재했던 전과기록 탓인지, 사적인 술자리에서 국내외의 정세에 관한 질문을 받게 되는 경우가 심심치 않게 있다. 가령, 향후 북핵문제가 어떻게 진행될 것 같으냐는 식의. 공부하였기에 충분히 진단할 수 있고 예측할 수 있는 설명만 늘어

놓고 끝을 내면 좋으련만, 나는 꼭 이런 사족(蛇足) 아닌 '뱀의 틀니'를 보탠다.

— ……에, 그러나 이런 것들보다 중요한 것은, 올해 여름에 김정은이가 죽을 수도 있고, 가을에는 백두산이 화산 폭발을 일으킬 수도 있죠, 북핵문제는.

타고난 천사 같은 심성에 비해 평소 시니컬하다는 소리를 자주 듣는 편이지만, 내 위의 저 말은 위악이 아니라 과학적 진심이다. 시간이 흐른 뒤 '역사'라는 것이 스스로 각본을 쓰고 각색을 해 줘서 그렇지, 원래 세상일들이란 누적된 연기(緣起) 속에서 어느 날 장난 같은 사고나 황당한 자연재해의 모습으로 나타나는 법이다. 깨달은 자가 별 건가. 멀리 내다보고 깊숙이 들여다보는 자, 그러한 자가 깨달은 자인 까닭은 그래서이다. 뉴스 속에는 바로 엊그저께까지 부러움의 대상이던 위인들이 포승줄에 묶인 채 감옥으로 끌려가고 있다. 설사 정작 그들이 무죄이고 도리어 그들을 잡아넣는 자들이 악당이라고 하더라도 이 아수라장의 규칙에는 공수(攻守)가 뒤바뀐들 그 교훈상 아무런 상관이 없다. 지금 감옥에 있는 재벌 총수는 재벌 총수가 되었을 적에 기뻤을 것이다. 지금 감옥에 있는 국회의원은 국회의원이 되었을 적에 기뻤을 것이다. 지금 감옥에 있는 장관은 장관이 되었을 적에 기뻤을 것이다. 지금 감옥에 있는 대통령은 대통령이 되었을 적에 기뻤을 것이다. 저들을 저렇게 포승줄로 묶어 감옥에 처넣는 자들이 훗날 저들과 똑같이 포승줄에 묶여 감옥으로 간다손 치더라도 오늘 그들은 자신들이 사랑하고 있는 세상이 자신들의 지옥으로 돌변할 수 있다는 사실을 아예 모르거나 애써 외면하고 있으리라. 다 세상을 너무 좋아해서 생기는 일들이다. 좋은 일과 나쁜 일은 같이 온다. 좋은 일이 왔을 적에 그 안에 숨어 있는 나쁜 일을 보아야 하고 나쁜 일이 왔을 적에는 그 안에 숨어 있는 좋은 일을 보아야 한다. 저들은 더 가지려다가 저렇게 된 게 아니다. 다 가지려다가 저렇게 된 것이다. 그 몇 가지를 더 가지지 않았더라면, 저렇게까지는 되지 않았을 것이다. 또한 저렇게까지는 되지 않을 것이다. 이다지도 정의로움을 자처하는 자들이 사방에 득실득실한데 왜 세상은 한 치도 나아지질 않고 날이 갈수록 더욱 끔찍해져만 가는 것일까. 그것이 궁금한 나는, 인간이란 어느 정도 염세적일 필요가 있다고 믿는다. 역사책을 뒤적여 보라. 불굴의 의지와 환한 희망과 강철이론으로 무장한 자들이 세상을 지옥으로 만든다. 나는 세상 사는 게 즐겁다고 그러니 우리 모두 즐겁자고 권하는 얼굴들이 전부 미친 얼굴로 보인다.

'피그말리온 효과'라는 것이 있다. 피그말리온이라는

왕이 있었다. 그는 자신이 상아(象牙)에 조각한 여인상에게 사랑을 느껴 거기에 생명을 불어넣어 달라고 미의 여신 비너스에게 간청한다. 그리스 신화에 등장하는 이야기로서, 자식이 그린 낙서를 보고 부모가 '이 아이는 그림에 재능이 있다'고 착각하는 경우 아이가 부모의 기대에 어긋나지 않도록 노력하게 된다는 식의 해석이 있는가 본데. 내 생각은 전혀 다르다. 나르시시즘은 자기 자신한테 반하는 이야기가 토대이지만 피그말리온 효과는 잘난 자기가 만든 무엇에 반하는 이야기이니 병세가 더욱 고약지랄이다. 우리가 함께 살고 있는 이 세상에는 나르시시즘과 피그말리온 효과에 중독된 자들과 그 반대편에서 열등감을 나병(癩病)처럼 앓고 있는 자들이 가득하다. 다 세상과 자신을 너무 사랑해서 벌어지는 비극들이다. 정치에 대한 불신이 있어야 올바른 정치적 판단이 가능하듯, 인생과 세상에 대한 허무주의가 있어야 적어도 뻔뻔한 얼굴로 죄를 짓지는 않을 수 있다.

가을에는 백두산이 화산폭발을 할까? 여름에는 김정은이가 죽을까? 그러거나 말 거나 내가 알 게 뭐냐. 나는 무서운 인간보다는 웃기는 인간이 되는 편이 더 마음에 든다. 다만 내가 이제야 알겠는 것은, 이 세상 그 어떤 어둠도 물리칠 만큼 아름다운 시와 산문 들을 남겼고, 삶의 무자비한 허무 속에서도 헛되지 않았던 그녀는 일부러 세상을 너무 사

랑하지 않았던 사람이라는 것이다. 그녀에게 인생이란 이래
도 후회 저래도 후회인 것 같아 정답이 없는 세상이 아니었
을 것이다. 그녀는 운명이라는 감옥에 갇힌 자가 아니었다.
나는 이 세상을 좋아하며 살다가 죽지는 않을 것이다.

(2019.1.)

꽃나무의 일

　얼마간 몸과 마음이 많이 아팠다. 세상에는 원인을 알
수 없는 아픔이 있는가 하면, 원인은 물론이요 그 결과 역시
잘 알지 못하겠는 아픔이 있다. 마음이 아프기에 몸이 아프
게 된 알 수 없는 병이라든가, 몸의 병이 아직 드러나지 않
아 마음이 아픈 병처럼. 아픔만이 딱딱한 물질인 채 그 나머
지는 전부 안개 같은 아픔. 병원 입원실에 하루 이틀 누워
있기도 했고 조금 나아질 것 같으면 탕진 같은 방황이 있기
도 했다. 인생은 정답이 없으며 그저 끝이 없는 문제해결의
과정일 뿐이라지만 이것이 위로라기보다는 막막함일 때 사
람은 산 채로 삶에 숨이 막힌다.

　본시 나는 식물을 길러 봤자 거의 다 죽이는 편이었다.
태반(太半) 정도가 아니라 거의 다. 그런 한심한 노릇이 자
주 반복되다 보니 자연 집 안에 아예 식물을 들이지 않았더
랬다. 그런데 내가 8개월 남짓 전 새집으로 이사한 뒤로는

집 안 여기저기에 거짓말처럼 화분이 하나둘씩 늘어 갔다. 종일 지나치게 과묵한 토토와 단둘이 지내는 것에 한계를 느껴서였을 것이다. 외로워서 식물을 키운다? 말 못하는 식물을? 웃기는 소리로 들리겠으나 그게 정말로 그랬다. 더구나 놀라운 것은, 더 이상 내가 식물들을 죽이지 않을 뿐만이 아니라 상당히 잘 돌보고 있다는 사실이다. 정성을 다 해서만이 아니라, 내가 비로소 식물 속에 깃든 침묵의 맛을 배운 까닭이 아닌가 싶다. 깨달음에는 고독이 정성보다 상책인지도 모를 일이다.

일전에는 한적한 골목 귀퉁이 삭은 화원에서 이 한겨울 꽃이 없는 꽃나무 분재를 보았다. 내가 꽃보다 나무를 한참 더 좋아하는 정도가 아니라, 꽃이라는 존재를 경멸하기까지 하던 것은 꽃이 지는 꼴이 너무 추하고 허무하게 느껴지는 탓이었다. 그러나 문득 그날은 꽃이 보고 싶었다. 한겨울에도 내 집 안에서 꽃을 본다면 몸이든 마음이든 아니면 둘 다 이든 회복되는 기적을 만나게 될 것만 같았다. 와중에 그 작은 화원의 주인인 청년에게서 이런 얘기를 들었다. 꽃은 상황이 안온할 적에 피는 게 아니라 도리어 시달리게 되는 경우에 스스로 살고자 하는 몸부림 안에서 피게 되는 거라고. 창가에 두어 기온과 풍광의 부침을 겪는 난(蘭)과 꽃나무가 오히려 자주 꽃을 피우게 되는 것은 바로 그 때문이라고. 이것이 원예(園藝)의 정설인지 아닌지는 모르겠으나, 요즘 아침마다 꽃나무에 물을 주고 있는 나는 굳이 그 말을 믿고 싶다. 더 정확하게 그날 나는 꽃보다는 '꽃이 피어나는 것'을 보고 싶었으니까.

그리고 어제는 돌아가신 아버지의 중절모들을 내가 좋아하는 어느 형님에게 드렸는데 마음에 들어 하시기에, 무척 기쁜 나는 내 아버지께서 형님을 지켜주실 거라고 말했다. 어차피 중절모가 전혀 어울리지 않는 나는 식구라고는, 친척이라고는 아무도 없는 독신(獨身)에 친애고아(天涯孤兒)이기에 그런 물건들을 가지고 있는 것이 늘 마음에 걸린다. 내가 홀연 죽고 나면 그런 것들이 덩그러니 남아서 이 세상에서 천하게 떠돌다가 버려질까 봐서. 내가 죽기 전에 가지고 있는 물건들 가운데 좋은 것들은 다 그런 식으로 의미 있게 처분하고 죽을 것이다. 내 책들과 음반들도 그렇게 할 것이다. 후일 지금의 토토가 예전의 토토처럼 무지개다리를 건너가게 되면, 개마저도 더 이상은 키우지 않을 것이다. 남은 인생 스스로를 승려 내지는 괴승(怪僧)이라고 생각하고 마음 편히 살다가 죽겠다. 결국 이 모두가 '마음'에 대한 이야기인 셈이고, 이윽고 나는 이러한 생각에 잠긴다. 누가 나를 시달리는 자리에 놓으셨는가?

꽃은 상황이 안온할 적에 피는 게 아니라 도리어 시달

리게 되는 경우에 스스로 살고자 하는 몸부림 안에서 피게 되는 거라고? 창가에 두어 기온과 풍광의 부침을 겪는 난 (蘭)과 꽃나무가 오히려 자주 꽃을 피우게 되는 것은 바로 그 때문이라고? 이것이 자연의 정설이건 아니건 간에, 요즘 아침마다 꽃나무에 물을 주고 있는 나는 그 말을 굳이 믿고 싶어도 차마 가슴이 아파 나의 꽃나무를 시달리는 창가에 두지는 못하였다. 누가 나를 괴로운 자리에 두셨을까? 나보다 마음이 강한 하나님께서 그러셨을 것이다. 꽃 피우라고. 어서 꽃 피라고 그러셨을 것이다. 이것이 사실인지 아닌지는 아무런 상관이 없다. 하나님을 믿는 것은 원래 그런 일이고 구원 또한 그런 것이다. 사랑도 아마 그런 것이리라. 내 안에 계신 하나님께서, 내 아버지의 중절모가 어느 한 사내를 지켜 주시는 일처럼 나를 지켜 주시는 일. 괴로움 속에서도 나와, 언젠가는 내게로 다가올 당신을 믿는 일. 꽃나무의 일.

(2019.1.)

고독한 밤에 호루라기를 불어라

한겨울 속에서 길고양이들을 문득문득 본다. 저 녀석들 가운데 과연 몇이나 이 혹한을 견디고 봄을 맞이할 수 있을까. 언젠가 친분이 있는 수의사로부터 들은 바로는, 길고양이들의 수명과 생존율은 다양한 이유들에 의해 매우 짧고 희박하다 한다. 그런데 참 이상한 일이지? 우울 같은 걱정 뒤로 궁금한 것은, 어느 거리 어느 골목에서도 길고양이의 사체를 목격한 적이 없다는 사실이다. 나만 그런가 싶어 주위에 물어봐도 다들 마찬가지라고 한다. 도시의 닭이 되어 버린 비둘기들의 사체는 종종 눈에 띄는데 말이다. 같은 지역에 살고 있는 코끼리들은 각자 죽을 때가 임박하면 동일한 은폐된 장소로 스스로 가서 조용히 죽는 탓에 '코끼리 무덤'이라는 게 있다는데 혹시 길고양이들에게도 저들만의 그런 비밀스러운 공동 무덤이 있는 건 아닐까?

시를 쓰다 보면, '이것은 버림 받은 한 인간의 비극처럼 잘 씌어진 시'라는 판단이 들 때가 있다. 내가 시를 잘 쓴다는 착각이나 건방이 절대 아니라(제가 미치지 않고서야 그럴 리가 있겠습니까.), '좋은 시'라는 것은 '기쁜 시'라기보다는 '슬픈 시'이고, 좋은 '기쁜 시'라면 그 기쁨 안에는 슬픔이 도사리고 있을 수밖에는 없다는 게 내 미학적 신념이다. 세상에서 안 좋은 것이 미학에서 안 좋은 것만은 아닌 데다가, 우리가 아름답다고 생각하는 것들이란 사실 슬픈 것들인 까닭이다. 당신이 어떤 음악을 듣고, 아, 이 음악은 참 아름답다고 느낄 때의 그 감정을 찬찬히 들여다보라. 당신은 필경 슬픈 음악을 듣고 있을 것이다. 그 슬픔이 바로 아름다움이다. 슬픔은 기쁨보다 원초적인 감정일 뿐만이 아니라, 세상 모든 감정들의 원초적인 감정이다. 우리는 태어나 세상을 맨 처음 만날 적에 운다. 우리는 슬퍼도 울지만 정말 기쁠 적에 웃지 않고 운다. 표정으로는 웃고 있을지언정 눈물을 흘린다. 아름다운 순간이 슬프고 그 순간이 슬픈 까닭에 아름다운 기쁨이기 때문이다.

　슬픔을 잘 이해하는 사람은 기쁨을 잘 이해하는 사람이고 아름다운 것이 무엇인지 진정으로 아는 사람이다. 그래야 자신이 어떤 시를 가지고 있는 시인인지를 안다. '사람들은 모두 시인이다.' 다만 자신이 시인임을 스스로 무시하고 살아가다가 죽거나 시인이면서도 시인인 줄 모르고 살다가 죽을 뿐이며 심지어 나는 자신 안의 시인을 일부러 살해하는 사람들조차 자주 본다. 물론 요즘 같은 세상에서는 애써 괴물이 되지 않으면 살아남지 못할 것만 같은 마음이 들기도 한다. 자신의 날개를 하늘에서 사용하지 않고 발의 부스러기나 계단쯤으로 여기다가 차에 치여 길에 찌그러져 말라붙어 있는 저 비둘기들의 사체처럼.

사실 우리는 인생의 대부분을 멍 때리거나 무언가에 쫓겨 다니다가 죽는다. 그것이 괴로움의 실체다. 시를 쓰나 보면, '이것은 버림 받은 한 인간의 비극처럼 잘 씌어진 시'라는 판단이 들 때가 있다고 했지만, 글을 쓰다 보면, 글을 쓰면서 살다 보면, 삶을 견디다 보면, 외로움이나 낙담보다는 '용기'에 대해, '용기 있는 사람'에 대해 쓰고 싶을 때가 있다. 한 시대의 첨예한 정신은 항상 자신의 몸과 영혼이 속한 세상을 그 자신까지 포함해서 타락했다고 여기는 법이다. 이것은 당연지사(當然之事)인 병(病)이다. 비정상이 아니라, 앓아야 정상인 병이다. 세상이 아름답다면 글 같은 건 왜 쓰겠는가 말이다. 세상이 아름다운데 아름다운 예술이 왜 필요하겠는가 말이다. 슬픈 세상에서 슬픈 인간에게, 슬프기에 진정 아름다운 것들이 왜 필요하겠는가 말이다. 백지 한가운데 세로로 선을 긋고 그 왼편과 오른편에 사랑하는 것들과 미워하는 것들을 나누어 쭉 써내려가 본다면, 사랑하는 것들은 거의 없고 미워하는 것들의 목록만 끝이 없을 수도 있다. 세상에 대한 성찰이란 세상에 대한 긍정이 아니라 세상에 대한 부정에서 나오는 것이 아닐까 한다. 긍정 없이 살아가자는 게 아니다. 그래야 진짜 긍정이 찾아진다는 말이다. 어둠이 있어야 빛이 드러난다. 그래야 우리는 빛과 어둠으로 아름다운 그림을 그릴 수 있다. 작은 촛불도 아름다운 것은 어둠 때문이다.

인생을 맛있는 곶감들이 주르륵 꿰어진 막대라고 상상해 보자. 그 곶감들을 이미 거의 다 빼 먹은 이가 있을 것이고, 아직 한두 개도 빼 먹지 않은 이가 있다고 할 적에, 나는 당신과 내가 후자이면서도 이만큼 잘 버티고 있으며 그럼에도 불구하고 이룬 것들이 적잖은 자이기를 바란다. 우리에게는 아직 좋은 일들이 본격적으로 시작도 되지 아니하였으나, 웬걸 크게 나쁘지는 않다. 그리고 훗날 우리는 전자의 쓸쓸함을 목도하는 동시에 우리가 후자에 속하였기에 곶감 같은 것들의 유무와는 아무 상관없이 멋진 인생을 살았다는 것에 감사하게 될 것이다. 우리가 맨 처음 상상했던 그것은 사랑 그 자체이기도 했던 것이다. 희망은 쓸쓸해서 귀하다.

사실 코끼리 무덤이라는 것은 없다고 한다. 코끼리들을 마구 죽여 상아를 남획하는 불법 사냥꾼들이 지어 낸 거짓말이라는 것이다. 길고양이들은 정말 어디에서 죽어 가고 있는 것일까?

오늘도 나는 이 한겨울 혹한의 깊은 밤길을 혼자 걷다가 불현듯 가슴이 미칠 것처럼 답답해져 코끼리를 닮은 작은 호루라기라도 있으면 죽을힘을 다해 불어 버리고 싶은 충동에 휩싸인다. 정말로 그러면, 내가 모르는, 아니 인간들은 모르는 어딘가에서 하얀 사체로 얼어붙어 가고 있는, 자신의 생에서 가장 약한 모습을 들키고 싶지 않아 홀로 고요히 어둠의 핵심 같은 죽음 속으로 잠들어 가고 있는 길고양이들이 전부 화들짝 깨어나 다시 움직이게 될 것만 같다. 이 고독하고 괴로운 세상의 밤 그 밑바닥에 시체처럼 누워 있던 당신이 벌떡 일어나 '나는 나의 시인이다.'라는 혼잣말을 내뱉게 될 것만 같다. 이것은 슬픈 생각인가, 기쁜 생각인가? 어리석은 나는 잘 모르겠으나, 어쩌면 이것은 내가 나 자신에게 하고픈 일이고, 세상에 지쳐 쓰러져 사라지려는 당신들과 나에 대한 내 슬프지만 기쁜 사랑이다.

(2019.2.)

고독의 고백

(장르를 가리지 않는) 작가 생활을 어언 30년 정도 하다 보니 작업에 몰입할 적마다 반복되어지는 몇 가지 일들이 있게 마련이다. 물론 초기에는 '뭐 이런 경우가 다 있지?'라 며 낯설어 하곤 했었지만, 인생 가운데 끊임없이 겪는 모든 특정한 일들이 대부분 그렇게 우리 각자 안에 홀연 정착되 듯, 어느 시점부터는 뭐 그러려니 하게 되고, 결국 이 사랑 은 클리셰 내지는 루틴, 무덤덤한 사랑이 돼 버리고 말았다.

이런 것이다. 뭔가를 쓰기 시작하면, 그 글에 관련한 정 보와 정보의 원천 같은 것들이 실지로 내 앞에 불쑥불쑥 현 현(顯顯)하는 것이다. 가령, UFO(미확인비행물체)가 등장하 는 소설을 한참 쓰고 있을 때 조간신문에 UFO 심층취재기 사가 실리고, 그날 저녁 어느 술자리에 우연히 앉게 되면 자 신이 UFO를 목격했다고 주장하는 초면의 사람을 만나게 되는 식이다. 내가 UFO의 U자조차 꺼내지 않았는데 말이다. 이런 것을 두고 신비까지 들먹이면 좀 지나치달 수 있겠으나, 그것이 무엇이든 집중도가 극으로 치닫는 창작에는 일종의 무속(巫俗)이 스며들어 있는 게 아닌가 싶다.

그리고 이러한 사정보다 훨씬 더 자주 작가로서 경험하게 되는 클리셰 내지는 루틴이 있다면, 제 삶을 내게 작품으로 만들어 보길 '단둘이 있는 자리에서' 수줍게 권하는 이들이 늘 주변에 꼬인다는 점인데, 막상 끈기 있게 들어 보면 쓸 만한 거라고는 거의 찾아 보기 힘들다. 내 몸 안 어딘가에 '소심한' 자기과시형 정신병자들을 끌어당기는 자석이 박혀 있어서가 아니라, 인간은 전부 스스로의 인생이 유별나다고 믿고 그것을 누군가에게 고백하고 싶어 하는지도 모르겠다. 그렇다면 사실상 그들이 내게 전하고 싶은 메시지란 'UFO 목격담' 따위가 아니라 '고독'이 아닐까? '고독을 고백하고 싶은 인간'이 아닐까? 이래서 나는 20세기 이후의 작가란 어쩌면, 인간의 죄와 고독을 죄 사함 없이 경청해 주는 '현대의 사제(司祭)'가 아닐까 하는 생각도 가져 보는 것이고, 또 한편으로는 '뿔 달린 수도승'이 아닐까 하는 생각도 가져 보는 것이다.

아무튼 그렇다. 인간은 태어나면서부터 사형수고 운이 좋아 봐야 실존적으로든 실재적으로든 고아다. 소심한 자기과시형 정신병자들을 끌어당기는 자석이 내장된 유별난 나라고 한들 고독하지 않을 도리가 전혀 없다. 당신은 어느 때에 가장 고독한가? 개 한 마리와 단둘이 살고 있는 나는 일상이 고독이지만, 그 일상 중의 것들을 추려 그래도 그럴듯한 것 하나를 골라 낸다면, 이리 고백할 수밖에는 없다.

— 세상만사가 다 쇼라는 것을 알게 되었을 때. 세상만사를 전부 쇼라고 느끼는 것이 아니라, 세상만사가 다 쇼라는 사실을 화들짝 깨달아 버렸을 때. 지난번에 깨닫고 나서도 이번에 또 깨달아 버렸을 때. 이번에 이러고 나서도 조만간 다시금 문득 그걸 깨닫게 될 때.

내 위의 말에 동의하는 사람이 만약 당신이라면, 당신은, "나는 고독하다."고 엄살을 부리는 모든 사람들 앞에서, "나는 진정한 고독을 좀 안다."고 자부해도 좋다.

지식인이나 예술가가 권력자에게 검열당하는 곳은 그래도 희망이 있다. 그러나. 지식인이나 예술가가 대중에게 검열당하는 곳은 절망적이다. 그런데. 지식인이나 예술가가 다른 지식인들이나 다른 예술가들에게 검열당하는 곳은 '절망'이다. 나는 내가 그런 곳에 살고 있다고 생각한다.

언젠가 이런 나의 고백을 들은 나의 외우(畏友) 왈,

— 그래도 다 아는 사람들이 있다. 다 보는 사람들이 있다.

— 누가 그런데?

— 조용히 사는 사람들.

누군가는 언제 가장 낙담하는가?

그 누군가는 거짓말쟁이의 거짓보다는 거짓말쟁이를 존경하는 대중에게서 더 깊이 상처받는다. 증오가 무분별한 세상도 지옥에 가깝지만, 기실 그것보다 더 끔찍한 세상은 존경이 무분별한 세상이다. 이런 세상에서 조용히 다 보고 다 알며 사는 이는 더 고독하다. 그리고 나는 그러한 은자(隱者)만을 진실로 존경한다.

요즘 젊은 친구들을 인터뷰하다 보면, 그들이 가지고 있는 '사랑의 유효기간에 대한 명쾌한 자의식'에 깜짝깜짝 놀라게 된다. 연애감정이야 3년에서 5년이면 거덜이 난다고 신앙하는 그들의 판단은 현실적인 것을 넘어서 과학적이다. 돌이킬 수 없는 진실처럼 받아들여지고 있는, 요컨대, 돈(집, 자녀 교육 문제 등등은 다 여기에 포함되는 것 아닌가.)이 없어서 결혼을 못한다는 논거보다 사람의 변심과 사랑의 시듦을 확신하는 비혼주의자들의 출현이 결혼제도 자체를 붕괴시키고 있는 것으로 보일 적마다, 나는 사랑의 제도와 형식을 부정하면서도 사랑을 모색하고 시도하는 그들의 어둠과 빛이 다 부럽다.

마찬가지로, 은자(隱者)만을 존경하면서 살아가는 일이 사람의 변심과 사랑의 시듦을 확신하면서 사랑을 하는 일만큼 고독함에도 불구하고, 나는 저 젊은 벗들처럼 명랑하지조차 못하다. 이 무슨 엄청난 어리석음이며 손해란 말인가. 그래서인가. 『法句經』에는 이런 말씀이 있다. "이것은 예전부터 말해온 것이고/ 지금 새삼스레 시작된 것이 아니다./ 사람들은 침묵을 지켜도 비난을 하고/ 말을 많이 해도 비난하며/ 조금만 말해도 비난한다./ 이 세상에서 비난받지 않을 사람은 없다./ 비난만을 받는 사람도/ 칭찬만을 듣는 사람도/ 이 세상에는 없다./ 과거에도 현재에도 없고 미래에도 없으리라."

하긴. 세상만사가 다 쇼면 어떤가. 가짜의 거짓보다는 가짜 자체를 존경하는 사람들이 득실득실하고 무분별한 존경이 무분별한 증오보다 더 무분별하게 창궐하는 세상이면 또 어떤가. 내가 천치(天癡)인 것은 세상 누구보다 나 자신이 잘 알고 있다. 그러나 아직 마음이 아픈 것을 보니, 적어도 내 이 사랑은 무덤덤한 사랑은 아니다.

(2018.10.)

괴로운 자의 행복

중동의 사막으로부터 메르스가 또다시 찾아왔다는 소문이 들리고, 유황불 이글거리던 여름은 어느새 다 어디로 사라져 버렸는지 꿈같다. 이 감상이 고작 인생의 일부분에만 해당되는 것일까 싶다. 인생 통째가 흉몽일지라도 꿈은 꿈 아닐까?

편도선이 퉁퉁 부어 고열과 오한이 나 병원에 한동안 누워 있었다. 쓸쓸한 가을바람이 쏘다니는 골목에는 곧 한파가 몰아치리라. 저녁과 밤의 눈보라가 귀가하는 행인들과 집 없는 고양이들을 지워 버린 뒤 북극성마저 얼어붙어 환하게 깨어지게 하리라. 혹여 길을 가다가 메르스를 옮긴다는 낙타와 마주치거든, 절대 악수 따위 하지도 말고 딱 아홉 발자국만 떨어져서 내 근황을 전해 주길 바란다. 낙타들이 우울증에 걸렸을 때 맞을 법한 큰 주사 두 대를 엉덩이에 맞고 비틀비틀 퇴원했노라고.

여하튼 이제 토토 옆에 엎드려 녀석의 보드랍고 하얀 배를 쓰다듬고 있자니 문득 이렇게 속삭이고 있는 나 자신을 본다. ……토토. 어쩌다 아빠와 너 이렇게 둘이만 남게 되었을까? 생각해 보면 기가 막혀. 그지?

언제이던가. 내가 그녀에게 말했더랬다.

— 나는 고래랑 낙타가 너무 좋아. 나는 개들이 남 같지가 않아. 걔들이 사람보다 더 사람 같고, 사람들은 백과사전에도 나오질 않는 괴물 같아. 나는 고래랑 낙타가 너무 좋아.

그녀는 내가 한심해서인지 불쌍해서인지 외로운 표정으로 물끄러미 쳐다보았고, 나는 가슴이 아팠다. 내가 나에 대해서 뭘 알겠는가. 나를 사랑하고 있었던 당신보다 내가 나에 관해 뭘 더 알고 있었겠는가.

물론 이 나이를 먹도록 행복하지 않고 싶었던 것은 아니다. 가장 나쁜 질문이란, 듣고 싶은 답을 자기가 미리 정해 놓은 채 상대에게 던지는 질문이다. 나는 그런 질문들에 둘러싸여 있는 것으로도 모자라, 그러한 질문들을 일삼으면서 살아왔다. 그것이 바로 내 불행의 요체였다. 나는 행복하거나 불행한 사람이기보다는 괴로운 사람에 가깝다. 이것이 내가 존중해야 하는 나의 실증이자 실존, 즉 진짜 현실이다. 어쩌면 누구나 그렇지 않을까? 아름다운 얼굴과 황홀한 목소리를 사용하지 않는 악마는 없으며 인간은 죄책감마저 무의식적으로 조작한다. 이 끔찍한 사실에 공감 못하는 자들과는 진정한 토론이 불가능하다.

누구는 이렇듯 괴로워하는 나더러 사랑을 해 보라지만, 사랑이 두려운 것은 사랑하던 사람들이 미워하게 되기 때문이 아니다. 그토록 사랑하던 사람들이 업신여기게 되기 때문이다. 사랑하던 사람에게서 업신여김 당하는 것은 인생의 가장 잔인한 형벌이다. 그래서 누군가는 다신 사랑을 하지 않는다. 그토록 사랑하던 사람을 업신여길까 봐서. 그토록 사랑하던 사람에게서 업신여김 당할까 봐서. 불행이란 이런 것이다. 한 몸이었던 두 사람이, 어느 날 어느 순간, 하나는 낙타가 되고 하나는 고래가 되어, 하나는 사막으로 가 버리고 하나는 바닷속으로 없어진다. 화석이 되어서도 영원히 재회는커녕 해후할 일조차 없다. 천만 번 양보해 다시 만난들, 화석끼리 뭘 어쩌겠는가? 나는 사람의 마음이 사람에게서 떠나는 것을 보았다.

그럼 사랑이야 욕심이라고 치고, 요령이 아예 서지 않는 것은 아니어서, 행복을 바라지 않으면 최소한 불행하지는 않을 수 있다. 인생이 혹독한 슬럼프에서 헤어 나오지 못하는 시절에는 일주일에 3일 독서 3일 등산을 하며 지내는 것이 비책이라고들 하지만, 한 지혜로운 명리학자(命理學者)는 종합병원 중환자실에 가 보는 것과 용한 점쟁이 옆에 온

종일 앉아 불행한 이들의 사연을 주구장창 들어볼 것을 권하더라. 요컨대 타인의 불행을 통해서 자신의 다행을 확인하라는 소린데. 얼마 전까지 내가 20년 가까이 살았던 아파트 단지에는 몸을 제대로 못 가누는 젊은 아들을 부축하여 매일 동네를 아주 천천히 정말이지 못 견딜 정도로 천천히 돌고 도는 한 어머니가 있었다. 그 모자는 틀림없이 요즘도 비가 오나 눈이 오나 그러할 것이다. 타인의 불행을 통해 지금의 내 행복을 발견하는 것은 죄일까? 아니다. 동정도 아니고 교만도 아닌 그것은 진정 죄가 아니다. 타인의 불행을 향해 깔보고 즐거워하는 것은 악행이지만, 내가 엄연히 가지고 있으면서도 평소 무시하거나 까먹고 있는 행복을 자각하는 것은 겸손이자 깨달음일 것이다. 또한 백과사전에도 안 나오는 괴물이 되기 싫거든 인간은 속된 말로 잘나가는 타인과 평범 이하의 자신을 비교하는 것이 불행의 씨앗임은 물론이요 평범 이하의 현재 자신과 잘나가던 과거의 자신을 비교하는 것은 곧바로 파멸이라는 사실을 명심해야 한다. 자기 자신 안에 감금당해 있는 상태는 그것이 얼마나 심각한 사안일지라도 남에겐 오로지 우스꽝스러운 짓으로 비추어질 뿐이다. 때로는 경멸이 우리를 구원한다. 경멸하면 미워하기는커녕 그 옆에 가기가 싫고 그것에 관한 어떤 소리조차 듣기 싫다. 악과는 일단 그렇게 싸움을 시작해야 하는 법이다. 미워하지 마라. 미워하면 그가 너의 옆에 있게 될 것이고, 어느 날 어느 순간 네가 미워하던 그와 비슷해져 있는 너를 발견하게 될지니. 언제부터인가 글이라는 것은 감정을 제어하는 일이라고 생각했더랬다. 그런데 요즘은 글이라는 것이 감정을 제거하는 일은 아닐까 하는 생각을 자주하게 된다. 나는 당신을 미워하지 않는다. 나는 내가 자꾸 싫어져서 너무 무서울 뿐.

……두려워 말라. 내가 너와 함께 함이니라. 놀라지 말라. 나는 네 하나님 됨이니라.

누구나 예외 없이 혼자라는 진실을 받아들이지 못하는 인간은 어리석다. 교활한 머리로는 온갖 것들을 다 알면서도 이 '작은 평화' 하나 지키기가 왜 이리 힘들까. 행복이라는 것은, 사람들이 흔히 불행이라고 말하는 그 중심에 있으면서도 내가 지금 불행하지 않다는 사실을 부정하지 않는 것이다. 행복은 자극이 아니라, 잔잔함 가운데에 있다. 지금 내가 행복하지 않다고 느끼는 사람은 내가 잔잔하지 못한 이유를 고뇌하고 그 원인을 제거하면 된다. 행복은 그 어느 인간보다도 더 간사하다. 하물며 사막도 예전에는 바다였다.

……내가 너를 굳세게 하리라. 참으로 너를 도와주리라. 나의 의로운 손으로 너를 붙들리라.

……고마운 말씀이지만, 성경이니 불경이니 다 필요 없다. 가볍게 살아야 한다. 지옥에서건 천국에서건 가볍게 살아야 한다. 낙타처럼 살아야 한다. 사막의 배처럼.

나에 대한 믿음을 잃으면 용기를 잃게 된다. 세상에 대한 용기가 없으면 타인에게 피해를 주는 사람이 된다. 나라고 행복하지 않고 싶었던 것은 아니다. 그래서 나는 지금 행복하지 않은지는 모르겠으나, 불행 속에서도 불행하지는 않다. 이것은 불쌍한 모습이 아니다. 불행을 이기는 나의 모습은 누군가에게는 불행이 아니라 겸손과 용기가 된다. 조용한 음악을 들으면서 차 한 잔 마시는 시간이 불행으로부터 가장 멀다. 죄인이면서도 죄인이 아닌 척하는 자들에게는 있을 수 없는 시간이다. 방황이라는 게 그렇다. 열병처럼 닥쳐와서 안 앓고 넘어가기는 쉽지가 않다. 타인에게 상처와 손해를 입히지 않은 채 자신의 본령을 지키는 과정에서 견뎌 냈다면 오히려 다행으로 알고 가만히 숨죽여 기뻐해야 한다. 행복은 행운이다. 스스로가 만드는 행운이다. 길을 가다가 낙타와 마주치거든 딱 아홉 발자국 떨어진 채로 내 이 모든 말들을 전해 주길 바란다. 그리고 어쩌면 내가 고래보다는 낙타를 더 좋아하고 있는지도 모른다는 말도. 왜냐. 고래는 나를 아프게 하지 못했지만, 낙타 너는 나를 너무나 아프게 했으니까. 사랑이란 서로가 주고받았던 상처에 관해

아무런 미움도 없이 쓸쓸히 생각하게 되는 일이니까. 그런
거니까.

(2018.9.)

3부

너는 어디에 있었느냐?

너는 어디에 있었느냐?

세계적인 참극이 본의 아니게 많은 사람들에게 도움이 되는 경우가 있었다. 하나님 앞에서 알리바이를 구하려는 사람에게 그러했다.

"아담, 너는 어디에 있었느냐?"

"저는 세계대전에 참가했었습니다."

— 데오도르 하에커, 「밤과 낮의 수기」에서

타자기로 글을 쓰던 시대가 있었다. '시절' 대신 '시대'라는 단어를 선택한 것은 그만큼 세월이 많이 흘렀기 때문이다. 식민지에서 태어난 한 아기가 자라 독립군 사령관이 될 만큼의 시간이. 요즘에는 이렇게 말해 주는 편이 더 어울릴지도 모르겠다. 타자기라는 물건이 존재했었어. 인류는 그걸로 연애편지도 쓰고 고소장도 썼었지. 자판을 두드리면 잉크 묻은 활자가 종이 위로 날아가 글자를 박았단다. 타다닥, 다다닥, 타닥 타—.

　　나는 중학교 2학년 무렵부터 몰래 글을 썼고, 스무 살에 시인으로 스물다섯 살에 소설가로 등단했기 때문에, 내 첫 시집의 절반가량과 첫 소설집의 단편소설 두 편은 컴퓨터가 아니라 타자기로 쓴 것들이었다. 그 원고들이 남아 있다면 괜찮은 추억거리일 텐데, 전쟁터 아수라장 같던 내 청춘에 이제 와 그런 예쁜 바람은 탐욕일 뿐이다.

　　당시 타자기는 고등학생으로서는 고가품이었다. 장정일의 중편소설 「아담이 눈 뜰 때」는 다음과 같은 문장으로 시작한다.

　　"내 나이 열아홉 살, 그때 내가 가장 가지고 싶었던 것은 타자기와 뭉크화집과 카세트 라디오에 연결하여 레코드를 들을 수 있게 하는 턴테이블이었다. 단지, 그것들만이 열아홉 살 때 내가 이 세상으로부터 얻고자 원하는, 전부의 것이었다."

　　뭐, 나도 크게 다르지 않았다. 대신 나는 저 소설 속의 주인공처럼 몸을 팔 거나 하지는 않고, 호프집 서빙 아르바이트를 했더랬다. 지금 내 서재에는 내가 좋아하는 작가들의 사진 액자가 몇 개 있다. 제일 사랑하는 것은 커트 보니것이 담배를 입에 문 채 양손으로 피아노를 치듯 타자기를 두들기는 사진이다. 마감에 쫓기는 글쓰기가 죽기보다 싫어질 적에도 그 사진을 조용히 들여다보고 있노라면 어느새 글 쓸 마음이 문드러진 상처에 새살 돋듯 한다. 커트 보니것의 미발표 유고집 『아마겟돈을 회상하며』의 서문은 그의 아들이자 작가인 마크 보니것이 썼는데, 이런 대목이 나온다.

"내가 일주일이나 걸려서 쓴 글의 원고료가 50달러라고 불평했을 때, 아버지는 내가 글을 쓸 수 있다고 알리는 두 페이지짜리 광고를 내려면 돈이 얼마나 들지 참작해 봐야 한다고 하셨다."[3]

보니것의 사진 앞에서 나도 그런 목소리를 자주 듣는다. 영어가 아니라 한국어로 자동 번역된.

마술을 부려 나쁜 짓을 일삼는다면야 문제겠지만 사람들을 즐겁게 만든다면 그는 속임수를 쓴 게 아니라 요술을 펼친 게 아닌가 싶다. 얼마 전, 마술이 직업인 친구 집에 혼자 놀러갔다. 이 잘생긴 독신 청년은 일류대학교 공대를 자퇴하고 몇 개의 별 직업 같지도 않은 직업들을 전전하다가 그중 가장 희한한 직업을 자신의 운명으로 받아들였다. 나이가 들다 보니 가끔씩, 돌아가신 아버지가 신장투석만큼 싫어하던 작가가 됐다는 게 불효로 느껴지곤 했다. 그런데 저 마술사 친구를 만나게 된 뒤로는 고맙게도 그런 죄책감이 싹 가셨다.

마술사는 요리를 마술만큼 잘한다. 식사를 마친 나는

음식들이 놓여 있던 낮고 긴 직사각형의 식탁이 식탁이 아니라, 마술공연에 사용하는 관(棺)이라는 사실을 알게 되었다. 순간 공동묘지에서 결혼식을 한 기분이 들었다. 마술사는 좋은 미소를 가졌다. 시 쓰는 것을 배우고 싶다고 하길래 웬만하면 그러지 말라고 했다. 재능이 있고 없고가 아니라, 굳이 왜 그럴까 싶어서였다. 마술사에게 마술 말고 대체 뭐가 더 필요하단 말인가. 요술쟁이에게 요술보다 더한 시가 어디 있겠는가 말이다. 결핍이 많아 세상을 두리번거리는 짓은 이미 거리에 비둘기들만큼 많은 시인들이면 충분하다. 마술사는 지나가 버린 나의 청춘에 대해 궁금해했다. 나는 단 하루도 어제로 되돌아가고 싶지 않다고 했다. 견디기 힘든 일들이 많았지만, 꼭 그래서만은 아니다. 과거를 다시 산다는 것은, 물론 그럴 수도 없지만, 설혹 그럴 수 있다 하더라도 너무 큰 반칙이며, 무엇보다 인생이란 두 번 살 정도로 가치가 있지는 않다. 인생은 극복하는 게 아니라 견디는 것이다. 이런 생각으로 임해야 그나마 뭔가를 해낼 수 있고, 해낸 다음에도 교만해지지 않을 수 있다. 무의미하다고 아예 정하고 살아야 불행하지 않을 수 있다. 행복은 덫이고 함정이다. 행복에 중독되면, 행복을 투석하다가 죽게 된다고 말해 주었다. 그리고 이렇게 덧붙였다. 장래 희망이 '화성이주'라는 자들을 가끔 본다. 어리석은 잘난 척이다. 미친 것들. 지구에 사는 것도 외롭고 짜증나는데. 화성엔 왜 가나. 마술사는 깊은 무표정을 가졌다.

　나는 빈 접시들을 치운 뒤 관 뚜껑을 열고 그 안에 들어가 누웠다. 마술사가 관 뚜껑을 닫아 주었다. 내가 보는 것들과 내 존재 자체가 전부 캄캄해졌다. 어머니는 관 속에 들어가 땅에 묻혔고, 아버지는 관과 함께 불타 버려 하얀 재가 되었다. 토토는 엔젤스톤이라는 영롱한 구슬들이 되었다. 언젠가 내가 대학병원에 내 시신기증 증서를 쓰려니까, 어느 출판사의 편집장을 하고 있는 후배가 형 그러지 말라고, 자기가 광릉에 아름다운 수목원 하나를 잘 아는데 화장(火葬)해서 거기 뿌려 주겠단다. 내 단편소설들 가운데는 「이제 나무묘지로 간다」가 있다. 타자기로 쓴 두 번째이자 마지막 소설이다. 그 작품을 발표할 당시 한국에는 수목장(樹木葬)이 해외토픽이었다. 어릴 적 헤어졌다가 어른이 되어 재회한 남녀주인공은 옛 그 시절 함께 꿈꾸었던 파란 안개로 뒤덮인 '나무묘지' 이야기를 나눈다. 나는 나무를 무척 사랑하고 책도 나무라서 종이를 만지면 컨디션과 기분이 좋아진다. 아마도 그래서 작가가 된 모양이다.

　윌리엄 포그너의 『내가 죽어 누워 있을 때』라는 장편소설이 있다. 관 속에 누워 있자니 이런저런 고민들이 다 하찮게 여겨졌다. 슬퍼지거나 눈물이 날 줄 알았는데, 아니었다.

실패와 창피함으로 자욱한 내 인생이지만, 의외로 후회는 없었다. 돌이킬 수 없다는 게 너무 확실한 탓이 아닌가 싶었다. 이런 세상이 올 줄 알았다면 누군들 그렇게 살았을까 싶고. 이런 내가 될 줄 알았다면 누가 나를 미워해 주기나 했을까 싶은 것이다. 윌리엄 포그너를 처음 읽은 것은 고등학교를 졸업한 직후였다. 나는 학교가 싫었다. 늘 자퇴를 꿈꿨고, 여러 번 시도했지만 그게 쉽지가 않았다. 문학병을 앓고 있던 나는 사람들이 죽기보다 싫었다. 지금도 나는 죽은 사람들의 책만을 읽는다. 아직 살아 있는 자들의 글은 책이 아니라 그저 '자료'일 뿐이다.

「아담이 눈 뜰 때」는 끝날 때도 아까 맨처음의 그 문장으로 끝난다.

"내 나이 열아홉 살, 그때 내가 가장 가지고 싶었던 것은 타자기와 뭉크화집과 카세트 라디오에 연결하여 레코드를 들을 수 있게 하는 턴테이블이었다. 단지, 그것들만이 열아홉 살 때 내가 이 세상으로부터 얻고자 원하는, 전부의 것이었다."

저런 마음으로 살던 내가 좋았다. 요즘도 나는 고열에 시달리거나 하면, 겨울 옥탑방에서 하얀 입김을 손끝에 후후 불며 타자기를 연주하던 열아홉 살의 나를 꿈에 본다. 사실 인간이 글을 읽고 쓰고 조용히 살 수만 있다면 그보다 좋은 날들은 없다. 언제부터인가 내가 사람들을 피하고 있는

122

것은, 문학에 대한 내 신념과 태도가 비웃음을 살까 무서웠기 때문이다. 그런 세상을 부정할 수가 없어서였다.

독일작가 하인리히 뵐의 1951년작 『아담, 너는 어디에 있었느냐?』는 이 글의 처음에 놓인 테오도르 하에커의 「밤과 낮의 수기」 한 대목을 똑같이 인용하며 시작한다.

세계적인 참극이 본의 아니게 많은 사람들에게 도움이 되는 경우가 있었다. 하나님 앞에서 알리바이를 구하려는 사람에게 그러했다.

"아담, 너는 어디에 있었느냐?"

"저는 세계대전에 참가했었습니다."

내가 죽어 누워 있으니, 어둠 속에서, 누군가 내게 묻는다.

"아담, 너는 어디에 있었느냐?"

나에게도 알리바이가 필요하다. 타다닥, 다다닥, 타닥 타ㅡ. 타자기 소리. 나는 대답한다.

"저는 마술사의 관 속에 누워 있었습니다."

관 뚜껑을 열자 젊은 마술사의 미소가 보였다.

세상이다.

(2021.10.)

영혼을 일깨워 주는 식물 세 가지

  사람인 내게 신이 주신 귀한 선물은 '개'와 '나무'다. 이 두 존재가 없었다면, 나는 사람들 속에서 이미 오래 전에 미쳐 버렸거나 죽었을 것이다. 나는 인간보다 개가 좋고, 꽃보다는 나무가 좋다. 인간이 얼마나 더러운지 알고 싶으면 나를 바라보는 내 개의 눈동자를 들여다보면 알게 된다. 인간이 얼마나 어수선한지 알고 싶으면 숲과 산, 그 나무들 속에 있어 보면 알게 된다. 내 직업은 언어를 다루는 시인이지만, 개는 사람의 말을 하지 않고 나무는 아예 아무 말도 하지 않는다. 그래서 더 좋다. 그리고 진실은 착각보다 가혹하여, 인간을 포함한 동물은 식물보다 열등하다. 식물은 동물이 사라져도 잘 지낸다. 그러나 동물은 식물 없이는 죽음뿐이다. 이 세상의 원래 주인은 동물이 아니라 식물인 것이다. 나는 한 마리 동물로서 내 삶을 잘 견뎌 내고 싶어 나무를 직접 기르거나 그저 어디에 있는 그들을 다만 멀리서 바라보곤 한다. 정성을 다 했음에도 때로는 내 나무가 죽기도 한다. 낙담한 내게 원예스승은 말씀하신다. 그 나무가 자신을 돌봐주는 사람 대신 죽어 준 거라고. 그렇게 믿으라고. 이제 나는 내게 동화(童話) 같기도 하고 경전(經典) 같기도 한 식물 세 가지에 대해 말하려 한다. 키가 크고, 태양을 향해 솟아오르고, 아무 말도 하지 않으며, 나의 어두운 마음을 높고 환히 일깨우는 그들에 관해.

나의 바오밥나무

선비가 아니라 탕아인 나는 사군자(四君子) 대신 바오밥나무 그림을 즐겨 그린다. 생텍쥐페리의 『어린왕자』에서 어린왕자는 바오밥나무들이 거대한 뿌리로 소행성 B612를 바수어 버릴까 두려워한다. 바오밥나무 싹은 장미 싹과 잘 구분이 가지 않기에 더 무서워한다. 20년 자라야 꽃이 피고 60년 지나야 열매가 맺히며 아파트 8층 높이가 되어 6000년을 산다는 바오밥나무의 무겁고 독한 이미지는 이뿐이 아니다. 야자보다 크고 싶고, 벽오동꽃보다 예쁘고 싶고, 무화과 열매보다 잘나고 싶어서 질투하는 바오밥나무가 꼴 보기 싫어 신은 바오밥나무를 땅에 거꾸로 처박아 버렸다는 전설이 있다. 바오밥나무의 머리가 마치 미친 뿌리처럼 생긴 것은 그 때문이란다. 게다가 바오밥나무의 수분(受粉)은 주로 박쥐가 수나무와 암나무 사이를 오가며 이뤄 준다. 음산하다. 하지만 정작 바오밥나무는 정반대의 실존을 가지고 있다. 마다가스카르가 주서식지로, 호주 북부와 아프리카 열대부터 아열대의 쨍쨍한 반사막지역에 산다. 열매는 영양가 높은 식품, 몸통에 난 큰 구멍은 교회와 우체국으로 사용된다. 『어린왕자』에 나오는 바오밥나무는 아프리카의 '아단소니아 디기타타(Adansonia digitata)'다. 그곳 원주민들은 바오밥나무 안에 시신을 넣어 무덤으로 삼기도 한다. 만약 어린왕자가 아니라 부시맨이었다면 바오밥나무를 그렇게 미워하지는 않았으리라. 장미가 천사인지 바오밥나무가 악마인지 직접 사랑해 보기 전에 그 누가 장담할 것인가. 석양이 지는 평원에 우뚝 솟은 바오밥나무는 장미보다 아름답고 신비롭다. 요즘엔 누구나 바오밥나무를 기를 수 있다. 온갖 나무들을 실내원예 하는 나이지만, 유독 바오밥나무만큼은 그럴 생각이 없다. 마다가스카르와 호주 북부와 아프리카로 가서 대면하고 싶은 생각은 더더욱 없다. 나는 오직 사진 속의 바오밥나무들을 내 식으로 그림 그릴 뿐이다. 내 바오밥나무는 지구의 것이 아니라 우주의 바오밥나무이며, 다른 사람의 것이 아닌 내 마음의 바오밥나무다. 절망에 빠져 있던 어느 시기에, 무작정 살 길을 찾아 혼자 그림을 그리기 시작했고, 그 처음이 바오밥나무였다. 함께 시간을 보내고 정성을 들인 장미만이 의미가 있는 장미라고 『어린왕자』에는 쓰여 있다. "가장 중요한 것은 눈에 보이지 않아. 네 장미를 그토록 소중하게 만든 건 그 꽃에게 네가 바친 그 시간들이야."[4] 나의 바오밥나무도 그러하다.

누군가의 은행나무

바오밥나무와는 달리, 은행나무 과에는 오직 은행나무 1속, 1종만이 있을 뿐이다. 은행나무는 고생대부터 있었고 쥐라기가 전성기였던 화석식물이다. 빙하기에는 대부분의 식물들이 사라졌지만 비교적 따뜻했던 중국 절강성 부근에 살아남아 이제 한반도 전역에서 제2의 전성기를 보내고 있다. 은행나무는 바오밥나무만큼이나 크고 힘이 세다. 어릴 적 내가 살던 집 정원에 은행나무가 있었는데, 뿌리가 담벼락을 허물어 버릴 수도 있다 하여 걱정하시던 아버지가 기억난다. 은행나무는 신목(神木)이다. 가령, 양평 용문사 높이 60미터 1200살 은행나무는 8.15 해방 직전 두 달간 울었고 6.25사변 때는 50일간 울었는데 10리 밖까지 그 소리가 들렸다 한다. 취미가 원예이다 보면 병이 생기는데, 가로수들을 그냥 지나치지 못하고 품평하게 되는 것이 그것이다. 몰라서 그렇지 한국의 가로수들 가운데는 굉장히 훌륭한 나무들이 버젓이 서 있어 놀랄 적이 정말 많다. 심지어 공무원들이 전기톱으로 마구 전지해 버린 은행나무들은 그로테스크한 조각품 같다. 무식하게 다 잘려나가 거의 기둥만 남아도, 저 은행나무들은 기적처럼 무성하게 되살아난다. 상처투성이의 은행나무는 '인간의 화두'다. 상처가 쌓이면 옹이가 되어 톱날이 닿아도 부러뜨리고 망치로 내리친들 아무 소용없이 고요하다. 그 누구도 제가 쓰고 싶은 모양의 가구로 만들지 못한다. 쓸모없는 것이 '자유'가 된다. "나의 친구가 되려거든 죽은 장작이 아니라 비바람과 눈보라 속에서 흔들리는 나무인 나에게 말을 걸라. 나의 상처는 나의 자유, 옹이는 나의 심장, 핵심이다." 환한 대낮과 깊은 밤거리를 걸으면 나는 쥐라기의 은행나무들이 그렇게 말하고 있는 듯한 기분에 사로잡힌다. 자신이 누구인지 알고 싶은 사람은 자신에게 이렇게 물어봐야 한다. "인생의 밑바닥에 있을 적에 너는 무엇을 붙들고 있었는가? 그것이 바로 너다." 거리의 은행나무들은 이 질문에 대한 누군가의 대답으로 서 있다.

우리는 해바라기

　꽃보다는 나무가 좋다고 했지만, 나는 이 한해살이 식물이 무슨 나무 같다. 해바라기 시절이 오면, 일부러 버스를 타고 해바라기밭을 보러가곤 한다. 해바라기는 북아메리카 인디언들이 3000년 전부터 기르기 시작했다. 아즈텍족이 숭배했고, 음식, 약품, 염료, 종이, 기름, 섬유 등으로 안 쓰이는 데가 없지만, 코르크보다 해바라기 줄기심의 비중이 작아 이로 구명대와 구명조끼가 만들어졌고, 1912년 대서양 한가운데에서 침몰한 타이타닉 호에서 그나마 소수의 사람들이 살아남았던 게 바로 해바라기 덕분이라는 사실을 아는 사람은 별로 없다. 또 하나, 원래부터 해바라기의 키가 지금처럼 5미터에 달했던 것은 아니다. 작은 해바라기를 이렇게 개량한 장본인은 신학교 학생이었고, 시인이었고, 은행강도였던 소비에트연방의 독재자 이오시프 스탈린이다. 그래서인지 나는 해바라기를 볼 때마다 이런 소설가적 상상력이 발동된다. 만약 레닌이 스위스에서 초현실주의 시인들과 사창가를 드나들며 매독에 걸리지 않았더라면, 그래서 러시아혁명 이후 급속도로 건강이 악화되지 않았더라면, 과연 스탈린이 트로츠키 등을 숙청하고 권력을 장악할 수 있었을까? 만약 레닌이 1924년에 죽지 않고 계속 소비에트를 지휘하고 있었다면 세계사는 어떻게 달라졌을까? 물론 해바라기 하면 빈센트 반 고흐와 소피아로렌 주연의 1970년 작 영화 「해바라기」를 빼놓을 수 없다. 핸리 맨시니의 음악을 배경으로 가을바람에 흔들리는 우크라이나의 해바라기 밭. 무엇이든 모여서 웅성거리면 전체주의적인 느낌이 없을 수가 없는데, 해바라기 들판은 전혀 그렇지가 않다. 모두 다 함께 흔들리고 있기는 한데, 결국은 각자 흔들리고 있는 것이 인간세상 같다. 내가 해바라기밭을 보러 가는 이유다. "난 항상 내가 어딘가를 향하는 나그네 같다는 생각이 들어. 삶이 끝날 즈음엔 내 생각이 틀렸음이 밝혀지겠지. 그때가 되면 난 그림은 물론이고 모든 것들이 단지 꿈에 불과하다는 사실을 깨달을 거야." 동생 테오에게 이런 편지들을 쓰던 고흐는 1890년 7월 27일, 자신의 가슴에 총을 쏜 채 간신히 집으로 돌아와 이틀 뒤 많은 해바라기 그림들 옆에서 숨을 거뒀다. "나는 인간 세계에서는 바닥 중의 가장 바닥이었다. 그러나 생각이 깊고 마음이 따뜻했던 사람으로 기억되고 싶다." 그가 남긴 말이지만, 천재만 이런 말을 할 수 있는 건 아닐 것이다. 우리는 모두가 나약한 인간이다. 나그네처럼 외로운 우리에게는 너무 꿈같은 인생이 아닌가. 우리를 대신해 죽어 주는 나무들이 있듯이, 우리를 대신해서 사라지는 사람들도 있다.

상처의 힘

　이제 와 새삼 돌이켜보면, 제5공화국 전두환 치세 아래서 중·고등학교를 다녔던 내 또래들의 장래희망에는 유독 '세계여행'이 지나치게 많았더랬다. 비정상적인 것은 그 숫자만이 아니었다. 그 이유가 무작정, 막무가내였다. '뭐가 되고 싶어서'가 아니라 어디로든 뛰쳐나가고 싶어서였던 것이다. 숨 쉬기 자체가 답답하기는 청소년들이라고 해서 예외가 아닌 그런 시대였다. 판에 박힌 미래처럼 생겨먹은 교실 안 짙은 녹색 칠판 앞에서 담임 선생은 이렇게 말했다. 눈만 감으면 상상 속에서 얼마든지 가능한 게 세계여행이다. 그러니 진짜 세계여행은 나중에 어른이 되면 돈 벌어서들 가고 지금은 공부나 열심히 해라. 가당치도 않은, 역겨운 회유였다. 하긴. '해외여행 전면 자유화'가 시행된 날짜가 1989년 1월 1일이었다. 배낭여행이 유행한 것도 대학교에 들어가고 나서부터였다. ……그런데 세월이 흐르고 흘러,

어른 중에서도 간부급 어른이 되고 보니 그때 그 담임 선생의 저 고리타분한 개소리가 아인슈타인의 일반상대성이론처럼 알쏭달쏭 심오하게 느껴진다. 실없는 농담이 아니다. 현실이라는 게 휘어지는 시공간과 왜곡되는 뇌 인식의 장난질이며, 환상은 현실이고 현실은 환상일 수 있다는 게 과학이자 불교 이론 아닌가. 진짜 세계여행이건 가짜 세계여행이건 간에, 우리가 눈을 감고서 저마다의 상상 속으로 빠져든다는 것은 결코 함부로 대할 노릇이 아니다. 왜냐. 그것을 통해 인간이 변화하고 치유되기 때문이다.

"내 인생이 지극히 평범할 거라고 받아들이기 시작할 무렵부터 아주 이상한 일들이 벌어지기 시작했다. 첫 번째 사건은 끔찍한 충격이었다. 인생을 완전히 뒤바꿔 놓는 사건들이 대개 그러하듯 그 사건도 내 삶을 그 이전과 이후로 두 동강 냈다.[5]

이런 첫 문장이 인상적인 랜섬 릭스의 장편소설 『페러그린과 이상한 아이들의 집』을 원작으로 한 팀 버튼 감독의 최신작 「미스 페레그린과 이상한 아이들의 집」이 바로 그런 영화다.

말을 알아듣기 시작할 즈음부터 제이크는 괴짜 할아버지의 신기한 모험담에 한껏 매혹됐다. 할아버지는 저마다 비상한 능력을 하나씩 보유한 이상한 아이들과 천국 같은

어린이집에서 함께 살다가 그들의 눈알을 뽑아먹어 죽이려
는 무시무시한 괴물들을 물리치기 위해 그곳을 떠나왔노라
고 술회했다. 제이크는 점점 커 가는 동안 당연히 할아버지
의 이야기는 그저 지어 낸 이야기일 뿐 실재가 아니라 여기
게 되었다. 그러던 어느 날 밤. 심심하게 착해빠진, 특히 여
학생들에게 인기가 전혀 없는 열여섯 번째 생일을 앞둔 제
이크는 할아버지가 자택 부근 숲속에서 괴물에게 눈동자를
빼앗긴 채 살해당한 것을 목격한다. 할아버지는 숨이 끊어
지기 직전, "여기서 벗어나라. 멀리. 잘 들어. 그 섬으로 가.
에머슨을 찾아. 엽서. 루프로 가. 1943년 9월 3일. 내가 미쳤
다고 생각하겠지? 새가 모든 것을 설명해 줄 거다. 너를 지
켜줄 수 있을 줄 알았다. 진작 네게 말해 줬어야 했는데." 이
런 도무지 이해할 수 없는 말들을 무슨 암호화된 전문(電文)
처럼 남긴다. 경찰은 할아버지가 들개들에게 습격당한 거라
고 결론내리고, 할아버지의 죽음에 대한 자책과 괴물을 본
여파로 정신과 치료까지 받게 된 제이크는 할아버지와 할
아버지의 모든 얘기들을 잊어버리기 위해 노력한다. 하지만
끝끝내 제이크는 자신을 환자 취급하는 주변과 적당히 타협
할 수 없었고, 이윽고 할아버지의 유품들 가운데 미스 페레
그린으로부터 온 엽서에서 이 그로테스크한 수수께끼의 실
마리를 잡아 할아버지가 어린 시절 살았다던, 그 천국 같은

어린이집이 있다는 외딴 섬을 찾아간다.

「미스 페레그린과 이상한 아이들의 집」의 외관과 내부 구조는 팀 버튼 감독의 2003년도 작품 「빅 피쉬」와 은밀하게 대동소이하다. 주인공 윌 블룸은 아버지의 병세가 위독하다는 전갈을 받고 고향으로 급히 돌아온다. 평생 모험을 즐겼던 허풍쟁이 아버지는 늘 하던 식으로 "내가 왕년에"로 시작되는 모험담을 늘어놓는다. 황당하게 들리는 그것을 가정에 소홀했던 아버지에 대한 불만과 미움 때문에 더더욱 믿지 않았던 윌이 아버지가 거짓말쟁이가 아니라는 사실을 안개에 젖어 가듯 깨달아 가면서 영화는 자연스레 젊은 아버지 에드워드 블룸의 환상적인 모험담 속으로 내달리고, 거기서 에드워드는 엄청난 거인, 늑대인간 서커스 단장, 삼쌍둥이 자매, 괴짜시인 등과 사귀는 동안 청년 영웅의 성장하는 여정과 애틋한 로맨스를 경험한다. 이것은 팀 버튼이 즐겨 쓰는 스토리텔링 패턴들 중 하나로서, 그가 자신의 영화 원작으로 랜섬 릭스의 장편소설 『페레그린과 이상한 아이들의 집』을 선택한 가장 큰 이유에 다름 아닐 터이다. 이제 팀 버튼의 화려한 지휘를 따라, 제이크는 할아버지가 항상 사진들을 보여 주며 설명해 주었던 저마다 비상한 능력을 하나씩 보유한 이상한 아이들과 천국 같은 어린이집을 운영하고 있는 미스 페레그린, 그리고 그들의 눈알을 빼

먹어 죽이려는 무시무시한 괴물들과 정말로 마주하게 되는 것이며, 또한 오로지 자신만이 다른 이들의 눈에는 투명해서 보이지 않는 괴물들을 뚜렷이 볼 수 있기에 그것들과 용감히 맞서 싸워 이상한 아이들을 구해 내고 또 이들에게 영원한 죽음을 피할 수 있는 새로운 시간의 문을 열어 주기 위한 모험에 앞장서는 것이다. 이후의 전개와 결말, 이외의 더 많은 디테일들을 하나하나 분석해 양자 간의 비슷한 유전자들을 나열한다면, 필경 「미스 페레그린과 이상한 아이들의 집」은 「빅 피쉬」의 형제들 중 꽤 모자라는 한 살 터울 동생쯤으로 밝혀질 게 빤하다. 다만 내가 「미스 페레그린과 이상한 아이들의 집」을 숙주 삼아 나누고 싶은 일용할 메시지들은 요컨대 다음과 같다.

유년은, 아이들이라는 존재는, 기실 우리가 믿고 있는 혹은 믿고 싶고 믿어야만 하는 것처럼, 아름다운 동심으로 가득 찬 평화의 나라가 아니다. 1989년도 제42회 로카르노 국제영화제 황금표범상 수상작인 배용균 감독의 영화 「달마가 동쪽으로 간 까닭은」에서, 동자승이 산골 깊은 개울에서 아이들에게 익사당할 정도로 집단 괴롭힘을 당한 뒤 실신해 물 위에 낙엽마냥 둥둥 떠 있는데 바위 위에 앉아 그것을 무표정하게 바라보는 소녀의 클로즈업은 아이들의 세계는 잔인함이라는 개념의 자각조차 없는 잔인한 세계라는 것을 고요하게 포착한다. 그런데 이러한 배용균 감독의 통찰과 미학이 팀 버튼 버전으로 바뀌면 이른바 '잔혹동화'가 되는 것이다. 이상한 아이들과 미스 페레그린은 1943년 9월 3일 밤 독일 제3제국 공군의 폭격에 의해 재가 돼 버린 지 까마득한 유령들에 불과하다. 미스 페레그린이 그 아이들과 자신을 죽기 직전의 그 순간에서 하루 전 과거로 자꾸 영원회귀시키면서 유령으로서 연명하고 있을 뿐이다. 본시 폴란드에서 태어나 살았지만 나쁜 자들의 악행을 피해 가족들과 헤어져 어린 시절 홀로 그 섬으로 도망쳤었다는 할아버지가 말하고 있는 그 나쁜 자들은 분명 유대인을 학살하던 나치였을 것이고 할아버지는 폴란드계 유대인으로 추측된다. 이렇듯 인간은 지옥 같은 현실의 충격을 감당하고 그래도 인생을 누리기 위해 인생의 현실을 어떤 형태로든 동화로 승화시킨다. 여기서 '동화'라 함은 더 큰 의미에서 '작품으로서의 이야기(그냥 날것의 이야기가 아니라 플롯이 있는)'라고 해도 좋다. 사람은 침묵하는 신을 의지하지 않고는 살 수 있어도 수다스러운 이야기에 의지하지 않고는 살아갈 수 없는 고독한 존재인지 모른다. 절망 속에서도 절망마저 도구삼아 인간을 위로하는 것, 그것이 곧 이야기의 일이고 이야기라는 신이 하는 일인 것이다.

랜섬 릭스와 팀 버튼의 예술이 흘레붙은 「미스 페레그

린과 이상한 아이들의 집」속에서의 이상한 아이들은 살아 움직이는 시체들처럼 상처의 그늘에 시달린다. 세상의 모든 아이들은 그냥 아이들이 아니라 원래 '이상한 아이들'이고, 이는 상처받은 인간들의 원형 상징이자 근본적 사실인 것이다. 그러나 우리는 저 이상한 아이들과 미스 페레그린이 특별한 능력을 하나씩 지니고 있는 것에 유독 주목할 필요가 있다. 왜냐하면 그것이, '상처받은 대신 그만큼 특별한 능력을 지니게 되는 인간이라는 비극'을 메타포하고 있기 때문이다. 팀 버튼의 또 다른 영화 「가위손」에서 가위손 에드워드는 발명가가 만들어 낸 일종의 인조인간이다. 손이 손이 아니라 가위인 에드워드는 파스텔 색채의 집들이 늘어선 마을 위 높은 언덕의 허물어져 가는 저택에서 외롭게 살고 있다. 친절한 화장품 외판원 펙 보그스가 숨어 사는 그를 발견한 후 마침내 에드워드는 저 아래에 있는 '진짜' 세계로 입장할 수 있게 된다. 그가 미용과 애견미용, 울타리 정원수 깎기 등에 특별한 재능을 보이자 펙의 이웃들은 그를 따뜻하게 감싸 준다. 하지만 에드워드가 펙의 딸인 치어리더 킴에게 반하면서 누구든 믿는 순수한 에드워드의 삶은 혼란에 빠지고, 곧 킴의 남자친구에게 농락당해 범죄를 저지르게 된다. 그런데 이러한 아픔보다 더 원초적인 아픔은, 에드워드가 사랑하는 이를 만지고 싶어 가위손으로 살짝 건드리기만 해도 사랑하는 이에게 상처를 준다는 사실이다. 상처를 받고 그 상처를 이기는 과정에서 능력을 얻고 그런데 그 능력이 상처의 체질이 돼 버리는 괴로움. 이 비극은 이상한 아이들과 미스 페레그린의 숙명이자, 랜섬 릭스의 장편소설 『페레그린과 이상한 아이들의 집』과 팀 버튼의 영화「미스 페레그린과 이상한 아이들의 집」밖에서 그 두 가지를 동시에 감상하고 있는 우리 모두의 숙명이기도 하다.

　그러나 과연 이뿐일까? 이러한 예술작품들은 얼핏 고작 인간이 불행한 현실을 소화하기 위해 만들어 놓은 서글픈 판타지처럼 보이나, 거기서 더 나아가 우리로 하여금 이 이야기됨을 통해 새로운 이야기로의 모험을 떠나 기어코 성장한 뒤 결국 우리 자신에게로 되돌아와 웃게 한다. 때로는 예술 속 상상으로서의 회유가 현실의 돌파일 수 있는 것이다. 그렇다. 진짜 세계여행이건 가짜 세계여행이건 간에, 우리가 눈을 감고서 저마다의 상상 속으로 빠져든다는 것은 결코 함부로 대할 노릇이 아니다. 왜냐. 그것을 통해 인간이 변화 받고 치유되는 까닭이다. 상처를 받고 그 상처를 이기는 과정에서 능력을 얻고 그런데 그 능력이 상처의 체질이 돼 버리는 괴로움은 얼마든지 극복 가능하다. 상처를 가진 자만이 타인의 상처를 이해할 수 있기 때문이다. 그리고 그런 사람만이 그 어떤 어두운 현실보다 더 강한 사랑을 발견한다. 우리는 요괴도 아니고 유령도 아니다. 우리는 판타지 잔혹동화 속을 질주하면서도 누군가를 구원하여 끝내는 스스로를 구원해 내는 주인공에서 희망을 얻는 인간들이다. 우리는 세상이 명랑하다고 우기지 않는다. 다만 우리는 상처받는 걸 두려워하지 않는 사랑하는 사람들이다. 한 편의 영화와 한 편의 소설은 우리에게 그러한 진실을 전하고 있다. 상처의 힘은 사랑의 힘이다.

(2016.12.)

'겸손'에 대한 철학적, 혹은 신학적 논고

　내가 지금 이 이야기를 하는 것은, 이제는 때가 무르익었다고 판단하기 때문이다. 나는 어떤 알 수 없는 힘에 이끌려 이 글을 쓰는 중이다. (아직은 서양철학사의 가장 위대한 철학자가 아니라 그저 오스트리아 철강재벌의 막내아들로서) 맨체스터 공과대학에서 항공공학을 전공하던 비트겐슈타인은 러셀과 화이트헤드가 함께 쓴『수학의 원리』를 읽고 감명받아 케임브리지대학으로 러셀을 찾아간다. 1911년 가을이었다. 러셀은 당시의 비트겐슈타인을 이렇게 회고했다.

　"그는 색달랐어요. 말하는 것도 이상했죠. 나는 종잡을 수가 없었습니다. 그가 천재인지 아니면 이상한 놈인지. 케임브리지에서 한 학기가 끝날 무렵 그가 내게 물었어요. '내가 멍청한지 아닌지를 알려줄 수 있겠습니까? 멍청하다면 그냥 비행기 조종사나 되겠습니다. 멍청하지 않다면 철학자가 될 거구요.' 나는 방학 동안 글을 써 오라고 했어요. 철학적 주제에 관해서 말이죠. 그러면 네가 멍청한 놈인지 아닌지를 알려주겠다고요. 다음 학기가 시작되자마자, 그는 자기가 쓴 글 하나를 가져왔습니다. 첫 문장을 읽자마자 말해 주었습니다. 비행기 조종사는 되지 마라. 그래서 그는 비행기 조종사가 되지 않았습니다."

나는 우주의 왕자 시추 토토와 천재지변이 없는 한 하루에 한 번 산책을 한다. '산책이 아니면 죽음을 달라'는 것이 토토의 강철이데올로기이기 때문이다. 토토는 레닌 같기도 하고 트로츠키 같기도 하다. 그날도 우리는 산책을 마치고 집 문 앞에 당도했다. 2021년 가을이었다. 아예 목욕을 시켜 주게 되거나 길이 눈 비에 더러워진 날이 아니라면 산책 뒤 나는 토토의 발바닥과 똥고를 비누칠 대신에 물티슈로 닦아 준다. 그때도 그러려는 참이었는데, 토토의 털이 길어 똥꼬를 가리고 있었다. 바야흐로 기온은 계속 떨어져 조만간 겨울이 올 것이니만큼 똥고 주변만을 내가 직접 전기 바리깡으로 깎아 주게 되었다. 아아― 그런데, 그게 사달이었다. 뭐든지 너무 잘하려다가 비극이 발생한다는 사실을 나는 뒤늦게 감각하고 말았다. 어느새 토토의 궁둥이 털이 똥고를 중심으로 3분의 1 이상 사라져 있었던 것이다. 마치 원숭이 엉덩이처럼.

루드비히 비트겐슈타인에 대한 버트런드 러셀의 증언

은 위의 것 말고도 많다.

"매일같이 밤늦게 찾아와서는 매우 흥분해 입을 다문 채 우리 속 야수처럼 3시간이나 방 안을 이리저리 돌아다녔죠. '자네는 논리학에 대해 생각하는 건가? 그렇지 않으면 자네의 죄에 대해 생각하는 건가?' 나는 어느 순간 그에게 물었습니다. 양쪽 다라고 그는 말하더니, 곧바로 다시 입을 다물었어요."

더 이상은 우주의 왕자가 아닌 것 같은 토토의 궁둥이를 멘붕이 돼 바라보면서, 비트겐슈타인과는 달리, 나는 내가 방금 저지른 죄에 대해서만 생각할 수밖에 없었다. 토토에게 미안했고, 적당히 타협할 지점에서 멈추질 못해 꼭 사고를 치고 마는 내 탐미적 피가 미웠다. 똥꼬 주변 털이 예쁘게 깎여 봤자 얼마나 더 예쁘게 깎인다고, 잘못 깎은 게 거기서 얼마나 더 수습된다고, 집착에 집착을 거듭했단 말인가. 나는 잠을 이루지 못했다. 뭔가 허전한 것을 느껴서였을까? 토토는 누워 천장을 마주보고 있는 내 왼편 볼에 궁둥이를 대고서 코를 골았다.

어쨌든 다음 날도 우리는 산책을 나갔다. 어떠한 절망 속에서도 해야 할 일은 해야 하기 때문이다. 인생에서 중요한 것으로 세 가지가 있다고 나는 믿는다. 첫째, 인내. 둘째, 집중력. 셋째, 하나님의 뜻. 이 셋을 조화롭게 유지해야 삶이 좌초되지 않는다. 누구에게나 언제든 시련은 있을 수 있다. 그러나 그 안에서도 그저 참기만 하는 게 아니라 무엇이든 하면서 참아 내야 하는 것이다. 그냥 후퇴는 안 된다. 싸우면서 후퇴를 해야 훗날 역전승이 있다. 우리는 대체로 이러한 기조 아래 또 산책을 나갔다. 날씨는 우울한 내 기분과는 달리 환장할 만큼 화창했다. 속죄의 뜻으로 나는 평소보다 두 배는 먼 코스로 길을 잡았다. 토토가 가장 좋아하는게 산책이니, 그렇게라도 위로와 보상을 해 주고 싶었던 것이다. 인내와 집중력을 지킨 것이다.

……그런데. 집 앞 골목을 벗어난 지 얼마나 지나서였을까, 상황은 내 우울과는 다르게 전개되고 있었다.

처음부터 내내 토토는 아무렇지도 않게 언제나처럼 엑스타시에 빠져 산책을 즐기고 있는 게 아닌가.

……이 녀석은 지금 자신의 엉덩이 상태를 모르고 있구나.

그랬다. 어쩌면 당연한 일이었다. 아니, 당연히 당연한 일이었다.

일순, 마른하늘에 날벼락처럼 어마어마한 깨달음이 내 머리 위로 우르릉쾅쾅— 떨어져 내렸다.

보통의 사람들이라면, 이 에피소드에서, 그 어떤 안 좋은 일이라고 해도, 정작 당사자가 모르면 모르는 대로 좋은 일이라는 생각 정도를 하게 되겠지만, 인생에 있어서 중요한 세 가지를 알고 있는 나는 달랐다.

평소보다 세 배는 더 멀고 긴 즐거운 산책은, 토토의 입장에서 보자면, 하늘에서 쏟아진 행운으로 여겨질 것이다. 아빠로 인해 저질러진 자신의 엉덩이 상태를 모르고 있기에 그것은 위로와 보상이 아니라, 갑자기 찾아온 '좋은 일'일 거란 소리다.

비트겐슈타인은 자신의 책 『논리철학논고』의 머리말을 이렇게 시작한다. "이 책은 아마도, 여기에 표현된 사상 내지는 그와 비슷한 사상을 스스로 이미 생각해 본 적이 있는 사람만이 이해할 것이다. 그러므로 교과서가 아니다. 독자 한 사람만이라도 이를 읽고 이해하여 즐거움을 얻는다면 이 책의 목적은 달성된 셈이다."

행운을 만난 탓에 기뻐 날뛰는 인간들을 자주 본다. 잘 나가게 돼 오만과 교만에 휩싸인 인간들, 그들은 알아야 한다. 하나님이 실수로 그들의 똥꼬 털을 너무 넓게 깎아 버린 탓에 오늘의 희희낙락(喜喜樂樂)과 까불까불이 있게 된 것일 수도 있다는 사실을. 이런 종류의 재앙은 자기만 모른다고 해결되지 않는다. 나 같은 사람이 그들의 엉덩이를 지켜보고 있으며, 그런 사람들은 의외로 많기 때문이다. 이래서 인간은 잘 나갈수록 겸손해야 하는 것이다.

소설가 커트 보니것은 말했다.

"우리는 끊임없이 벼랑에서 뛰어내리고, 떨어지는 동안 우리의 날개를 단련시켜야 합니다."

행운보다 필요한 것이 겸손이다. 겸손이 없는 사람에게 행운은 마약일 뿐이다. 마약은 육체와 영혼을 동시에 절망에 빠뜨리는 지옥의 물질이다. 행운은 대부분의 경우 인간을 정신 못 차리게 한다. 스스로의 노력으로 정성을 다 하지 않은 것들은 반드시 먼지처럼 흩어져 우리를 허무와 자격지심 속으로 도망치게 한다. 망하게 만든다. 이게 하나님의 뜻이다.

그렇다면 토토의 경우는 어떤가? 토토에게는 애초에 행운도 없고 결과적으로 마약도 없다. 토토는 우주의 왕자답게 이 우주의 모든 일들을 고스란히 받아들이고 순수하게 즐길 뿐이다. 토토는 노자(老子) 같기도 하고 장자(莊子) 같기도 하다. 그러한 토토가 내게 큰 깨달음을 선물로 준 것이다. 말 없는 용서와 함께 말이다. 이 또한 하나님의 뜻.

비트겐슈타인은 모든 문제는 철학자들이 언어를 잘못 사용한 탓에 일어난다고 보았다. 『논리철학논고』를 다 쓰고 나서는 그는, 이 책으로 철학의 모든 문제는 해결되었다라고 선언한 뒤 시골로 내려가 초등학교 교사를 했다. 독자 한 사람만이라도 읽고 이해하여 즐거움을 얻는다면 어떤 알 수 없는 힘에 이끌려 이 글을 쓴 내 목적은 달성된 셈이다. 자신의 실수마저도 교만과 오만의 벼랑에서 떨어진 인간들의 날개를 위해 사용하시는 하나님의 뜻처럼.

(2022.1.)

고래 배 속에서 등불을 켜고

모든 인간이 다 죽는다는 사실은 나를 기쁘게 한다. 시간의 차이가 있을 뿐, '다 같이 함께' 죽는 셈인 것이다. 이것이 내가 젊은 시절, 공산주의에 별 매력을 못 느낀 근본적인 이유다. 나는 어리고 무지하였으나, 내가 그런 사람인 줄은 알고 있었던 것이다. 희극도, 불행도 아니다. 그냥 그러했을 뿐. 지금 내가 하고자 하는 이야기도 어쩌면 그런 이야기다.

아무리 닦아 내도 지워지지 않는 유리병 속 지문.

그럴 리가. 내 참.

있을 수가 없는데 버젓이 있는 유리병 속 지문.

내 상심처럼.

이 시는 내 세 번째 시집 『애인』에 실려 있는 「유리병 속 지문」의 전문이다. 저 유리병은 이사 중에 어디론가 사라져 버렸지만, 시적 판타지가 아니라, 분명한 사실이다. 내게는 저러한 유리병이 있었고, 나는 한참을 바라보며 당황했더랬다. 어떻게 유리병 속에 누군가의 지문이 있을 수 있는 것일까? 그것은 나의 지문일까?

인생은 너무 빠르게 흘러가 버린다. 10대의 어느 날 어느 환한 대낮 창가의 햇살 속에서, '나는 언제나 늙을까?' 하는 생각을 품었던 게 기억난다. '나는 언제나 어른이 될까?'가 아니라, '나는 언제나 늙게 되는 것일까?' 하는. 그만큼 그 시절에는 시간이 너무 천천히 흐르고 있었다. 이제 이미 육체적으로 늙어 버린 나는, 나이를 먹어 갈수록 가속도가 붙어 가는 시간 속에서 정신이 혼미하다. 왜 그럴까? 왜 10대보다는 20대가, 20대보다는 30대가, 30대보다는 40대의 세월이 더 빠르게 왔다가는 이내 멀어져 가는 것일까? 나의 결론은 이렇다. '새삼스러움'이 증발돼 버린 탓일 게다. 세상과 삶에 대한 경험이 쌓일수록 모든 것들이 익숙해짐을 넘어서 심드렁해지고 만 것이다. 같은 영화를 두 번 보고 세

번 보고 그렇게 반복해 보는 횟수가 늘어 갈수록 그 영화의 러닝타임이 짧게 받아들여지는 이치일 것이다. 아니나 다를까, "길들여진다는 것은 시간에 대한 감각이 옅어진다는 것이다. 그래서 젊은 시절은 천천히 흐르는 반면, 이후의 삶은 시간이 흐를수록 점점 더 빨리 달아나는 것이다."라고 소설가 토마스 만은 갈파했다.

청춘의 시기에는, 삶이 아무리 힘들어도 견디다가 죽을지 모른다는 맘까지는 들지 않았는데 요즘은 견디다가 죽을 수도 있다는 공포가 가끔씩 찾아온다. 하지만 돌이켜보면, 당연히 젊어서도 죽을 수 있고 또 실지로 죽은 내 젊은 벗들도 종종 있었다. 엄밀히 말해, 언제 누가 죽고 언제까지 누가 사는 것은 우리가 결정하는 게 아니다. 누구는 전쟁터의 백병전에서도 살아 돌아와 늙은이가 되어서야 가까스로 죽고, 누구는 무균캡슐 안에서 지낸다 한들 쉽사리 시들어 죽는다. 가장 무서운 것은, 자기가 이미 죽은 인간인지도 모른 채 버젓이 살아가는 인생일 테지만. 오늘은 갑자기 우박과 비바람이 몰아치더니 한낮이 캄캄해져 버렸다. '나는 언제나 늙을까?' 하는 생각을 품었던 10대의 어느 날 어느 환한 창가 햇살은 아예 존재해 본 적도 없었던 것처럼. 자살률이 전 세계 부동의 1위라는 이 나라에서 내 지인들 가운데 자살한 사람은 다행히 별로 없다. 대학교 시 쓰는 동아리에서 만난, 전기공학과 90학번 후배 하나가 십몇 년 전쯤 사업 실패로 돈빚에 몰리다가 자살했다는 연락을 받았었고 그때 나는 장례식장에 일부러 가지를 않았더랬다. 내게 육박해 오는 감정이 대체 무엇인지 잘 이해되지가 않아 겁을 먹었던 모양이다. 착하디착한 녀석이었다. 시도 잘 쓴 걸 한두 편 보고는 속으로 몰래 감탄했던 추억이 있다. 이 비와 우박의 어둠 속에서 유독 그 친구 얼굴만이 아련하다. 반면, 문인들 중에는 자살한 지인들이 적잖이 있고, 내용상 자살이라기보다는 자살에 가까운 사고사라든가 자연사라고 규정해야 할 죽음은 더 많았다. 문인들 팔자라는 게 예나 지금이나 다 그렇지 뭐. 가만 보면, 마음이 여린 축에 드는 글쟁이들이 여하간 일찍 죽는다. 개 같은 인간들, 말고기를 생으로 씹는 것 같은 질감의 쓰레기들은 절대 안 죽는다. 백 살 이상은 살 것들 같고 실지로 온갖 만행들을 버젓이 저지르면서도 불멸이다. 개들은 거짓말과 위선도 항시 성공적이어서, 세상이 존경해 주는 풍경이 마치 탁월한 요술쟁이의 위엄을 목도하는 착각마저 불러일으키는 바이다. 그들은 절망마저 코스튬 같다기보다는, 애초에 절망 자체가 유전자에 없는 거 같다. 물론 부럽진 않다. 우박과 비바람의 나날, 마음에 내려앉는 어둠이 무서운 세상이다.

내 인생이 이미 허물어져 버렸다는 우울에 갇힐 적마다, 어느 유명 가수를 애처로운 습관마냥 애써 생각한다. 나는 참혹한 구렁텅이 속에 빠져 허우적거리던 그를 단 한 번 스치듯 만났더랬다. 그는 피가 새까맣게 타 버리고 살과 뼈와 영혼이 다 문드러져 있었다. 아무도 그를 견딜 수 없을 것 같아 보였다. 어려서부터 그의 음악을 사랑하고 존경해왔던 나 역시 마찬가지였다. 스치듯 만났으니, 스치듯 헤어졌고, 그 이후 그는 자신의 부모님이 나란히 누워 계신 무덤가로 가서, 저 이제 그만 살래요, 라고 말하고는 시계와 지갑 등의 소지품들을 거기에 두고 자살하러 산을 내려갔다고 한다. 그러던 그가 무슨 까닭에서였을까. 홀연 발걸음을 되돌려 다시 부모님의 무덤가 앞에 서서, 다시 시작해 볼 게요, 다시 정상에 서 볼 게요, 라고 혼잣말인지 약속인지를 내뱉고는 세상으로 돌아와, 다시 시작했고, 이윽고는, 다시금 정상에 선 지금의 그가 되었다. 삶이 중심을 잃고 한없이 지독하게 방황할 적에 그런 어둠을 이겨 낸 타인의 이야기는 빛이 된다. 우리가 어둠을 이겨내야 하는 중요한 이유다. 누군가는 훗날 당신의 그러한 이야기를 전해 듣고는 스스로 자신의 목숨을 구할 수도, 재기할 수도 있다. 한 사람이 어둠에서 빛으로 변한들 그가 세상 전부를 어둠에서 빛으로 변하게 할 수는 없다. 그러나 한 사람이 어둠에서 빛으로 변하면, 그의 세상은 어둠에서 빛으로 변한다. 그리고 그 빛이 다른 어떤 이를 어둠에서 빛으로 변하게 만들고, 나아가 세상의 많은 부분을 어둠에서 빛으로 변하게 만들 누군가를 호명(呼名)할 수는 있다. 사람이란 신이 아닌 이상 인생의 어느 시기에든 우울하고 슬프고 방황하고 부진하고 낙오되고 추락하고 고독하고 아플 때가 있는 법이다. 그때에도 떠나지 않고 지켜주는 것이 사랑이다. 힘들 때 옆에 있어주는 친구가 진짜 친구다. 모두가 손가락질할 적에도, 단 한 사람만 편을 들어주면, 그는 무너지지 않을 수 있다. 전쟁할 수 있다. 우리는 행복할 때 진짜 사랑과 우정을 만나기 어렵다. 삶의 아이러니고, 이것이 바로 우리 각자가 불행을 경험하고 이겨내 볼 만한 이유다.

유리병 속의 지문처럼, 세상은 도저히 있을 수 없는 일들을 저지르며 사람에게 상처를 준다. 뿐인가. 누구든 역사에 등장하면, 정도의 차이는 있겠으나, 그가 아무리 옳은 일을 했다손 치더라도 누군가에게는 반드시 미움을 산다. 반면, 개 같은 인간들, 말고기를 생으로 씹는 것 같은 질감의 쓰레기들은 흑마술을 부리며 세상의 존경을 받는 정도가 아니라, 오로지 미움만을 받는 악마조차 없다. 히틀러나 스탈린도 사랑해 주는 인간들이 있다. 인간으로서 인간을 가장 많이 죽인 마오쩌둥도 추앙해 주는 인간들이 있다. 캄보디아에서 킬링필드를 연출한 폴포트를 옹호하는 부류들도 없을 것 같지만 분명히 존재한다. 인간의 마음 안에는 공정함이 들어 있는 게 아니라, 자기가 좋아하고 싫어하는 것이 들어 있기 때문이다. 이것은 그러한 인간이 '인간들'이 되어 대중이 되어 갈수록 더 핏빛으로 선명해진다. 세상에 공정함이란 엄밀한 의미에서는 없다. 없으려고 없는 게 아니라, 가능하지가 않다. 어찌 보면 그저 선택과 결정이 있을 뿐이다. 역사가 특히 그러하고, 역사 속에 등장해 버린 인간이 더더욱 그러하다. 하여 역사 앞에서 우리는 어쨌든 선택하고 결정해야만 하는 것이다. 역사 속에서 행동하려는 이는, 지구인 절반쯤에게는 미움을 받아도 좋다는 각오가 있어야 하는 것이다. 물론 이는 세상이 불공정한 만큼, 공정한 태도가 아니다. 그러나 이 사안에 있어서만큼은 옳은 태도다. 이런 것을 옳다고 믿어야 할 정도로 인간이 어리석고 무지하고 무능하고 악마적이기 때문이다. 그러니 '미움 받을 권리' 같은 헛소리들일랑 제발 좀 집어치우고, 될 수 있는 한 역사에 등장하지 마라. 그것은 무서운 일이고, 괴로운 일이다. 역사 속에서 은자(隱者)로 살면, 정도의 차이는 있겠으나, 불필요한 미움들로부터 꽤 많이 벗어날 수 있다. 물론 아무리 역사 속에서만큼은 숨어 살고 싶어도 역사에 끌려 나가게 되는 경우도 있다. 그러니 더욱 자중하여, 역사 속에 등장하지 마라. 그런데 참 이상한 일이 있다. 이럼에도 불구하고, 무슨 자신감이 그렇게들 많아서인지, 역사 속에 등장해 막춤을 추고 싶어서 안달이 난 인간들로 세상은 우글우글 불타오른다. 삶의 절정과 정상(頂上)에 있다가 추락하는 인간들의 이야기, 그 소음으로 세상은 가득하다. 그들은 그것이 진정한 삶의 절정과 정상이 아니라는 점을 몰랐던 것이다. 지혜로운 자는, 애초에, 삶의 절정과 정상을 만들지 않는다. 자신 안의 '고요'가, 삶의 진정한 절정과 정상이기 때문이다.

짐 크로치의 「Time in a Bottle」이 잔잔히 깔린다. …… 만약 시간을 병 속에 담아 둘 수 있다면 내가 가장 먼저 하고 싶은 일은 영원이 지나도록 그 모든 시간을 담아서 당신과 함께 나누는 겁니다…… 1973년 9월 20일, 짐 크로치가 탄 비행기가 루이지애나에서 텍사스로 향하는 도중 서서히 추락하고 있다. 아름다운 사랑의 시간을 유리병 안에 담아 간직하고 싶다는 이 노랫말의 이야기를, 나는 내 장편소설 『내 연애의 모든 것』에서 중요한 모티브로 사용하였더랬다. 그러나 또한 이런 생각도 해 본다. 풀리지 않는 수수께끼 같은 지문이 묻어 있는 유리병 속에 인생의 어느 한 시기만을 밀봉하는 것이 가능하건 가능하지 않건 간에, 과연 그것은 바람직하고 지혜로운 소원인가. 사진작가 앙리 까르띠에 브레송은 "평생 삶의 결정적 순간을 찍으려 발버둥쳤으나, 삶의 모든 순간이 결정적 순간이었다."고 고백했다. 희망이란 무엇일까. 대홍수가 그치자 노아는 방주의 창을 열고 한 마리 비둘기를 날려 보냈다. 얼마 뒤 비둘기는 발붙일 곳을 찾지 못한 채 노아에게로 돌아왔다. 온 땅은 아직도 물에 잠겨 있었던 것이다. 이레를 기다린 노아는 다시 그 비둘기를 방주에서 내보냈다. 저녁 무렵 되돌아온 비둘기는 싱싱한 올리브 잎을 부리에 물고 있었다. 이로써 노아는 물이 빠지고 있음을 알게 되었다. 노아는 이레를 더 기다려 그 비둘기를 또 날려 보냈다. 그러자 비둘기는 아무리 기다리고 기다려도 노아에게로 되돌아오지 않았다. 아마도 희망이란 그런 식으로 우리에게 다가올 것이다. 유리병은 잊자. 까닭모를 상처가 안쪽에 묻어 있는 유리병도, 행복한 시간을 담아 놓을 유리병도, 말짱 다 거짓이다. 분명히 존재한다고 한들 다 거짓이다. 모름지기 사람은 기쁘게 살아야 한다는 천진난만하지만 무책임한 권유에 나는 절대로 동의할 수 없다. 사람이 슬프게 살아야 하는 것은 아니지만, 사람의 마음에는 슬픔이 있어야 한다. 슬픔이 있어야 내 안에 있는 모든 것들과 내 밖에 있는 모든 것들을 바라볼 수 있기 때문이다. 기쁨은 바라보는 눈을 잃게 만든다. '고통'은 인도말로 '두카'인데,

이는 우리가 평소에 생각하는 그 고통이 아니라, '불완전함'을 의미한다. 해탈이라는 것은 고통을 없앴다는 것이기보다는, 고통을 '이해해 버리는 것'에서 온다. 나는 나의 고통을 이해하고 싶다. 부처는 번뇌가 없는 신도 아니고, 번뇌가 없어진 사람도 아니다. 부처는 '번뇌의 질이 높아진 사람'이다.

우리는 대홍수 뒤에도 비둘기를 날려 보내는 일을 멈추어서는 안 된다. 하나님은 요나에게 아시리아의 수도 니네베로 가서 이교도들을 개종시키라는 명령을 내리지만, 겁을 집어먹은 요나는 타르시스로 가는 배를 타고 도망친다. 하나님은 큰 폭풍을 일으켰고, 제비뽑기 끝에 뱃사공들에게 주님을 피하는 중이라는 사실을 고백한 요나는 자신을 바다에 던져 버리라고 말한다. 뱃사공들은 부디 살인죄를 적용하지 말아 달라 하나님에게 부르짖으며 요나를 바다로 내던졌다. 성난 바다는 이내 잔잔해졌고, 하나님은 고래로 하여금 요나를 삼키게 했다. 요나가 고래 배 속에서 감사와 구원의 기도를 하자, 이윽고 고래는 요나를 육지로 내뱉었다. 사흘 낮과 사흘 밤 만이었다.

우박과 비바람의 어둠으로 가득한 이 한낮에, 나는 나의 지문이 묻어 있는 유리병 속이, 행복한 시절만을 담아 두고 싶은 저 유리병이, 칠흑 같은 고래 배 속처럼 여겨진다. 어쩌면 '희망'이라는 것은 '비둘기를 날려 보내는 일'이 아닐는지도 모른다. 희망이라는 것은, 우리 각자가 싱싱한 올리브 잎을 부리에 물고 왔다가는, 이레 뒤에 다시 날아가, 다시는 과거로 돌아가지 않고, 새로운 날들 속으로 영영 사라져 버리는 비둘기가 되는 일인지도 모른다. '요나'라는 이름은 히브리어로 '비둘기'라는 뜻이다. 이것은 우박과 비바람과 어둠에 대한 이야기가 아니라, 캄캄한 고래 배 속에서, 죽음의 두려움을 이겨 낸 한 사람이 등불을 켜는 이야기다.

(2019.3.)

사막을 건너는 법

바다에서 죽어 버려야지, 하고 K는 바다로 왔다. 하지만 예상 못했던 게 있었다. 겨울이 아니었던 것이다. 자살하기에 여름 바다에는 인간들이 너무 많았다. 그런 빤한 사실을 계산하지 못할 만큼 K는 무너져 있었다. 부서져 가루가 돼 있었다.

애나 어른이나 방금 지옥에서 사면이라도 된 것마냥 신이 난 해변을 보자마자 K는 두통이 일었다. 역겨운 세상에게 끝까지 조롱당하는 기분이 들었다. K는 서울로 되돌아가기로 결정했다. 자살을 고민하던 와중에 봐둔 빌딩 옥상이 있었다. 그래, 겨울 바다는 추워서 뛰어들기 힘들었을 거야. 수면제 왕창 삼켜 봤자 숙면 끝에 깨어날 수도 있고. 하늘에서 떨어지는 게 제일 쉽고 확실하지. 그런 생각을 하며 기차역 부근 식당에 앉아 막걸리를 마시는 K는 막걸리통을 물끄러미 보다 문득, 작년 이맘때 오후를 연상하게 되었다. 그날 그 지역에 간 것은 피치 못할 사정 때문이었다. 술집 앞에 나와 담배에 라이터 불을 붙이던 K는 비명도 호소도 아닌 기이한 "막걸리—." 소리에 고개를 들었다가 깜짝 놀랐다. '그'였다. 그는 20년 전 그대로였다. 빙하 속에 보관되다가 시간의 장막을 뚫고 불쑥 현실로 튀어나온 것만 같았다. 아무리 적게 추측해 줘도 족히 60대 후반일 텐데, 변한 건 K와 세상뿐이었다. 중키에 단단히 마른 체구, 거지 옷차림에 피골이 상접해 햇볕에 재가 된 얼굴로 리어카 가득 수제 막걸리들을 실은 채 예수가 십자가를 지고 골고다 언덕을 오르듯 봄 여름 가을 겨울을 순례하는 자. 어떻게 사람이 저럴 수 있을까 싶게 항상 피에로 웃음을 짓고 있는 자. 어쩌면 그는 불경(佛經)을 얻으려 실크로드를 횡단하는 승려처럼 보이기도 했다. 사막의 과거는 '바다'다. 낙타와 고래는 같은 포유류라서, 어떤 고래들은 오래 전에 헤어진 낙타가 보고 싶어 해안가에 올라가 죽어 간다는 어느 소설의 한 대목을 읽은 적이 K는 있었다. 그가 K를 알 리 만무했고, K가 먼발치에서 혼자 속으로 그를 '검은 해골'이라 이름 붙였던 게 K의 나이 스물여섯이었다. 유일한 가족인 어머니가 많이 아팠다. 종합병원 옆에 숙소를 마련해 두고 병실을 오가며 간호를 했다. 그러며 이 길 저 길에서 가끔 검은 해골을 보았다. 저 많은 막걸리가 팔리기는 하는 걸까? 무슨 사연이 있길래 저런 독보적 이미지로 고행처럼 떠돌아다니는 것일까? K는 그런 의문을 품었더랬다. 어머니가 병실에서 숨을 거둔 뒤 K는 그 종합병원이 있는 지역은 얼씬도 하지 않았다. 간혹 어쩔 수 없이 스쳐 지날 적에는 가슴이 아팠다. 이후 K 곁에 누군가가 없었던 것은 아니지만, 하는 일마다 실패한 그에게는 결국 아무도 남아 있지 않았다. 어머니는 성경과 성경구절들을 적어 둔 노트를 유품으로 남겼다. 무신론자인 K는 어머니의 옷가지와 함께 싹 다 불태워 버리고 싶었지만, 웬걸, 외로울 적마다 그 성경과 노트를 들춰 보곤 했다. 어머니는 하나님의 축복 밖에서 아파 죽어 가면서도 왜 이런 요상한 글귀들을 좋아했던 것일까? 그런 생각을 했다. 한여름 땡볕 아래 검은 해골이 천천히 사라지고 있었다. K는 달려가서 그를 붙잡고 도대체 왜 그러고 사냐고, 삶에 무슨 의미가 있냐고 묻고 싶었다. 지난날들의 고통을 다 털어놓고만 싶었다. 인간에게 어려운 것은 제 인생에 잡아먹히지 않는 것이다. 천년을 더 버틴들 뭐가 달라질 게 있겠나 싶은 절망감이었다. 병실 침상에서 어머니는 바다가 보고 싶다고 말했다. 그 이틀 뒤 어머니는 세상을 떠났다. 암이 재발되기 전, 어머니는 운전면허와 심리상담사 자격증을 취득했다. 써먹지도 못할 그런 짓은 왜 했나 싶었다. K는 죽으러 바다로 내려오면서, 한 사내가 아내와 딸을 태운 차를 몰아 바닷속으로 뛰어들었다는 뉴스를 접했다. 기차 안에서 술이 깬 K는 서울역에 도착했다. 새벽 3시였다. 택시를 탄 K는 투신자살을 위해 봐 두었던 그 빌딩으로 가고 있었다. 얼마나 지났을까. 건널목 앞에서 택시가 신호를 기다리고 있을 때, 뒷좌석에서 졸고 있던 K는 괴성에 눈을 떴다.

"……세상에……."

검은 해골이 건널목을 건너고 있었다. 사막을 가는 낙타처럼 자신의 무거운 짐을 끌고 그 새벽 세상을 지나고 있었다. 택시 기사가 말했다.

"이야. 희한한 사람이네. 뭐라고 그러며 가는 거죠? 하핫."

…… 이름 없는 자 같으나 유명하고 죽은 자 같으나, 보라, 우리가 살아 있으며, 매를 맞았으나 죽지 아니하였고, 슬퍼하는 자 같으나 항상 기뻐하며, 가난한 자 같으나 많은 사람들을 부유하게 하고, 아무것도 없는 거 같으나 모든 것을 가졌느니라.

K는 어머니가 그리울 적마다 하도 읽어서 외워 버린 그 노트에 적힌 한 부분이 어머니의 목소리로 떠올랐다. K는 점점 멀어지는 낙타를 바라보았다. 그 뒷모습에 여름 바다 파도 소리가 퍼져나가고 있었다. K는 삶이 다시 움직이는 것을 느꼈다. 어머니의 죽음이 머물던 종합병원 영안실의

불빛이 왼편 차창 밖으로 보였다. K는 어머니가 아들의 행복을 바라고 있다는 걸 알아차렸다. K는 택시에서 내려, 남루한 잠자리가 있는 집까지 오래 걸어가고 있었다. 파도 소리를 들으며, 자신의 사막을 건너가고 있었다.

(2022.7.)

내 왼편 어깨 위에 앉아 있는
오렌지색 카나리아의 노랫소리

신에게 변호가 필요한 것은 인간의 죄 때문이다. 하여 신을 위한 변론은 인간을 위한 변론이다. 모호한 것 같지만, 깊이 생각해 보면 분명하다. 다만 제대로 변호해 줄 누군가를 찾을 수 없을 뿐이다. 이게 인간이 고독한 이유다. 나는 고인(故人)의 것이 아닌 글은 거의 읽지를 않는다. 내 글이 내 생전에 세상 속에서 읽히지 않아도 별 불만이 없는 것은 그래서다. 사람들이 나를 볼 때에 나의 하나님에게 변호가 필요한 것은 그분의 탓이 아니다. 나의 어둠과 허물 때문인 것이다.

지하철 좌석에 앉아 친구를 만나러 가고 있는 저녁. 젊은이도 노인도 아닌 한 사내가 객차 중앙에 피뢰침처럼 꼿꼿이 서서 외계어(外界語)로 무언가를 줄기차게 호소하고 있다. 나 외에 다른 사람들은, 이어폰을 귀에 꽂고 있든 그렇지 않든 간에 그에게 눈길 한 번을 주지 않는다. 그들은 전부 자신의 스마트폰 속에 들어가 있다. 저 사내가 혐오스럽거나 무서워서일 수도 있겠지만, 아무래도 우선은 상관하기가 싫어서인 것 같다. 비단 저 사내에게만이 아니라, 누가 제 옆에서 피를 토하고 죽어 간들 그들은 자신의 스마트폰 속에서 타인에게로 걸어 나오지 않을지 모른다. 이윽고, 지치고 쓸쓸한 지구인처럼 생긴 외계인은 다른 객차 칸으로 건너간다. 나는 번개에 그을린 피뢰침이 꽂혀 있던 그 빈 공간을 멍하니 바라본다, 극도로 고통스러운 처지에서 도망칠 곳이 전혀 없고 자살할 수 있는 타입조차 되지 못할 적에 광인(狂人)이 발생한다던데, 저 사내는 대체 어떤 불행한 일을 겪었기에 저렇게 돼 버리고 만 것일까? 어쩌다가 '어린왕자'가 그랬듯이 자신의 멀고 먼 작은 별에서 홀로 떨어져 나와 광막한 사막을 헤매고 있는 것일까? 저 사내 역시 자신을 물어 줄 맹독을 지닌 '노란 뱀'을 찾고 있는 것은 아닐까?

소설가가 되길 잘못했다는 생각이 드는 까닭은, 얼추 30년간 하도 인간과 인간의 스토리에 관해 탐구하다 보니 내가 예상했던 캐릭터와 플롯을 벗어나서 행동하는 인간이 너무 드물어서이다. 이리 되면 살아가는 데에 감동이 없어진다. 반면 예나 지금이나, 내가 보기에는 그저 못돼 처먹은 사기꾼임에도 불구하고 몹시 훌륭하다며 세상이 떠받들어 주는 경우가 많고, 필경 그래서 내가 이제껏 이 거지꼴이 아닌가 싶다. 인간과 세상은 나의 무덤덤한 환멸과, 기를 쓰고 경건해지려는 분노 사이에 머물러 있다. 어려서부터 나는 선량한 척하는 자들이 지독히 싫었다. 기실 그들은 자신의 분야에서 가장 악한 짓들을 일삼았다. 그리고 나는 그런 자들보다는 그런 자들을 추앙하는 많은 사람들 때문에 우울한 적이 많았다. 내 위악의 버릇은 그래서 자라났고 이념까지는 아니더라도 일종의 신념으로 체계화됐다. 그게 내 정신병 같은 문장(文章)의 세속적 실체다.

존 F. 케네디 암살범 리 하비 오스월드, 존 레논 암살범 마크 데이빗 채프먼, 로널드 레이건 암살미수범 존 헝클리 등이 열광했다는 『호밀밭의 파수꾼』은 근래까지 대강 6500만 부 이상이 판매됐다고 하는데, 세상에는 이처럼, 누구나 다 읽은 것 같지만 막상 일독한 사람이 의외로 적은, '성경 다음의 베스트셀러(알베르 카뮈의 『이방인』, 앙투안 드 생텍쥐페리의 『어린왕자』 같은)'가 수두룩하다. 성경이라면 신약 위주로 매일 한두 페이지씩은 읽는 내가 1년에 꼭 한 번 4월이면 제롬 데이비드 샐린저의 소설 『호밀밭의 파수꾼』을 완독하는 두 가지 이유는 첫째, 내 생일이 있는 달이 4월이고 둘째, 아무리 나이가 들어가도 그 달에만큼은 이 문제적 작품의 주인공 홀든 코필드와 비슷했던 내 청소년 시절을 애도함으로써 망각하지 않기 위해서다. 로버트 번스의 시 「호밀밭을 걸어오는 누군가와 만난다면」에서 영감을 얻었다는 '호밀밭의 파수꾼'이라는 제목. 홀든은 여동생 피비에게 얘기한다.

"나는 그 모든 어린 꼬마들이 호밀밭이나 그런 커다란 밭에서 어떤 놀이를 하는 모습을 계속 그려 봐. 어린 꼬마 수천 명, 주위에 아무도 없고 ─ 그러니까 어른은 없고 ─ 나를 빼면. 그런데 나는 어떤 미친 절벽 가장자리에 서 있어. 만일 꼬마들이 절벽을 넘어가려 하면 내가 모두 붙잡아야해 ─ 그러니까 꼬마들이 어디로 가는지 보지도 않고 마구 달리면 내가 어딘가에서 나가 꼬마를 붙잡는 거야. 그게 내가 온종일 하는 일이야. 나는 그냥 호밀밭의 파수꾼이나 그런 노릇을 하는 거지. 나도 그게 미쳤다는 거 알아. 하지만 그게 내가 진짜로 되고 싶은 유일한 거야. 나도 그게 미쳤다는 거 알아." 우리의 피비는 오랫동안 아무 말도 하지 않았다. 그러다 뭔가 말을 했을 때 그것은 "아빠가 오빠를 죽일 거야."뿐이었다.[6]

간혹 이런 질문을 받는다. 당신은 왜 작가가 되었느냐

는. 나는 어릴 적부터, 선량한 척하는 사악한 인간들을 끔찍하게 싫어했던 것만큼, 나 자신이 싫었다. 나는 내가 나인 것이 항상 난해하고 괴로웠다. 그건 겨우 한시절 지나가고 마는 홍역(紅疫)이 아니었다. 아직도 나는 그러하다. 만약 내가 나를 좋아하거나 편하게 여기게 된다면 바로 그 순간부터 결단코 글 같은 것은 쓰지 않을 뿐더러, 설령 쓰고 싶다고 하더라도 쓸 능력이 이미 증발된 상태일 것이다. 나는 나를 포함한 '인간'을 의심하기에 글을 쓴다. 내가 만약 인간을 믿었더라면 정치를 하였지 문학과 문예(文藝) 따윈 거들떠보지도 않았을 것이다. 나는 나를 도저히 이해할 수 없기에 어렴풋이나마 나를 버릴 수 없다. 이게 내가 자살을 하지 못하는 이유다. 살기가 그래도 견딜 만해서 자살하지 않는 게 아니라, 자세히 들여다보면 미쳤기에 자살하지 못하는 것이다. 지하철 객차 중앙에서, 벼락같은 삶의 상처에 그을린 피뢰침처럼 꼿꼿이 서서, 하나님만이 알아들을 수 있는 말로 사람들에게 무언가를 줄기차게 호소하고 있던 저 사내처럼.

'희망'이란 무엇일까. 돌이켜보니, 뭐 거창한 게 아니라, '아직 지쳐 있지 않았던 시간'이 바로 희망이라는 꽃말이었던 것 같다. 순진한 사람이란 남들이 자신처럼 생각한다고 믿는 사람이고, 순수한 사람이란 남들이 자신처럼 생각해야 된다고 믿는 사람일진대, 공히 둘 다 세상살이에는 부적격이다. 나는 순진하지도 순수하지도 않은데 왜 자꾸 지쳐만 가는 것일까? 어째서 나는 늘 나 자신이 세상의 이물질처럼 느껴지는 걸까?

작가라는 직업상의 호기심 덕일 뿐이지, 나 또한 이어폰을 귀에 꽂고 있든 그렇지 않든 간에 그 외로운 사내에게 눈길 한 번 주지 않았을 수 있고, 심지어는 누가 내 옆에서 피를 토하고 죽어 갈 적에 스마트폰 속에서 빠져나와 도움을 줄 거라 장담할 수 없다. 시쳇말로, 나라가 망할 적에 누가 총 들고 나가서 싸우는지는 그때 가 봐야 알게 되는 법이다. 새벽닭이 두 번 울기 전에 예수를 세 번 부인했던 자는 다름 아닌 '믿음의 반석' 베드로였다. 자신은 정의롭다고 만날 떠들어 대는 자들을 내가 믿지 않는 까닭이다. 타인에게 연민을 품었는데, 어느새 내가 나를 연민하고 있기 마련이어서, 나는 타인에게 연민을 가지기 싫다. 그저 타인에게 연민을 받지 않는 내가 되고자 노력할 뿐이다. 솔직히 이것은 비인간적인 태도이며 교활한 전술이고 불량스런 전략이다. 나는 인간의 호의보다는 낙타, 코끼리, 고래, 거북이, 이런 동물들의 실존을 좋아한다. 이 녀석들의 이미지만 접촉해도 기분이 환해진다. 낙타는 사막이라는 바다의 배이고, 코끼리는 이 세계의 걸어 다니는 기둥이고, 고래는 공룡이 멸종

된 뒤 지구의 가장 큰 동물이되 자유자재로 유영(遊泳)하고, 거북이는 500년도 넘는 일생의 거의 전부를 혼자서 살아간다. 순진하고 순수한 사람, 완전히 고갈되고 처절하게 낙담했을 때 불현듯 미쳐 버림으로써 간신히, 그러나 간절히 죽음으로부터 도망치기 쉬운 사람들에 대한 연민은 마치 깨어진 거울 속의 누군가를 바라보는 일처럼 아프다. 알고 있다. 낙타, 코끼리, 고래, 거북이는 인간과는 달리 내게 상처를 주지 않으니, 나는 비겁하다. 그러나 어쩔 수 없다.

『어린왕자』에서 작가 생텍쥐페리의 분신이랄 수 있는 비행기 조종사와 어린왕자가 이별하는 부분과 그 앞뒤는 사뭇 아리송하다. 말 그대로 불분명하다는 뜻이다. 가령 어린왕자가 우주선 같은 것을 타고 밤하늘의 작은 별로 날아갔다는 얘기 따윈 단 한 줄도 나오지 않는다. 누구나 다 읽은 것 같지만 막상 일독한 사람이 의외로 적은 '성경 다음의 베스트셀러'이니 정식으로 읽어 보면 내 이 말이 무슨 말인지 또렷해질 것이다. 내가 보기에 그것은, 어린왕자가, 사막의 맹독을 지닌 노란 뱀에게 자신을 물어 달라는 부탁을 하고, 그렇게 된 다음 서서히 죽어 가는 것으로 읽힌다. 어린왕자는 자살을 한 것이다. 죽음을 통해 사막 같은 이 세상을 떠나 머나먼 자신의 소행성b612로 돌아간 것이다. 사람들은

『어린왕자』를 무럭무럭 자라나는 아이들과 지혜를 구하는 어른들에게 적합한 예쁜 책으로만 여기는 모양인데 나는 그렇지 않다. 『어린왕자』는 슬픔과 통증의 책이다. 그러하기에, 사람들 특히나 아이들의 심리적 충격을 완화하기 위하여 생텍쥐페리는 그 부분과 그 앞뒤를 그토록 시적으로 묘사한 것이리라(여기저기 발에 치이듯 굴러다니는, 어린이를 위한 요약본 『어린왕자』에는 실제로 저 노란 뱀이 나오는 장면이 생략되어 있는 경우가 많다). 문학이론가로서의 견해인데, 이러한 『어린왕자』의 성격은 이 작품이 탄생할 당시의 문예사조와 호응하는 지극히 당연한 결과다.

알베르 카뮈 생전에 완성되고 출판된 첫 번째 소설인 『이방인』은 프랑스에서 1942년 5월 19일 판매되기 시작하였다. 어린왕자나 홀든 코필드처럼 유명한 주인공 뫼르소는 햇빛 때문에 아랍인을 권총으로 쏴 살해하고 감옥에 갇혀 재판을 받는다. 뫼르소는 프랑스 식민지 알제리에 살고 있는 프랑스인으로서(작가인 카뮈 자신이 그러했다. 이를테면, 일제강점기 조선반도에서 태어나 살고 있는 일본인이었던 것이다.), 프랑스인이 아닌 알제리인을 죽인 것이니 사형은커녕 적당한 시기에 풀려날 수 있을 거라는 허풍이 아닌 위로를 주변으로부터 듣는다. 그런데 웬걸. 뫼르소는 재판 과정에서, 어머니가 언제 죽었는지도 모르고 죽었는데도 슬프지 않고 그녀의 관 앞에서 담배를 피웠고 장례를 치른 뒤 여자랑 잤고 햇빛 때문에 아랍인은 권총으로 쏴 죽였고 등등의 해괴한 진술들을 떠들어 댄 끝에 사형을 언도받는다. 무슨 말이냐 하면은, 사람을 권총으로 사살해 사형을 당하는 게 아니라, 도무지 이해가 안 되는 개소리들을 늘어놓았기 때문에 사형을 당하고 마는 것이다. 이게 바로 '부조리'고 이른바 제2차 세계대전의 영향을 받은 '부조리 문학'이다. 1943년 4월 7일은 미국에서 『어린왕자』의 영어판과 불어판이 서점에 깔린 첫날이다. 프랑스에서는 1945년 11월에야 출간됐는데 그것도 전후 인쇄용지 품귀 탓에 본격 서점 배포는 1946년 4월이었다. 이 '성경 다음의 베스트셀러'는 지금껏 정식 판매부수가 8000만 부가 넘고, 해적판까지 합치면 전 세계적으로 1억 부 이상 팔렸을 것으로 추정되고 있다. 뫼르소는 실존주의적 현실세계의 치하(治下)에서 실존주의문학의 십자가에 못박혀 죽은 예수이고, 만약 생텍쥐페리의 어린왕자가 소행성b612에서 태어나 지구의 사막에서 죽음을 맞이하지 않고 『이방인』의 시공간에서 성장한 청년이라면 있는 그대로 뫼르소가 되어 법정에서 사형에 처해졌을 거라고 나는 본다. 『어린왕자』는 아름다운 동화가 아니라 서늘하고 어두운 실존주의 소설인 것이다.

마찬가지로, 어린왕자가 『호밀밭의 파수꾼』의 시공간에서 청소년이 되었다면 틀림없이 홀든처럼 우울한 방황과 반항을 일삼다가 정신병원에 갇히고 말았을 것이다. 내게는 어린왕자나 뫼르소나 홀든이나 다 한 사람으로 읽힌다. 나는 또 다른 '성경 다음의 베스트셀러'인 『이방인』이 과연 얼마나 세상에서 팔려나갔는지는 잘 모르겠다. 다만, 카뮈가 그 온 세상에서 가장 사랑했던 어머니는 청각장애인이었으며 평소 교통사고만큼 허무한 죽음은 없을 거라고 말하곤 했던 그가 노벨문학상을 수상한 지 3년 뒤인 1960년 마흔네 살 아직은 젊은 나이에 자동차 사고로 죽었다는 것과 얼마 전 내가 알고 있던 한 90세 노인(국회의원을 두 번, 그리고 어느 커다란 도시의 시장까지 역임했던)이 지인을 만나러 가던 중 한강 다리 위에서 자신의 운전기사에게 갑자기 차를 세우라고 하더니 홀연 한강 속으로 뛰어내렸다는 것을 알고 있을 뿐이다.

― 만약 우리가 약하고 의지할 데 없는 사람을 의도적으로 무시한다면 어느 정도의 이익이 있을지는 몰라도 극도의 죄악도 함께 존재할 것이다.

언젠가 찰스 다윈의 『인간의 유래』를 읽다가 이 구절을 만나고는 얼마나 놀랐는지 모른다. '종의 선택'을 주장하는 학자의 견해 치고는 너무나 인간적이었기 때문이다. 비 오는 4월의 깊은 밤이다. 글을 쓸 적마다 서재에 있는 아버지, 어머니의 사진 영정(影幀)에 촛불과 향을 올리곤 한다. 토토는 냉정해서 하루 한 번 내 성경 읽기와 같은 제 산책만 챙기면 집구석 어디론가 사라져 잠들어 있고, 나는 멀든 가깝든 아무런 가족이 없다. 그나마 단 한 사람이 있었는데, 나를 떠나 버렸다. 이래서 내가 위대한 단독자(單獨者)인 거북이를 존경하는 것이다. 그러나 나는 아버지와 어머니가 이 작은 집에서 나와 함께 있다고 믿는다. 내가 그토록 어디서 어떻게 방황해도 아직 다치지 않고 죽지 않았던 것은 아버지와 어머니가 나를 지켜주었기 때문일 것이다. 어머니는 매장을, 아버지는 화장(火葬)을 하였는데, 생전에 아버지는 자신이 사후(死後) 화장되면 영혼이 완전 소멸되어 나를 못 도와줄까 봐 염려하였더랬다. 그것이 명리(命理)의 일반적 이론인 것 같으나, 나는 부정한다. 나는 아버지의 혼령이 나를 돌보고 있다고 생각한다. 믿음이라는 것은 그런 것이다. 믿고 있으면 믿음은 믿음이 된다. 아무리 가치 있는 약속도 안 믿으면 아무 소용이 없는 한숨 소리가 돼 버리는 것처럼. 나는 아버지의 납골묘에도, 어머니의 무덤에도 더 이상은 가지를 않고 또 절대로 가지 않을 것이다. 나는 아버지와 어머니가 병들었을 적에 최선을 다 해서 간호하였다. 여한이 없고, 여력도 없다. 아버지는 새어머니 일가의 가족납골묘에 있는데 그들이 잘 돌볼 것이고, 어머니의 무덤은 세월이 흐르면 더 낮은 땅속으로 녹아들어가 버릴 것이다. 아무도 원망하지 않는 데다가 더욱이 눈물이 싫은 나로서는 별다른 도리가 없고, 무엇보다 여러 모로 좋은 일이다. 어머니는 대단한 크리스천이었다. 천국에 있지 무덤 안에 갇혀 있을 리가 없다. 그리고 내 아버지와 내 어머니는 내 안에, 나의 살과 뼈와 피 속에 스미어 있다. 시간이 더 흘러 내가 죽으면, 그때 비로소 우리 셋은 함께 사라질 것이다. 눈을 감으면 빗소리는 내 안에서 내린다. 아버지, 어머니와 함께 나는 이 빗소리를 듣는다. 이것이 나의 이승이다.

술을 마시지 않은 한 사내가 얼마 전 자신이 살고 있는 아파트 단지에 불을 지른 뒤 뛰쳐나오는 사람들을 흉기로 찔러 죽였다. 십수 명이 상처를 입었고 열다섯 명이 넘는 사망자들 가운데는 어린이도 있었다. 범행동기? 삶에 대한 비관과 세상을 향한 적개심? 명백한 것은 악마보다 더 흉측한 한 길 사람의 마음속이 아니라, 우리가 아무리 잘 돌아가는 슈퍼컴퓨터처럼 살아간들 이러한 불행이 무시로 무작위로 닥쳐오는 것이 세상이라는 점이다. 내게는 그런 일 절대 안 일어난다고 절대 장담할 수 없는 게 인생이다. 거대한 산불을 바라보면, 부처님의 말씀처럼 삼계(三界) 어디에도 안전한 곳이 없다. 죽음이 찾아올 거라면 내가 어디에 숨어 있다 한들 찾아오리라. 겸손과 숙고와 명상만이 그나마 준비할 수 있는 내 안전의 전부이다. 아무리 잘 돌아가는 슈퍼컴퓨터처럼 살아가는 사람도 잘 돌아가는 슈퍼컴퓨터처럼 살아가는 것에 대한 의문을 지녀야 하는 것이다. 세상과 인생은 카오스다. 우리는 이 사실을 순순히 인정해야 하고 여기에서 자포자기보다는 겸손과 아이러니 같은 여유를 얻어야 한다. 오히려 그리하여, 부족한 우리 각자를 스스로 용서할 수 있고 잔인무도하고 황당무계한 이 세계를 개선해야겠다는 의지를 잃지 않아야 하는 것이다.

　—이 세계는 더할 수 없이 아름다우며 크고 깊은 사랑으로 가득 찬 곳이기 때문에 증거도 없이 포장된 사후 세계에 관한 이야기로 나 자신을 속일 이유가 없다. 그보다는 약자 편에 서서 죽음을 똑바로 보고 생이 제공하는 짧지만 강렬한 기회에 매일 감사하는 게 낫다.[7]

칼 세이건이 『에필로그』에서 했던 저 말은 맞는 말이지만, 어쩐지 내게 어린왕자의 죽음보다 더 깊은 슬픔을 준다.

그러나 그래도 기도하는 마음으로 이러한 생각을 전쟁에 임하듯 하려 한다. 삶의 전부가 방황과 반항일 필요는 없지만, 방황이 없는 삶은 배움이 없는 삶이고 반항이 없는 삶은 죽어 있는 삶이다. 방황과 반항 없이도 자신이 제대로 살고 있다고 착각하는 시체들은, 이 진실을 모른다. 세상에는 승리와 패배가 있기 마련이다. 승자가 패자가 되기도 하고 패자가 승자가 되기도 한다. 가장 중요한 것은, 승리 뒤의 승자의 겸손, 패배 뒤의 패자의 반성이다. 그리고 절망적인 것은, 자신의 패배를 승리로 위장하는 것과 자신의 승리를 패배로 받아들이는 것이다. 또한 가장 절망적인 것은, 자신의 패배를 승리로 착각하는 것과 자신의 승리를 패배로 만드는 것이다. 인생이 헛것 같고 다른 인간들이 말짱 다 거짓말처럼 느껴질 때 우리는 갈 길을 잃고 시들어 가거나 파괴된다. 이럴 적에 우리를 구원하는 것은 우리 각자의 '수공업'이다. 종교도 바람직할 적에는 사실 수공업인 건 바로 그 때문이다. 내가 관념주의자들을 한심하게 여기고 자신의 수공업이 없는 자들을 멀리 하는 까닭은, 그들이 자신의 허망함에 대한 화풀이를 타인과 세상에 함부로 해 대기 때문이다. 죽음이란 위대한 무기(武器)이자 부적(符籍)이다. 죽음을 각오하면 우리는 삶에서 못 해낼 일이 없다. 그 어떤 적도 멸망시킬 수 있으며 그 어떤 재앙도 씹어 삼켜 소화시킬 수 있다. 그리고 그 일을 다 한 뒤에 당당히 죽을 수가 있다. 우리는 이런 기가 막힌 무기이자 부적을 공평하게 하나씩 지니고 태어난 사람들이다. 죽음은 제대로 살기 위해서 있는 것이지 삶에서 도망치기 위해 있는 게 아니다. 인간에게 가장 익숙한 새인 카나리아. 불행과 죽음을 왼편 어깨 위에 오렌지색 카나리아로 올려놓고 우리 생의 남은 날들 내내 노래하게 하자. 그 노랫소리로써 잊지 않음이 오히려 평안과 용기가 될 것이다. 사람들이 나를 볼 때에 나의 하나님에게 변호가 필요한 것은 그분의 탓이 아니다. 나의 허물과 죄 때문인 것이다. 그러나 지난날의 내 방황과 반항은, 내 가슴 속에 금강석 심장이 되어 빛나고 있다. 절대로 깨어지지 않는 이것을 보지 못하는 자는, 어둠이다. 고작 이것이 나를 포함한 모든 '인간'에 대한 나의 변호다.

(2019.4.)

4부

무장시론(武裝詩論)

무장시론(武裝詩論)

만약 내가 오로지 선하거나 오로지 악했다면 나는 방황하지 않았을 것이다. 내가 지켜보게 되는 나는 악하다가도 선해졌고 선하다가도 악해졌다. 심지어는 선하면서 동시에 악했고 악하면서 동시에 선했다. 이게 문제였다. 차라리 시베리아 얼음 대평원 위를 홀로 헤매고 있었다면 그나마 번뇌는 없었을 것이다. 나는 내 밖이 아니라 내 안에서 종잡을 수 없었고 정처 없었다. 어차피 천사가 못 되는 것이야 바라지도 않는 기정사실이라지만 악마조차 못 되는 주제파악이 내게는 내 소년 시절부터 불과 얼마 전까지의 최대 의문이자 최악의 불만이었다. 그러던 어느 날 어떤 작은 죄를 몰래 짓고 집을 향해 일부러 터벅터벅 걸어가던 저물녘 무렵, 나는 허공의 멍한 햇살 속을 문득 찬찬히 들여다보다가 이제껏 나를 사로잡으며 지배했던 이 괴로움이 선과 악의 문제가 아니라 바로 '모순'이라는 사실을 깨달았다. 나는 석가

모니가 보리수 아래서 깨달았을 때의 그 느낌만을 경험하고는 여전히 한 마리의 짐승으로 남았다. 하지만 기뻤다. 나는 전체로는 깨닫지 못하였음에도 불구하고 부분으로는 완전히 깨달았던 것이다. 나는 사랑과 미학과 얼룩의 투쟁이 무엇인지 비로소 알 것 같았다. 내게 있어 현대인은 불교적 시공간을 유랑하는 기독교적 존재였다. 이처럼 나의 세계는 한 극단과 한 극단이 서로를 잘 벼려서 흘레붙으며 피 흘리는 곳에서 폭발하는 모순의 반동이었다. 가령 나는 러시아 정교회의 성직자가 되고 싶었으나 강철의 혁명가를 거쳐 인류 역사상 가장 가혹하고 거대하며 끔찍한 독재자가 되고 말았던 이오시프 스탈린이란 인간의 어둠이 환하게 보였다. 필경 그는 자신의 모순을 몰랐거나 모른 척했을 게다. 하지만 그 자와는 달리 이제 내게 모순은 모순일 뿐이었다. 모순은 인간과 인간에 대한 모든 것들, 그 가운데서도 가장 어려운 수수께끼인 나 자신에 대한 해답이 되었던 것이다. 나는 이제 나의 빛이나 어둠을 가리지 않는다. 나는 그것으로 깊이 아프게 생각이 드는 어느 순간 인간과 그 인간이 사는 세계에 대한 그림을 그릴 뿐이다. 나는 노래하는 시인이면서도 논쟁가인 나의 모순이라는 본질이 더 이상은 어색하지 않다. 나는 사랑을 모르는 사람들이 싫었던 것처럼 환상과 괴리된 현실을 인정할 수 없다. 기쁘기 전에 염려가 많아지는 것은 내 마음의 거울에 때가 많이 끼어서일 것이다. 문(文)과 무(武)는 다르지 않다. 문(文)이 없는 무(武)는 문(門)이 없는 무(無)와 같고, 무(武)가 없는 문(文)은 무(舞)가 없는 문(紋)과 같다. 문(文)이 없는 무(武)는 어리석기 쉽고 무(武)가 없는 문(文)은 비겁하기 쉽다. 문학은 선(禪) 이전의 번뇌를 다룬다. 그래서 문학은 절대적 심판자의 것이 아니며 악(惡)이라는 것으로 선(善)을 뛰어넘어 미(美)가 되는 것이다. 이것이 바로 미학의 불복종이자, 미학의 투쟁이 되는 것이다. 그렇다. 사랑의 투쟁과 미학의 투쟁은 동일하다. 나는 칼을 쥐고 꽃을 경멸하는 내가 싫었고, 꽃에 얼굴을 묻은 채 울고 있는 나도 싫었다. 놀림감이 되어 큰소리치는 광대처럼 나는 나의 모순을 통해 내 죄책감을 청산하고 싶었다. 하지만 내가 설령 죄책감에 눈 감는다고 하여도 내 죄가 사라지는 것은 아니다. 다만 모순(矛盾)은 모순이 그저 모순이 아니라 내 창(矛)과 방패(盾)라는 것을 믿는 내 시의 아름답고 무서운 무장(武裝)이 될 것이다.

(2018.10.)

전사(戰士)로서의 작가, 작가로서의 전사

『작가는 어떻게 생각을 시작하는가』
제1권 「작가의 말」을 대신하여

전원이 기마병인 몽골군대는 역사상 러시아를 정복한
유일한 군대였다. 나폴레옹도, 히틀러도 러시아에 들어가서
는 혹한과 진창 때문에 공히 지옥을 헤매다가 결국은 처절
하게 패퇴하고 말았다. 1237년 몽골군대가 일부러 겨울에
러시아 원정을 시작한 이유는 강이 얼어붙어 땅처럼 건너갈
수 있기 때문이었다. 또한 봄에는 얼어붙은 땅이 녹아 생긴
진창이 몽고말들의 발목을 부러뜨리는 지뢰와 다를 바 없을
터였다. 물론 움직이는 생명체들을 죽음의 고체로 둔갑시켜
버리는 혹한이 문제였지만 평소 순록이 사는 대초원의 영하
50도에서도 적응해 온 몽골기마병들은 몽고말들과 한 몸이
되어 자고 깨며 전진했다. 그들은 자연과 싸우지 않고 자연
속으로 스며들어가는 법을 알고 있는 전사들이었다. 그들은
인간이라기보다는 자연신(自然神)이었다. 그리고 그들의 적
에게 그들은 악마였다.

몽골군대는 항복을 받아들이지 않으면 총공세로 함락해 전 주민을 몰살하고 온 도시를 파괴했다. 특히 도서관은 반드시 잿더미로 만들어 버렸다고 한다. 그들이 야만의 궁극이었는지는 잘 모르겠다. 그러나 그들은 기록을 말살당한 인간은 인간 이하가 되고 만다는 진실을 잘 알고 있었다. 그들은 적을 짐승으로 전락시켰던 것이다. 이러한 폭력의 참상은 우리들의 실존에 시사하는 바가 있다. 나는 몸과 마음이 약해지면 몽골기마병을 상상하고 내 마음에 그것을 둔다. 이는 애처롭긴 해도 내 사악한 명상으로서 투명한 평화를 불러일으킨다. 이것을 기도라고 불러도 좋을까. 과거의 어느 날부터 나의 모든 기도는 묵언기도이다. 이것이 좋은 일인지 나쁜 일인지는 모르겠으나, 적어도 나는 기도를 잃지는 않았다.

아무도 책이란 것을 읽지 않고 아무나 작가가 될 수 있는 것만 같은 그런 세상이지만, 내가 쓴 내 책이라는 것은 그것이 무엇이든 내게 있어 누구에게도 검열받거나 지배당하지 않는 소중하고도 강인한 세계이다.

아이러니하게도 만약, 내가 처음 작가가 되었던 스무살 그 무렵에 철없이 밝게만 생각했던 것처럼 아직도 이 시대가 문학과 문학인의 말을 귀 기울여 들어 주는 세상이었다면 내가 이렇게까지 지독하게 무언가를 기록하지는 않았을 거라는 생각이 든다. 만약 그런 세상이었다면 나는 이러한 사상과 표현의 정리 과정 없이 그냥 막 바로 시나 소설이나 희곡이나 시나리오나 에세이나 칼럼 등을 써 갈겼을 것이다. 하지만 이렇듯 나는 무슨 열병에 걸려 미쳐 버리기라도 한 사람마냥 펜을 손에서 놓지 못한 채 이 외로운 글들을 고집스럽게 적어 내려갔다. 이 책은 희한한 책이고 '성찰하는 괴물의 책'이다. 그리고 이 책에도 장르가 있다면 필경 그것은 다름 아닌 '작가'일 것이다. 나는 그저 한낱 이야기꾼이 되고 싶어서 소설가가 된 게 아니다. 예나 지금이나 나는 이 세계와 인간을 진단하고 예언하는 작가이고 싶으며, 그 한참 이전에 나는 세상의 사랑과 기쁨도 인간의 아픔과 슬픔처럼 노래하는 시인이다. 나는 대여섯 가지의 예술장르들을 섭렵하면서 그중 글쓰기로서 존재하는 거의 모든 것들은 다 하고 있다. 이것은 표면적으로는 내가 한국문단이라는 관료주의적 감옥에서 나 스스로를 탈출시켜 살아오면서 스스로를 지키고 확장하고 발전시켜 나가다가 온갖 범주들을 수렴한 탓도 있으려니와, 나라는 인간의 성향과 원자로(原子爐) 자체가 원래 그러하기 때문이다.

이 책을 읽게 되는 사람들 가운데 반드시 작가까지는 아니더라도 자신만의 글을 쓰려는 욕망이 있는 사람이 있다고 한다면 나는 어쩌면 이 책이 꽤 도움을 줄 수도 있으리라고 믿는다. 내가 이런 말을 하는 것은, 문학은 궁극적으로 문학을 실행하는 태도와 자세 말고는 감히 누가 누군가에게 지도할 수 있는 게 아니며, 무도(武道)와는 달리, 제자가 스승을 닮아 버리면 그 스승과 제자는 함께 망해 버리는 까닭이다. 문학은 처음부터 끝까지 독창성이다. 앞으로 내가 죽는 그날까지 권수를 늘려 가며 계속해서 써내려 갈 이 글들의 소망은 바로 그러한 태도가 완강하고 그러한 자세가 바르다.

고로 이 책은 나의 문학공장이자 내 인간과 세계에 관한 고뇌와 모든 글들의 전생(前生)이고 그것 그대로 나의 전쟁이자 본론이며 수사학이다. 내게 있어 '기록하는 인간'이라는 것은 '살아 있는 인간'이라는 뜻이다. 다른 모든 사람들에게는 그렇지 않더라도 내게는 분명 그러하다. 나는 기록하는 인간만이 인간을 구원할 수 있다고 신앙한다. 요즘 나는 슬픈 꿈을 자주 꾼다. 나는 이 세상이 마치 몽골군대 같다. 푸른 늑대와 흰 사슴의 후예들은 어디에서 와서 어디로 사라졌는지 모르게 나의 모든 기록들을 불살라 버리려 든다. 그런데 또한 나는 어딘가를 침공하는 몽골전사처럼 몽고말들 틈에 웅크리고 혹한을 견디며 진격한다. 나는 나를 포위하고 있는 자연을 적으로 삼지 않고 자연, 즉 나의 고난

속으로 차라리 스며들면서 얼어붙은 거대한 강물 위를 대초
원처럼 달려간다.

몽골군대의 파괴에 저항하는 기록자와 제 삶의 고난들
에 대한 정복자로서의 이중적인 존재인 작가. 그 연옥 같은
정체성. 인생이 가도 가도 끝없는 문제해결의 과정이라더
니, 어느덧 이제 나는 부모형제 일가친척 하나 없는 완전한
고아가 되었다. 이제 내 곁에는 정말 아무도 없다. 이것은
상징이라든가 비유가 아닌 순수해서 끔찍한 리얼리티다. 그
러나, 그렇지만, 그렇다고 해서 우정과 사랑이 아주 없지는
않을 것이고, 나는 나의 희망을 나의 고통 위에 기록해 나
갈 것이다. 이 책은 희한한 책이자 '성찰하는 괴물'의 책이며
'작가'라는 장르를 가진 책이기 때문이다.

(2018.4.)

소행성에서의 글쓰기

연작소설집『소년을 위한 사랑의 해석』의
「작가의 말」을 대신하여

지난밤 꿈속에서 나는 우리의 스무 살 무렵에, 그러니까 어느덧 아주 오래전에 세상을 떠나 버린 내 그리운 친구를 만났다. 홀로 소년티를 못 벗은 그 시절의 모습 그대로인 그는 지금의 나이 들어 버린 나를 아무 말 없이 쓸쓸한 눈빛으로 바라보았고, 나라도 뭔가 말을 건네고 싶었지만 이상하게 목소리가 나오질 않았다. 잠이 깨니 아침이라기에는 너무 늦은 시각, 나는 여전히 사바(娑婆)에 있고 다시금 그는 영원히 사라져 있을 뿐이었다. 그래서 나는 이렇게 깊은 밤까지 온종일 나 자신에 대한 생각을 가만히 하고 있는 중이다. 한낱 쓸쓸한 꿈이라며 치부할 수 있겠으나, 신기루가 사막의 것이듯, 존재하지 않는 것의 숨결처럼 나를 스쳐 지나간 그것 또한 엄연한 내 삶의 일부분일 터이다. 나는 일부러 알 수 없는 말들을 늘어놓기 위해 문학을 시작하지는 않았지만, 알 수 없는 것들을 우연히 외면하려고 여태 문학을 하고 있는 것도 아니다. 어찌 이야기하지 않을 수 있겠는가. 인간 안에 도사리고 있던 것들이 인간 밖으로 튀어나와 인간을 움직여 세상을 전진시키거나 망친다. 사소한 추억의 괴로움이 지구의 끝과 끝을 가로지르는 기차보다 무거울 수도 있다는 뜻이다. 나와 둘이서 함께 작가가 되기를 소망했던 그 친구보다 벌써 두 배를 훌쩍 넘겨 살아 버린 내가 오늘도 맨발로 책상 앞 의자에 앉아 번뇌에 턱을 괸 채 뭔가를 쓰고 있는 것처럼.

사랑을 한다고 해서 행복해지는 게 아닌 줄 알면서도 사람들은 다시금 사랑에 빠진다. 어리석어서가 아니고 두렵지 않아서가 아니다. 그것이 바로 인간이라는 짐승이 자신의 불행과 맞서 싸우는 가장 현명한 방식이기 때문이다. 사랑하면 그 사랑 때문에 두려워할 줄 알게 된다. 두려움이 없는 것은 용기가 아니고, 두려움이 없는 사람은 추한 사람이다. 연정(戀情)은 두려움을 먹고 마시며 자라나 인간애(人間愛)로까지 스스로를 감화한다. 누군가 내게 지금껏 문학을 하는 데에 두려움이 없었느냐고 묻는다면, 나는 그것에 관하여서는 "두려움이 없었다"가 아니라, "그게 두려움인지조차 몰랐었다"라고 대답할 수밖에는 없다. 만일 그렇게 사는 것이 내 일생의 숙제와 일치하지 않았던들 내가 어언 28년 남짓 정치와의 불화가 아니라 미학으로서의 불화로 인해 이토록 수모를 당하며 연명하고 있지는 않았을 것이다. 스무 살에 시인이 되었을 때 나는 마치 혼자 가장 높은 산 정상에 올라서서 속세가 돌아가는 광경과 그 원리를 환히 내려다보고 있는 듯한 기분이었다. 나만의 불찰은 아닐 것이다. 본시 인간은 그처럼 자신이 자신의 안개이자 늪이니까. 고백하건대, 나는 작가가 돼 보지도 못한 채 죽어 버린 내 친구가 부럽다. 천 년에 한 번쯤이나 도래할 무자비한 문명의 변화가 있었고, 나는 목숨같이 지키고 싶었던 문학이라는 나라를 잃은 채 광야를 유랑하는 심정이다. 이제 내 곁에는 아무도 없고 이해하기 힘든 시간만이 남아 있다. 나는 홀로 소년티를 못 벗은 그 시절의 모습 그대로인 그 친구가 어디 머나먼 우주 소행성에서 맨발로 책상 앞 의자에 앉아 작은 불빛에 턱을 괸 채 뭔가를 쓰고 있을 거라는 상상을 하곤 한다. 이 상상은 아름답지도 않고 슬프지도 않아 숨이 멎진 않는다. 그러나 이 상상은 내게 까닭 모를 힘을 준다.

소설이란 무엇인가. 문학은 나의 종교이므로 이것은 내게 교리문답과도 같다. 누군가 내게 다시 묻는다. 소설이란 무엇인가. 나는 대답한다. 소설이란 인간에 대한 이야기이고, 인간의 이야기란 결국 인간이 사랑하고 이별하는 이야기가 아닐까. 사랑을 하면서도 사랑이 뭔지 몰라 심지어 생명이 불태워지기도 하는, 그러나 그 아수라 같은 사랑을 끌어안고 노래하는 만큼은 분명히 성장하는 모든 인간들의 총칭을 '소년'이라는 이미지로 떠올리며 나는 여기 이 소설들을 한 줄 한 줄 적어 내려갔다. 천국에서조차 방황하고 이의를 제기하는 그 소년은 자신의 마음이 누구의 것인지 모른다. 그리고 그것은 우리들 가슴속에 감추어진 저마다의 모습이다. 설령 당신이 백 살 먹은 노인이라 할지언정 사랑에 대한 질문을 포기하지 않는 누군가라면, 그 소년은, 그러니까 당신의 소년은, 다름 아닌 당신이다.

이 책을 마무리하는 내내 나는, 내가 예술로서의 소설을 쓰는 한국문학의 마지막 세대라는 생각이 들었다. 뭐라 설명하기 힘든 참담함에도 불구하고, 현존하는 모든 글쓰기들의 미학적 최고봉이 소설이라는 것을 문예이론가로서 담담히 재확인하였다. 이는 한국 현대문학의 정통이 주법(奏法)이 유실된 옛 악기쯤으로 받아들여진다고 해서 변질되는 진실이 아니다. 『소년을 위한 사랑의 해석』이 내 연작소설집으로는 『밤의 첼로』 이후 두 번째이며, 내용적으로나 형식적으로나 그것과 이란성 쌍둥이인 작품임을 기록해 둔다.

세상의 혼돈 앞에서는 말문이 막히고 글이 멈춘다. 그리고 그 혼돈을 견뎌 내느라 날이 갈수록 강퍅해지고 잔인해지는 타인들 앞에서 역시나 그러한 나 자신을 목격한다. 만약 공부(工夫)와 공업(工業)이라는 것이 있다면, 그 둘은 공히 어떠한 악조건 속에서건 단 한 발자국이라도 그 반대편으로 걸어가려는 안간힘일 것이다. 누군가 내게 아직도 책 한 권이 세상을 바꿀 수 있느냐고 묻는다면 당연히 내 대답은 "그렇다"이다. 책 한 권이 모든 사람들을 진보시키진 못하더라도, 세상을 진보시킬 한 사람을 호명할 수는 있기 때문이다. 인류의 어느 분야에서건 책과 작가가 개입되어 있지 않은 혁명이란 없었다. 게다가 근본적으로 작가란, 오로지 세상을 바꾸기 위해서만 글을 쓰는 게 아니라 그저 써야 하기 때문에 쉬지 않고 쓰는 존재인 것이다. 시대의 환경과 대접에 따라 낙담할 바엔 애초에 손대지도 말았어야 할 일을 누군가는 죽는 그 순간까지 운명처럼 갈고 닦으면서 살아야 한다. 요컨대 그것이 장인(匠人)이 만들어 내는 문화이며, 한 사람의 영혼이란 하나의 우주이기에, 한 사람을 감동시켰다면 이미 그것은 비좁은 세상 따위가 아니라 온 우주를 감동시킨 것 아니겠는가. 그저 나는 타인에게는 즐거우나 스스로에게만큼은 고통스러운 여러 형태의 문건들을 되도록 많이 남기고 싶을 뿐이다. 이제 내게 있어 문학은 나의 종교라는 감옥을 벗어나 인간의 사랑에 대한 신앙을 해석하는 도구가 되었다. 나는 내가 작가라는 사실이 자랑스럽지도 않지만 부끄럽지도 않다. 다만 작가라는 것은 뿔 달린, 현대의 사제(司祭)임을 소중히 간수하며 나의 나머지 날들을 감당할 작정이다. 바로 그것이 내가, 우리의 스무 살 무렵에 작가가 되려는 소망을 이루지 못한 채 영원히 사라져 버린 내 그리운 친구를 대신해 이 깊은 밤에도 맨발로 책상 앞 의자에 앉아 몽상에 턱을 괸 채 또 뭔가를 쓰려는 이유이기 때문이다. 외로움을 불평하지 마라. 소행성에서의 글쓰기가 아닌 문학이 대체 어디 있기나 했단 말인가. 빛이 눈을 멀게 한다. 어둠이 인간을 점등(點燈)한다. 사랑에 대해 질문하는 것은 인간과 세계에 대해 질문하는 것이다. 사랑은 그 자체로는 사랑일 뿐이겠으나 죽음에게 농락당하거나 삶의 노예가 되지 않도록 우리를 지켜준다. 나는 비천하지만, 사랑을 믿는 사람이다. 이 책이 그 증거다.

(2017.5.)

사라지지 않을 권리

『무정한 짐승의 연애』 개정판 「작가의 말」을 대신하여

1

소설은 인간과 세상을 가장 넓고 깊게 보는 장르라는 내 믿음은 현대문학이 시들어 버린 이 시대에도 여전하다. 인간과 세상이 변하듯 문학 역시 변하고 또 변해 갈 것이다. 어쩌면 끝없이 몸을 바꾸는 윤회(輪廻)처럼. 하여 문학이 사라진다면, 그건 정말로 사라진 게 아니라, 내가 '한 시절' 생각하던 '어떤 문학'이 이 세계의 뒤편으로 얼마간 숨어 버린 것에 관한 내 착각일 것이다. 이렇게 내 마음이 정리되기까지는 공부와 고통이 필요했고, 무엇보다 시간과 과거가 필요했다. 게다가 자신의 가장 소중한 것이 모욕 받고 훼손당할 적에 아무나 전의(戰意)를 잃지 않을 수 있는 건 아니다. 그 점에 있어서 나는 나약한 사람이 아니고, 간단한 작가가 아니다. 이 책이 다시 새롭게 움직이게 된 것은 대체로 그런

뜻이다.

2

예전에는 책을 많이 내는 사람을 보면 미심쩍고 싫었는데, 오늘 문득 세어 보니 전부 열아홉 권을 출간한 자가 바로 나였다. 그중 하나는 두께가 무려 832페이지다. 언제 이랬는지 모르겠다. 나쁜 쪽으로든 좋은 쪽으로든 이러한 내가 만들어진 이유일 것이다. 그래서 삶이 더욱 두렵지만 결과적으로 내 문학은 다양해졌고, 도리어 나는 내가 항상 오리무중(五里霧中)에 정처없게 돼 버려 좋다.

3

나는 '인간'을 의심하였기에 작가가 되었다. 인간을 신뢰했더라면 문학이 아니라 정치를 하고 있었을 것이다. 세상을 사랑했다면 돈을 벌었을 것이고 인간과 세상을 연민했다면 종교인이었을 것이다. 이러니 나는 내 어둠에 불만이 없다. 칼날 위에 서 있던 그 시절에도 소설들을 남길 수

196

있었던 게 다행일 뿐이다. 『무정한 짐승의 연애』는 『밤의 첼로』, 『소년을 위한 사랑의 해석』과 더불어 내 '현대예술로서의 소설 3부작'을 이룬다. 이 세 권이 "내가 '한 시절' 생각하던 '어떤 문학'", 즉 20세기의 전통을 잇는 현대문학으로서의 소설이다. 나는 독실한 모더니스트로서, 한국 현대소설이란 유럽과 영미의 현대소설 이론이 한국어와 한국인으로 전염돼 변화 발전하는 과정이라 판단했고 '내 미래의 전집 일부분'에서 그것에 대한 명백하고 지독한 싸움을 끝장 내버리고 싶었다. 정말이지 나는 반미치광이가 되어 그 작업에 성실하고 치밀하게 임했더랬다. 이 책이 다시 새롭게 세상에 말을 걸어 보려는 것은 특히 그런 까닭이다.

4

문학은 정답이 아니라 질문이다. 나는 청년시절 내내 '희생양'에 관해 자문했다. 그러며 내 소설 안에 이 세계의 희생양들을 하나하나 새겨 넣었다. 문학이 무언가를 구원할 수 있다면 죽기 전에 꼭 한 번 경험해 보고 싶다는 소망으로 전력을 다 했다. 물론 나는 구원받지 못했고, 내 문학은 아무도 구원하지 못했다. 만약 그럴 수 있었다면 내가 이제껏 이 지경일 리가 없지 않겠는가. 내 죄는 누구보다 내가 잘 알고 있고, 내 문학이 누구에게로 가 어떤 것이 되었는지는 근본적으로 그 누군가의 일이지 내 소관이 아니다. 다만 깨달은 바는, 인간들은 서로가 서로의 희생양이라는 사실이다. 우리는 가까운 사람들은 물론이요 지구 반대편의 전혀 모르는 누군가를 희생양으로 삼기도 하고, 반대로 희생양이 되기도 한다. 여럿이 그런 일을 벌이건 혼자 그러건 간에, 그 진실을 스스로 알건 모르건 간에, 그런 짓은 치열하며 멈추질 않는다. 물질적으로나 영적으로나 혹은 그 두 가지 속에서 동시에. 이게 바로 한 시절 내가 인간과 이 세계의 핵심에 문학으로 새겨 넣다가 마치 남이 그린 그림인 것처럼 발견해서 놀란 문신(文身)이자 벽화(壁畵)인 것이고, 여기 아홉 편의 소설들은 전부 그런 얘기를 하고 있다. 삶이란 도저히 이해할 수 없는 이상한 예배(禮拜) 같은 것이 아닐까 하는 그런 얘기 말이다. 인간과 세계를 낯설게 성찰하는 게 현대문학이고 그것을 읽고 쓰고 감각하고 생각하는 행동은 우리를 함부로 말하여질 수 없이 높고 깊은 차원에서 새롭게 한다. 문학이 인간의 희생양이 되어 주던 나의 지난날, 그리운 그 시대를 슬프게 추억한다.

5

무엇의 본질에 어떤 옷을 입혀서 보여 주면 그 옷이 그
것의 본질이라며 추궁하고 공격하는 수준의 사회란 작가에
게는 있는 그대로 지옥이다. 내가 처음 문학을 시작했던 그
시절보다 훨씬 더 자기검열에 시달려야 하니 이 시대를 대
체 어떻게 해석해야 할지 정말 모르겠다. 이 말이 제발 수수
께끼로 남기를 기도할 뿐이다. 세상에 대한 경멸과 환멸은
너무 피곤하다.

"한 작가의 문학은 그 작가가 죽고 나서의 일이다."

1991년 봄이었는지 가을이었는지는 가물가물하다. 첫
만남이었지만, 그는 유명한 소설가였기에 그의 연구실에 단
둘이 앉아 있기 전에도 나는 그를 알고 있었다. 그는 이를
테면 국문과라든가 불문과가 아니라 역사학과 교수였다. 단
재 신채호의 사진이 책상 위에 놓여 있었던 걸로 기억한다.
그날 나는 그 대학교 독문과에 재직 중인 한 스승을 방문하

였고, 스승은 시인인 나를 그에게로 데려가 소개시켜 주신 거였다. 그의 첫인상은 에누리 없는 미소년 타입이었지만 예의 역사학자다운 꼿꼿함 때문인지 함부로 근접할 수 없는 어떤 기운 같은 것을 자아내고 있었다. 당시 그는 이미 오랜 기간 암묵적인 절필 상태였다. 강의 때문에 자리를 비워야 했던 그는 내게 책 구경을 하고 있으면 돌아와 더 이야기를 나누자고 했다. 나는 그가 연구실을 나간 지 얼마 안 돼 도망치듯 그곳을 빠져나왔다. 왜 그랬는지는 모르지만, 무슨 급한 용무가 있어서 그랬던 것은 분명 아니었다. 뭐랄까, 원인을 알 수 없는 부끄러움이 나를 더 앉아 있지 못하게 했고, 지금도 그 느낌만이 희미하게 몸에 남아 있을 뿐이다. 아무튼 몇 년 뒤 한 출판사에서 딱 안부를 주고받을 만큼만 해후하게 되었을 때, 그는 매우 정력적인 창작 활동을 재개한 즈음이었다. 그는 내가 그 사이 소설가가 되었다는 걸 이미 알고는 있었고, 의외라는 표정을 지어 보였다. 나는 이번에도 일찌감치 자리를 떠났다. 또 왜 그랬는지는 이제 와 느낌조차 남아 있지 않다. 그리고 얼마 뒤 그가 새벽길 교통사고로 유명을 달리 했다는 소식이 들려왔다. 헤아려 보니, 지금의 나보다 여섯 해나 젊은 나이였다. 어린 내가 바라보던 어른들보다 어느새 더 많이 늙어 버린 자신을 발견했을 때의 기분은 그로테스크하다. 4년만 더 살면 나는 내 어머니가 살아 보지 못했던 나이를 살게 된다. 그날은 또 얼마나 가라앉아 서성일 것인가. 우리가 살아서 무엇이었든 죽고 나서는 다 사라지지만, 역사학자이자 소설가였던 그의 말처럼, 한 작가의 문학이 그가 죽고 나서야 비로소 시작되는 예는 문학사에 차고 넘친다. 그리고 이러한 생각은 인간이 품을 수 있는 가장 무서운 생각이다. 삶과 투쟁하기에 적확하다.

7

영원히 남는 것은 없다. 천년 만년을 견뎠다면, 그다음 천년 만년 안에는 반드시 사라진다. 하지만 아직은 사라지지 않고자 하는 것들이 있다. 어떤 이의 인생도 그러하고 우리의 인생 또한 그러할지 모른다. 우리가 그러한 뜻을 가지고 있다면 우리에게는 그러한 권리가 있다고 믿고 싶다. 그래야 사랑도 우정도 문학도 있기 때문이다. 아직은 사라지지 않을 권리가 오늘도 나로 하여금 뭔가를 쓰게 하고 이 책을 다시금 여기 있게 하였다. 내용과는 상관없이, 이 책의 작은 히스토리가, 시련과 한계와 절망 속에서도 새로운 싸움을 시작하려는 이들에게 용기가 된다면 좋겠다. 인간과 세상에 대해 뭔가 곰곰이 생각하게 만든다면 좋겠다. 이득

이 없다고 비웃음 받을 일에 골똘하다는 것은 아직 살아 있다는 가장 강력한 증거이기 때문이다. 그러한 사람은 자신도 모르는 사이 그 증거를 증명하기 위해 이미 행동하고 있을 것이기 때문이다. 문학도 사람의 일이다. 아직 살아 있는 사람의 일이다. 죽고 나서의 일은 시체들에게 물어보라. 흙먼지에게 물어보라. 재에게 가서 물어보라. 예술도 사람의 일이다. 의지가, 사라지지 않을 권리를 만든다.

8

언젠가 한 독자가 멀리서 내게 찾아와 『무정한 짐승의 연애』가 다시 사람들에게 읽혀졌으면 좋겠다는 말을 한 적이 있다. 뜻밖이었다. 자신이 고통스럽게 쓴 것을 누군가가 아름답게 얘기해 줄 적에 작가는 겸손해진다. 그리고 힘을 얻는다. 문학은 외면이 아니라 외면을 지배하는 내면의 세계라는 것과, 얼마나 많은 사람들이 읽었느냐가 중요한 게 아니라 단 한 사람의 마음을 움직였다면 우주를 움직였다고 믿는 것과, 문학이 세상을 변하게 할 수는 없지만 세상을 변하게 하는 한 사람을 호명(呼名)할 수는 있다는 것과, 결국 인간의 상처에 대해 이야기하는 것은 인간의 사랑에 대해 노래하는 것임을 이제 나는 안다. 몸이든 영혼이든, 아픈 자가 성자(聖者)라는 것이 모더니스트로서의 내 리얼리즘이다. 『무정한 짐승의 연애』가 다시 사람들 속으로 스며들기를 바라던 그 사람은 어쩌면 내 문학보다는 나를 걱정하고 있을지 모른다. 이런 괴상한 글도 인사가 된다면, 이 글이, 젊은 시절부터의 내 글을 꾸준히 읽어 준 몇 안 되는 독자들에게 전하는 감사의 인사이기를 바란다. 단 한 번 만난 적도, 그 무엇도 오간 일 없이도 서로의 존재를 잘 알고 있는 경우는 의외로 많다. 어쩌면 이 사실이, "삶이란 도저히 이해할 수 없는 이상한 예배(禮拜) 같은 것"임에도 불구하고, 우리가 서로의 희생양이라는 사실보다 더 중요한 사실인지도 모르지.

지금껏 많은 글들을 쓴 만큼 많은 것들이 나를 꿰뚫고 지나갔다. 자신이 허공에 손가락으로 그린 동그라미처럼 여겨질 때 인간은 그 지경에서 홀로 빛난다. 견디기 힘든 일들이 많았고, 기쁜 일들은 아주 가끔 있었다. 다 잊을 것이다.

(2021.11.)

203

전갈자리 전문(電文)

『전갈자리에서 생긴 일』 개정판 「작가의 말」을 대신하여

이 어두운 책의 초판이 세상에 나온 것은 2001년 3월의 일이다. 내가 내 30대의 터널 안으로 저벅저벅 걸어 들어간 지 얼마 안 되었을 무렵이다. 그곳은 거대한 고래의 배 속 같기도 했고, 아픔이 빠져서 만지거나 뒹굴기가 민망한 가시덤불 같기도 했다. 바로 전 해 늦가을과 초겨울 사이에 집중해서 원고를 만들었던 것으로 어렴풋이 기억한다. 세기말의 우울한 묵시록과 새 천년의 명분 없는 혼돈이 교차하고 있었다. 한여름 별 이유 없이 며칠 간 베트남 사이공으로 여행을 갔던 나는 벤타인 시장 한 귀퉁이 선물가게에서 아래와 같은 구절이 날카로운 자국으로 새겨진 그을음투성이 지포라이터 하나를 기념 삼아 사게 되었다.

— When this marine dies he will go to heaven because he has wasted his youth in hell.

이것을 두고 선물가게 주인은 베트남전쟁 당시 미해병

이 참호 속에서 쇠못으로 적어 넣은 거라며 떠벌렸으나 바보가 아니고서야 이미테이션의 의혹을 지울 수는 없었다. 찜통처럼 무더운 사이공 시내를 한참 돌아다니다가 묵고 있는 호텔에 돌아온 나는 찬물로 샤워를 한 뒤 침대에 누웠지만 이상하게 잠이 오질 않았다.

— 이 해병은 죽어서 천국에 임할 것이다. 그가 지옥에서 그의 청춘을 낭비하고 있기 때문이다.

이 문구가 마치 불에 덴 손끝마냥 자꾸 쓰라려 왔던 것이다. 묘한 심적 동요였고, 와중에 나는 '인간'과 '전갈'이라는 결코 연결되기 쉽지 않은 두 개의 단어를 너무나 당연한 듯 동시에 떠올렸으며 어느새 '전갈자리에서 생긴 일'이라는, 나로서는 그것이 과연 무엇인지 아직은 알 수 없었던 어떤 괴이한 소설의 제목과 그 첫 문장, "그는 11월의 전갈자리에서 태어났다. 세상에서 가장 끔찍하고 추한 것은, 날개 달린 짐승이 바닥에 얼음처럼 누워 죽어 있는 모습이다."를 노트 한 구석에 악필로 써내려가고 있었다.

그 시절, 탐미주의자로서의 문학적 한계에 불안해하던 나는 1인칭의 독방을 벗어나 3인칭의 광장으로 나아가고 싶었다. 한데 아니나 다를까. 여기서도 나는 매사에 늘 그랬듯 이를 악다문 채 엇나가 버리고 만다. 탐미주의를 제거하는 게 아니라 도리어 탐미주의를 더욱 벼려서 그 극단으로 치닫는 길을 택했던 것이다. 아마도 그것은 체질이나 지성이라기보다는 차라리 종잡을 수 없는 내 예술적 신앙이었는지도 모른다. 그래서인지 이 책의 내면은 잔인무도하고 전위적인 겉모양과는 달리 사뭇 적막하고 고전적이다. 도대체 나는 미로(迷路) 같은 내 언어들로 뭘 증명하려 했던 것일까? 가령, 나는 사랑을 이야기하는 것과 악령을 이야기하는 것이 크게 다르지 않다는 절망스러운 가설을 세워 놓고 있었다. 사람들은 살아 있는 짐승을 죽여 그 영혼이 떠나간 고기를 먹듯 이념을 필요로 한다. 하지만 가만 깊이 들여다보면 우리가 이념이라고 자부하며 떠벌리는 것들의 대부분은 기실 이념이라기보다는 신학(神學)에 가깝다. 이념은 세상에서는 가능하지 않은 현실을 원하고, 신이란 모르는 모든 것들을 한꺼번에 수습하기 위해 인간이 호출한 물음표 형상의 블랙홀이기 때문이다. 인간은 물음표를 숭배하고 그로 인해 구원받았다고 착각하는 황당한 짐승인 것이다. 나는 소설가가 아니라 무슨 철학자가 되고 싶은 거냐고 이 책을 쓰는 내내 문득문득 스스로를 비웃었지만, 돌이킬 수 없이 많은 죄들을 짓더라도 한낱 이야기꾼이 아닌 '현대작가'가 되기를 간절히 소망했다. 물론 이제 문학을 그런 식으로 하는 시대는 전 세계적으로 저물어 버렸다. 요즘의 '소위' 작가라는 것들은 '재미난 이야기 공장'이 되어 '쌩쇼'를 일삼아야 한다. 하긴 그것도 나쁜 노릇만은 아닐 것이다. 그러나 이해할 수 있는 이야기만으로 인간을 바라보는 그런 사이비 낙관이 인간을 더욱 이해할 수 없는 괴물로 만들기 마련이다. 문학적으로 타락했다는 것은 질문 앞에서 타락했다는 뜻이며, 또한 질문을 잃어버린 인간을 가리킬 것이다. 바람직한 인간은 (물음표 형상의 블랙홀인) 신을 자신의 외부가 아니라 내부에 둔다. 우리는 각자의 삶과 죽음에 대한 절박한 질문을 가슴속에 소중히 간직하면서 실존해야 한다. 그 일이 비록 아무리 고통스럽다 하더라도 기어코 그래야만 인간은 동물일지언정 악마까지는 되지 않을 수 있다.

얼마 전에는 이 책을 원작으로 하는 장편 상업영화를 제작할까 하여 시나리오 구상 차, 그야말로 17년 만에 사이공에 다시 가 보았다. 급격히 발전해 완전히 다른 공간으로 변해 버린 사이공을 걸으며 나는 나의 과거를 칼에 찔린 듯 후회했고, 그렇게 한심한 것이 청춘이라면 인생 자체를 사랑할 수 없을 것만 같아 무서웠다. 이 책의 초판이 출간될 당시 나는 그 이후로 내 30대 전체가 그토록 어리석음과 환란에 휩싸여 뒤흔들릴 줄은 도저히 상상조차 할 수 없었더랬다. 그러나 나는 이 책의 주인공과는 달리 자연인으로서도 소설가로서도 어쨌든 살아남았다. 내가 이렇게 말하는 것은, 내가 소설가로서만이 아니라 정말로 육신의 목숨을 잃을 뻔했었던 까닭이다. 이 책의 주된 무대가 되었던 그곳을 전생처럼 배회하는 동안 나는 현대작가라는 '현대의 사제(司祭)'가 되고 싶어 했던 나의 젊은 옛 모습이 그리웠다.

나는 이 책이 오로지 어두운 이야기만은 아니라고 믿는다. 이것은 억지가 아니다. 모순 속에서 빛나는 것이 미학임을 문학과 예술은 우리에게 가르쳐준다. 책이란 것이 사람보다 더 쉽게 죽어 버리는 세태에도 이 책은 굳세게 버텨 사라지지 않았기에 나는 감사하며 기도한다. 부디 더 먼 훗날에도 작지만 오래도록 선명한 불꽃으로 생존해, 진정한 인간이기에 누구도 저버려서는 안 되는 저마다의 물음표를 비추는 데에 도움이 돼 달라고. 왜냐하면, 숨이 끊어지는 그 순간까지 우리는 곧잘 이런 질문들과 마주하기 때문이다. 당신과 나는 인간일 수 있는가? 아니라면. 전갈일 수밖에 없는가? 자, 이제 우리의 전갈자리에서는 어떤 일이 벌어질 것인가?

(2017.5.)

시간여행자의 혁명적 산문

『김수영전집(산문)』 추천의 말

    누군가를 이해한다는 것은 무엇일까. 그의 가장 큰 괴로움이 무엇인지를 안다는 뜻이다. 김수영에게는 인민군포로수용소와 반공이데올로기 등이 그런 것이었다며 그를 현실참여시인쯤으로 떠받드는 일은 문학적 날조다. 훌륭한 리얼리스트는 자신의 모더니티를 이용해 자신의 리얼리즘을 증명하고, 훌륭한 모더니스트는 자신의 리얼리티를 동원해 자신의 모더니즘을 실현한다. 후자가 시인 김수영이다. 게다가 "어떠한 책도 정치적 편견으로부터 자유로울 수 없다. 예술이 정치와 관계가 없다고 하는 의견 자체가 정치적 태도다."라는 조지 오웰의 말처럼, 살아 있다는 것 자체로 현실에 참여하지 않는 삶이란 없으며 때로는 죽음조차도 영원히 현실에 참여하게 되는 게 예술가의 숙명이기 때문이다. 김수영은 혁명마저 시적 철학의 도구로 삼았으며 바로 이 과정에서 그를 정치상황에 매몰된 시인으로 착시하는 오해가 발생한다.

　수억의 고통들 속에서 인간은 존재하지만, 그것들 가운데 무엇을 자신의 가장 큰 괴로움으로 받아들이느냐가 우리 각자 인생의 정체를 드러낸다. 누군가의 가장 큰 괴로움을 상상해 본다는 것은 무엇일까. 명동의 위스키바에서 영미와 유럽의 현대문학에 관해 고매한 토론을 일삼고 거리로 나섰을 때, 비 내리는 비포장 진창의 1950년대와 60년대를 새삼 화들짝 마주해야 하는 그 고통이 시인 김수영에게는 그런 것이 아니었을까. 그는 한반도 문학과 자신과의 수준 차이에 치를 떨었고 절망했다. 일개 육신으로서도 그는 전쟁 뒤 폐허와 개발도상의 '남한'에 감금된 코스모폴리탄이었다. 김수영은 그런 고통에 이중으로 선택 당했고, 자기학대에 가까운 솔직함과 얌전하지 않은 문학으로 거기에 저항했다. 이 세계의 허위와 착종을 비웃는 것에서 더 나아가 자신의 어둠을 까발리는 데에도 주저하지 않았다. 그는 이해까지는 바라지도 않았다. 다만 자신의 모더니즘을 검열하는 시대를 용서할 수 없었으며 무엇보다 자기검열을 짜증내고 증오했다. 뼛속까지 모더니스트인 그는 완전한 자유를 달성하지 못하는 현실의 좌절과 실패 속에서 이윽고 '사랑'이라는 자신의 시적, 산문적 핵심에 도달한다. 이는 전술과 전략이기도 했지만, 진심일 뿐이기도 했다. 그런 의미에서라면 그는 현실참여시인, 특히 '이상한 혁명시인'이 맞다.

한 인간으로서 김수영은 괴팍하고 나약했지만, 한 문인으로서는 용감한 영혼이었다. 그는 현대문학과 모더니즘이 무엇이고 또 무엇이 되어야만 한다는 것을 고작 전근대 속에서도 환하게 알고 있던 사실상 거의 유일한 한국인이었다. 그는 억울했고 분통터졌고 우울했고 서서히 미쳐 갔다. 필경 그는 한국보다는 한국인을 더 싫어하고 한국인들 중에서는 자신을 제일 미워했을 것이다. 그래서 그는 자신의 시를 계속 쓰기 위해 산문을 많이 썼다. 그는 위대한 시인의 제일 난제인 '위대한 산문가'였다. 김수영의 산문은 김수영의 난해한 전위시를 서정시처럼 읽히게 만든다. 치열한 시인으로서의 김수영은 정확한 산문가 김수영으로부터 나오고, 치열한 산문가 김수영은 정확한 시인이었다. 굉장히 공학적이고 치밀한 횡설수설을 홀린 듯 백번 읽게 만들고 늘 새로운 의미를 목격하게 하는 산문의 힘이 거기에 있다. 그의 시는 시인들로 하여금 시에 대해 질문하는 것을 넘어서 시를 쓰고 싶게 만든다. 그의 산문은 사람들로 하여금 시를 읽는 것을 넘어서 세상 모든 것들 안에 시가 숨어 있음을 깨닫게 해 준다. 예술가가 죽어서 불멸일 수는 있다. 그러나 요절했거나, 랭보처럼 어려서 창작을 접은 채 멀리 떠나버린 경우를 제외하고, 1968년 당시로서는 적지 않은 나이인 48살에 죽어서도 이렇게 영원히 청년의 느낌을 자아내는 작가는 드물다. 한국현대문학사의 고전들 가운데 적잖은 분량은, 우리 현대문학에도 어쨌든 고전이 필요하기에 억지로 끼워 맞춰졌다고 봐야 한다. 그러나 김수영의 산문은 결단코 한국현대문학사의 온전한 고전이며 영미, 유럽 문학의 수준과 견주어보아도 당당히 그러하다. 그런 의미에서 그는 그의 가장 큰 괴로움을 자신의 문학으로 해결한 '시간여행자'다.

누구라도 상처를 안 입고 살아갈 순 없다. 하지만 누군가는 그 상처들로 아름다운 무늬를 만든다. "문인은 세상의 적(enemy)이다."라고 주장했던 것은 보들레르였으니, 이 책은 그 증거이자, '세상의 적들의 경전(經典)'이다.

고전주의 작가의 전위소설

『무정한 짐승의 연애』 채널예스 인터뷰

1 2004년에 출간되었던 소설집 『무정한 짐승의 연애』를 17년 만에 개정판으로 출간하셨어요. 소회가 어떠신지요?

비록 대중 속에서 잘 눈에 띄지는 않지만, 아직도 한국 소설 '문학'을 좋아해 주시는 독자들이 분명히 있습니다. 제 책을 수집하듯 읽어 주시는 분들도 있고요. 그런 이들에게 선물까지는 못 되더라도 오랫동안 연락이 끊겼던 친구에게 서 온 편지 정도는 되지 않을까 싶습니다.

저자 교정을 보면서, 그리고 개정판 「작가의 말」을 길 게 새로 쓰면서, 아, 이런 소설들을 쓰고 또 읽어 주는 시절 이 있었지, 하는 생각이 들었습니다. 무엇보다, 제가 청년에 쓴 『무정한 짐승의 연애』를 요즘 청년들이 읽으면 어떤 감 상을 가지게 될까? 하는 호기심이 일었습니다. 코로나 상황 이 아니라면 작은 독립서점에서 몇 명만이라도 모여서 그들의 얘기를 들을 수 있었을 텐데 하는 아쉬움이 남습니다.

---

2 『무정한 짐승의 연애』는 『밤의 첼로』 『소년을 위한 사랑의 해석』과 더불어 작가님의 '현대예술로서의 소설 3부작'에 해당합니다. 『무정한 짐승의 연애』에 실린 아홉 편의 소설들은 서로가 서로의 희생양일 수밖에 없는 세계, 폭력(暴力)과 무력(無力)이 빚어낸 경계인의 초상을 그리고 있지요. 이 소설들을 한데 묶으신 이유가 있을 듯합니다.

과거 『무정한 짐승의 연애』는 이른바 '문학의 시대'의 끄트머리에서 쓰여지고 출간됐더랬습니다. 소설가는 물론이고 소설을 대하는 사람들의 상황과 마음이 요즘과는 아주 많이 달랐습니다. 저는 현대작가로서 현대문학을 한다는 정체성이 스스로 확고했어요. 여기서 현대소설이라고 함은 아주 간단하게 말해서, 스토리 이면과 너머에도 분석과 해석의 영역이 있는 소설을 뜻합니다. 현대소설에 대한 지식과 감각을 가진 독자들이 있고 또 문학비평가가 '있을 수 있는' 미학과 철학으로서의 소설을 말합니다. 문학도 클래식음악처럼 어느 정도 이상의 교양이 있어야 그 참맛과 의미를 감상하고 즐길 수 있는 측면이 있습니다. 대중문화, 대중문학의 시대가 되었기 때문에 그런 게 필요 없거나 애초에 있지도 않다고 느낄 뿐이죠. 그렇다고 해서『무정한 짐승의 연애』가 불친절하게 어렵다는 뜻은 아닙니다. 스토리를 따라 누구나 재미있게 읽을 수는 있지만 그 이면과 너머에서 깊이와 높이를 체험하는 건 또 다른 수준의 문제라는 뜻이에요.『무정한 짐승의 연애』는『밤의 첼로』,『소년을 위한 사랑의 해석』과 더불어 제가 독실한 모더니스트로서 나름 끝장을 내보자는 야심과 각오로 쓴 소설집입니다. 한국 현대소설이란 유럽과 영미의 현대소설이론이 한국어와 한국인으로 전염돼 변화 발전하는 과정이라는 전제 안에서요. 특히 저 세 권 가운데『무정한 짐승의 연애』가 이 목표에 대해 가장 래디컬한 입장을 취하고 있다고 봅니다. 나머지 두 권보다 앞서 쓰여졌기에 아무래도 기술적으로는 나이브할 수 있겠지만, 그 대신 더 정직하고 래디컬하죠. 그러한 아홉 편의 단편소설들이 하나의 유기체로 결합된 책이『무정한 짐승의 연애』입니다.

---

3   소설에는 여러 형태―스스로가 상처 입은 인간임과 동시에 타인에게도 상처 입히는― 의 무정한 존재들이 등장합니다. 그것은 "무정한 짐승이 자신의 상처를 먹어치움으로써

'거듭난'게" 아니라, 그들이 "자신의 상처를 결코 해소하지 못한 채 어쩔 수 없이 변신해간 존재들"(문학평론가 정과리)임을 암시하는 것처럼 보입니다. '무정함'이 일종의 보호색처럼 뒤집어쓴 갑주, 즉 외피(外皮)인 것이겠지요. 작가님에게 (소설집 전반에 걸쳐 등장하는) "상처적 존재"란, 그리고 "희생양"이란 무엇인가요?

인간은 누구나 상처를 받고 상처를 줍니다. 인간은 사랑입니까, 상처입니까? 이 질문 앞에서 대부분의 사람은 뭘 선택할까요? 이상적인 인간은 상처를 사랑으로 바꾸는 삶으로 나아가겠지만, 저는 이미 오래 전에 완전히 포기했습니다. 다만 미학에서 그것을 구현하다가 죽고 싶을 뿐입니다. 제가 이승에서 할 수 있는 의미 있는 일은 딱 거기까지입니다. 9편 중 하나인 「오로라를 보라」에서 외계인들이 지구인들에게 '물주머니'라고 부르는 장면이 나와요. 사실 인간은 70퍼센트가 수분이거든요. 물질적으로는 물주머니가 맞죠. 하지만 실존적으로는 '상처투성이'가 맞습니다. 직접적으로 드러내면 현실이 엉망이 돼 버리는 진실들이 있습니다. 너와 나는 서로의 상처이자 희생양이라고 말하면서 버젓이 함께 생활하기는 힘들죠. 그래서 문학이 대신 그런 진실들을 담아내는 겁니다.

청년 시절 내내 '희생양'에 관해 자문했습니다. 그러면서 저의 소설 안에 이 세계의 희생양들을 하나하나 새겨 넣었죠. 이번에 개정판 맨 앞 페이지에 문학평론가이자 사회인류학자인 르네 지라르의 두 권의 책 『희생양』과 『나는 사탄이 번개처럼 떨어지는 것을 본다』에서 '희생양'에 대한 부분을 각각 하나씩 뽑아 인용했습니다. 『무정한 짐승의 연애』의 내용과 분위기를 잘 반영하는 인트로가 되어 줄 거라 여겼거든요. 인간들은 서로가 서로의 희생양이라는 것. 우리는 가까운 사람들은 물론이요 지구 반대편의 전혀 모르는 누군가를 희생양으로 삼기도 하고, 반대로 희생양이 되기도 한다는 것. 여럿이 그런 일을 벌이건 혼자 그러건 간에, 그 진실을 스스로 알건 모르건 간에, 그런 짓은 치열하며 멈추질 않는다는 것. 삶이란 도저히 이해할 수 없는 '이상한 예배(禮拜)' 같다는 것. 『무정한 짐승의 연애』 속 아홉 편의 소설들은 그런 얘기를 하고 있습니다. 그러한 인간과 세계를 낯설게 성찰하는 게 현대문학이고 그것을 읽고 쓰고 감각하고 생각하는 행동은 우리를 함부로 말하여질 수 없이 높고 깊은 차원에서 새롭게 한다는 기대와 믿음으로 쓴 책이 『무정한 짐승의 연애』입니다. 우리가 서로에게 희생양이자 상처라는 사실에 그쳐서는 곤란합니다. 이것이 과연 어떤 예배인가? 하는 질문을 던질 수 있어야 한다고 봅니다. 문학이라는 희생양을 통해서요. 현대문학은 답이 아닙니다. 질문하는 것, 그 자체입니다.

---

4   아홉 편의 소설 중 가장 마음이 가는 작품이 있나요?

「초식동물의 음악」입니다. 이 작품 속 주인공처럼 호주 여행을 하다가 쓰게 됐어요. 초고를 노트에 써놓았다가, 서울로 돌아와 노트북으로 완성했습니다. 일부러 찾아보진 않아서 가물가물한데, 아마 계간 《세계의 문학》에 발표되지 않았던가 싶어요. 밤을 새워 탈고하고 나서, 이 소설 속 주인공의 독백처럼 이른 아침 베이커리에 가서 갓 구워낸 식빵과 따뜻한 우유와 부드럽고 고소한 버터, 너무 달지 않은 딸기잼, 석유 냄새가 바스락거리는 조간신문, 그런 것들과 함께 팔꿈치를 괴고 앉아 나는 아직도 선량한 사람이라는 착각에 잠겼던 기억이 납니다. 제가 바라보는 세상과 인간과 사랑에 대해, 슬픔과 허무 그 아름다움에 대해, 시적으로 그러나 서사적 긴장도 놓지 않으면서 쓴 마음에 드는 작품입니다. 세어 보지는 않았지만 중단편소설을 얼추 60편 정도 쓴 거 같은데, 그 가운데 특히 『달의 뒤편으로 가는 자전거여행』에 있는 「이제 나무묘지로 간다」, 『내 여자친구의 장례식』에 있는 「레몬트리」, 『밤의 첼로』에 있는 「밤의 첼로」, 그리고 이 책『무정한 짐승의 연애』에 실린 「초식동물의 음악」에 각별한 애정이 있습니다.

5　『무정한 짐승의 연애』에 실린 소설들은, 서사적 차원을 넘어 그 뒤에 세워진 인간 심연의 터널을 이해하는 순간 더욱 광활한 독해의 차원이 열립니다. 그런 의미에서 문학평론가 정과리 교수가 이야기한, "타고난 미학주의자가 시의 늪에 빠지지 않고 산문의 숲을 관통해 나감으로써 이룩한 희귀한 세계"라는 말이 의미심장하게 들리기도 합니다. 선생님은 소설가이자 시인이신데, 소설과 시 모두 놓지 않고 꾸준히 밀고 나가는 그 원동력이 무엇인지 궁금합니다.

평소에 일기를 쓰지 않아요. 일기는 거짓말을 하게 되더라고. 대신 시를 씁니다. 그러면 그 시를 쓰던 당시의 제 인생 풍경이 고스란히 그 시 안에 입력되죠. 저만 알아볼 수 있는 암호처럼요. 그리고 시 쓰는 작업이 다른 장르 작업들에 기본 메모가 되기도 하고 에너지 공급원이 되기도 합니다. 무엇보다 시를 쓴다는 건 멋있는 일입니다. 그 자체로 멋진 일예요. 인간이 시를 쓴다는 거 말입니다. 저는 스무 살에 시인이 되었는데요, 시인이 되리란 걸 믿었던 건 그보다 훨씬 어렸을 때였어요. 반면 스물네 살 무렵에 소설가가 되리라고는 소설가로 등단한 그날까지도 확신하지 못하고 있었습니다. 하지만 아이러니하게도 사람들은 저를 시인보다는 소설가로 더 많이 부릅니다.

현대문학을 하면서 항상 그런 생각이 들었어요. 한국은 왜 시인과 소설가 사이의 벽이 이리도 높고 견고할까. 당장 세계문학전집의 20세기 영미 유럽 작가들을 살펴보면 그들 대부분이 시로 시작해서 소설도 썼다는 사실을 쉽게 확인할 수 있을 겁니다. 평소 신경을 안 써서 뜻밖이겠지만 정말로 거의 다 그렇습니다. 어? 이 소설가도 시인이었네? 이런다고요. 한국에서도 시인이 소설가가 된 경우는 더러 있습니다. 소설가가 시인이 된 경우 역시 드물긴 마찬가진데 시의 수준들이 형편없어요. 시인이 소설을 쓰게 된 뒤로는 시는 아예 그만두는 게 보통이고요. 시인에서 소설가로 전업을 했다고 봐야 하는 거죠. 저처럼 시와 소설을 지속적으로 병행하는 문인은 글쎄요, 선뜻 잘 기억나질 않네요. 아무튼 문학 장르 간에 이렇게 벽이 높은 현대문학사를 가진 나라는 한국 말고는 거의 없습니다.

작가 토마스 베른하르트는 1989년 심장질환으로 타계하기까지 모두 24권의 소설책과 17편의 희곡, 그리고 3권의 시집을 작품 목록에 추가했는데요, 주목할 것은, 그의 마지막 시집 『베르길의 기도』가 1981년도에 나왔다는 점입니다. 토마스 베른하르트는 소설과 희곡으로 유명하죠. 그가 시인 이라는 사실은 연구자들의 주된 탐구대상이 되지 못했을 뿐더러, 일반독자들로서는 인식하기조차 힘든 형편입니다. 그러나 토마스 베른하르트의 시가 그의 소설과 희곡보다 덜 알려졌다고 해서 그의 시를 무용하다고, 혹은 그가 그 시들을 쓸 시간에 소설과 희곡에 전념했다면 훨씬 좋았을 거라고 폄하할 수 있을까요? 저는 토마스 베른하르트의 시집 4권이 있었기에 그의 24권의 소설과 17편의 희곡이 품위와 품질을 유지할 수 있다고 단언합니다. 헤르만 헤세가 시를 쓰지 않았다면 과연 그만의 독특한 소설을 쓸 수 있었겠나 싶어요. 시를 예민하게 간직하고 있는 작가는, 누구보다 빨리 자기 예술의 지성과 감각의 몸 상태를 체크하여 큰 탈이 나기 전에 치유할 수 있습니다. 시는 '작가'에게 잠수함에 태워진 토끼, 혹은 탄광 속 카나리아의 역할을 훌륭히 수행할 수 있다는 말이에요. 토끼는 잠수함 내의 공기가 나빠지는 것을 사람보다 미리 알아차리거든요. 탄광 속 카나리아도 그렇고요. 하지만 이것저것 다 떠나서, 소설가가 아니라 시인으로서도 의미 있는 존재가 되기 위해 노력하고 있습니다.

6 폭력과 무력(無力)이 난무하는 시대에 살고 있는 우리 모두에게 해 주고 싶은 이야기가 있다면 무엇일까요?

현대성이란 선과 악을 가르고 선의 편에 서는 것이 아닙니다. 선과 악이 모호한 세상, 선한 자도 악한 일을 하고 악한 자도 선한 일을 하는 이 세상과 인생을 어떻게 받아들일 것인가, 아니면, 최소한 어떻게 미쳐 버리지 않을 것인가에 집중하는 것을 뜻하죠. 어처구니없는 세상은 그 어처구니없음을 도구 삼아 이해해야 합니다. 논리나 상식이 아니라요. 그게 현대성이고 현대예술입니다. 인간입니다. 바로 이 지점에서부터 각자 자기만의 해답을 찾아가야 합니다.

7 저희는 이렇게 12월 말에 이야기를 주고받고 있지만, 아마 이 인터뷰가 독자들에게 닿을 때쯤엔 2022년이 와 있겠지요. 새해 소망이나 계획을 물어도 될까요?

삶이란 계획이 불필요할 정도로 예측하기 어렵습니다. 소망이 불편할 만큼 고통스럽기도 하고요. 그럴수록 하루하루 스스로를 대견하게 여기는 마음이 중요합니다. 기억하는 것보다 잊는 게 더 절실한 일임을 압니다. 새해에는 더 많은 것들을 잊을 수 있기를 바라고 있습니다. 현재에만 집중하며 여러 장르에서 맡은 일들을 차근차근 해 나가고 싶습니다. 성과에도 실패에도 다 그러려니 하고 싶어요. 예전에는 책을 많이 내는 사람을 보면 미심쩍고 싫었는데, 이번에 세어보니 전부 열아홉 권을 출간했고 그중 하나는 두께가 무려 832페이지입니다. 다른 작가들의 평균치와 비교해서도 적지 않게 썼어요. 남은 인생 대부분의 시간을 대중예술작업에 소진하고자 합니다. 그러기에 『무정한 짐승의 연애』는 제게 더욱 소중한 책입니다.

5부

나와 바오밥나무와 하나님과

나와 바오밥나무와 하나님과

　질문이 많은 인생을 살고 싶지 않았다. 그런데 어쩌다
보니 스무 살 무렵부터 질문하는 게 직업이 돼 버려 지금에
이르렀다. 인간과 세상에 대해 질문이 많으면, 인간을 경멸
하고 세상과 불화하기가 쉽다. 몸이 자주 아프고 마음이 심
하게 무너진다. 은유나 상징이 아니다. 실제로 그렇다. 요즘
은 더하다. 고질을 넘어 목숨이 위태로울 수도 있다는 진단
을 받았다. 아예 질문 자체가 답처럼 여겨지는 지경, 하긴.
그게 문학의 본질이긴 하지. 이게 내 파탄의 알리바이다. 어
제도 나는 몸이 무너지고 마음이 아팠다. 불만은 없다. 나
자신이 이상하게 느껴질 뿐이다.

　얼마 전, 어느 출판사의 대표인 시인 J형이 전화를 해
나더러 바오밥나무를 키우라고 말했다. 생텍쥐페리의 『어
린왕자』에 나오는 바로 그 바오밥나무 말이다. 거대하게 자
라 뿌리로 작은 별을 바수어 버리는. 어린왕자가 양을 찾는

이유는 양이 작은 별을 돌아다니며 어린 바오밥나무를 먹어 치우기 때문이다.

— 너 식물 돌보는 거 좋아하잖아. 바오밥나무를 씨앗부터 화분에다가 키우는 거야. 그 과정이 굉장히 선적(禪的)이거든.

— 내가 왜 그래야 되는데요?

— 그걸 매일매일 글로 써 나가는 거야. 변화가 생길 적마다 사진도 찍으면서.

이쯤 되니 알 수 있었다. 내게 그런 글을 쓰게 만들어서 자신의 출판사에서 책을 내게 하려는 요량인 것이다. 아직도 내가 어디에 쓸모가 있다는 사실이 놀라웠다.

— 나 어디가 좀 안 좋아서 병원 다니고 있어요. 그런 일 할 수 없어. 신경 쓰는 일은 될 수 있음 줄여야 해요.

나는 어느 출판사 대표이자 시인인 J형의 선적(禪的)이지 않은 계획을 무산시켰다. 바오밥나무는 건기와 우기가 뚜렷한 열대와 아열대의 반사막지대에서 생육한다. 아프리카 원주민들은 바오밥나무를 신성시해 죽은 이를 그 속에 집어넣기도 한다고 한다. 꼭 바오밥나무가 아니라도, 나는 모든 나무에게서 하나님을 본다. 동물이나 꽃에게서는 그렇지 않다. 나는 동물이나 꽃에게서는 하나님을 바라보는, 흔들리는 인간 같은 것을 본다. 대단한 양반들이 단 한순간에 몰락하는 소식이 낭자한 나라다. 한 인간이 지니고 있는 능력은 그것 자체만으로는 아직 능력이 아니다. 그 능력을 스스로 사용하고 무엇에게 이용되어지는 것까지가 그의 능력인 것이다. 능력이 있으면 뭘 하나. 무용지물에 악용까지 하고 또 그렇게 되는 인간들이 대부분인데. 겉으로 잘난 것들은 많아도 정작 진정한 능력자는 적은 까닭은 그래서이다. 나는 여러 죽음을 목도한 사람이다. 나는 안다. 그 어떤 위대한 인간도 일단 죽으면 한 줌 재만도 못하다는 것을. 예외는 제로. 그래도 위대하다면 그것은 그가 아니라 그의 풍문과 허무가 그럴듯할 뿐이다. 인간은 인간이 아니라 그저 불덩이일 뿐이다. 아무 의미 없이 이글거리는 죄일 뿐이고, 곧 꺼진다. 이 역시 예외 제로. 하여 인간은 차라리 고독한 게 낫다. 불필요한 죄를 비교적 덜 짓고, 죽어도 그뿐이라는 점을 잊지 않고 살아가기에 좋으니까. 누구도 미워하지 않는데, 누구도 사랑하지 않으면, 그것이 '해탈'이다. 언뜻 아닌 것 같지만, 불교의 이론이 그렇고 부처님의 현상(現象) 또한 그러하시다. 예수님도 세상 너무 사랑하지 말라고 가르치신다. 하나님이 질투하는 하나님이신 것은 다 우리를 위해서다. 사탄까지는 잘 모르겠고, 우리가 욕심 부리다가 괴물이 될까 봐서. 사탄도 아무나 되는 게 아니다. 사탄은 전직이 천사인 타락천사(墮落天使)다. 인간이 천사였을 리가 있

나. 자신의 위선을 고백하지 않거나 못하는 사람은 결코 좋은 사람일 수가 없다. 시인들이 모이는 곳에 안 나간 지가 한 20년도 더 된 거 같은데, 한 10년 전쯤인가 누구로부터, 요즘은 시인들이 모이면 문학 얘기는 안 하고 연예인 얘기만 한다는 소릴 전해들은 적이 있다. 나한테는 그 얘기가 무슨 나라가 망했다는 말 같았지만, 받아들였다. 워낙 어리석은 짓을 많이 저지르고 살아온 탓인지, 오히려 후회는 별로 안 하는 편이다. 나는 J형에게, 지난 내 인생 스무 살에 실수로 살인을 범하고 감옥에 들어가 30년 만기복역 뒤 출소한 거로 치겠다고 말했다. 세상이 더럽고 치사하고 지긋지긋하지만 세상에 대해 눈을 감아 버리면, 인간은, 특히 작가는, 자학보다 무서운 무기력에 빠지기가 쉽다. 그래서 내가 어쩔 수 없이 '위악'을 선택한 거다. 사랑할 가치가 없는 것들을 사랑해 주기는 싫은데, 나를 미워하는 게 너무 힘들어서. 이러는 게 쉬운 게 아니다. 괴로운 진술에는 나의 위선을 고백하는 것만큼이나 용기가 필요하다. 내 인생의 모든 한순간 속에서 내가 끝이 없는 검은 구멍처럼 여겨지는 밤이 지나가면, 대낮은 내게 읽을 수 없지만 버릴 수는 없는 어떤 책과 같다. 어제 오늘은 책을 많이 읽는다. 마음에 드는 책을 발견하면 이 세상 어디로부터도 고립이 가능하다. 나는 사주(四柱)에 나무가 많고 꽃보다 나무를 더 좋아하는데, 책

은 나무로부터 만들어진 것이다. 만약 이러한 것도 가치가 있는 인생이라면 내 재산은 '고요함'이다. 글을 쓴다는 것은 침묵함으로써 말하는 침묵이다. 들을 수 있는 자들만이 이 속삭임을 들으리라. 소란스러운 것들은 일제히 다 허접하고 비열하다. 인간은 침묵할 때 신과 가장 가까운 존재가 된다. 침묵하는 인간은 행동하는 신을 볼 수 있다. 소란스러우면 나는 거지가 된다. 어쩌면 모든 인간들도. 며칠 전 집 앞 카페에서 무슨 일 때문에 누군가를 처음 만났는데, 휴대용 공기청정기를 가지고 다니고 있었다. 미세먼지 차단을 위한 마스크조차 착용하는 법이 없는 나로서는, 그의 제 삶에 대한 애착이 너무나도 신기했다. 집으로 걸어 돌아오는 내내 나는 뭐라 규정하기 어려운 복잡한 감정에 사로잡혔다. 내가 무서워하고 있는 것은 그의 저 다소간 병적인 자기애(自己愛)가 아니었다. 내가 나라는 모순덩어리 자체를 죽이고 싶어 하는지도 모른다는 의심이었다. 슬픔은 여러 가지 모습으로 우리를 어루만진다.

요즘 나는 두 손을 모으고 속으로만 기도를 한다. 생각을 할 적에도 그런 기도로 대신하여 기도처럼 한다. 빈티지에 대한 취향은 삶에 관련된 모든 물건들에는 물론이요 삶 자체에까지 적용되는 것이 좋다. 상처와 흠집을 좌절과 핸

디캡으로 받아들이는 것보다는 능력과 매력으로 받아들이는 쪽이 훨씬 지혜롭고 멋있기 때문이다. 어떤 삶도 어떤 물건도 상처가 나고 흠집이 생긴다. 낡고 바래진다. 구멍이 나고 꿰맨 바늘자국이 남는다. 이것을 미학으로 수용하는 태도는 강자의 태도다. 강자의 유머다. 강자의 패션이자, 자기 합리화가 아닌 실제로 아름다운 전투력이다. 사람은 예민함만큼이나 둔감력이 필요하다. 둔감력이 부족한 예민함은 예리함으로 승화되지 못한다. 그 누구도, 그 어떤 물건도, 죽거나 불태워지기 전에 상처와 흠집을 피해 갈 수는 없다. 삶과 그 삶에 관련된 모든 물건들에 대한 빈티지 취향은, '가장 아름다운 것이 사실은 가장 튼튼하다. 아닌 것 같지만, 막상 만들어 놓거나 대면해 보면 그렇다.'라는 '나의 미학적 모토'가 참이자 그 역도 참임을 증명해 줄 뿐만이 아니라, 상처와 흠집이 우리를 강하게 함과 동시에 아름답게 한다는 이론의 요술 같은 실현이다. 나는 낡은 나 자신과 낡은 그대의 모든 것들을 사랑한다고 기도한다. 그리고 그대여. 또 그리고 나여. 부디 아무것도 기다리지 마라. 기다리면 함정과 늪에 빠지게 된다. 전부 잊어라. 잊는 것이 기다리는 것보다 뛰어나고 옳은 방법이다. 물론 나는 진실의 힘을 믿는다. 그러나 거짓의 힘도 믿는다. 거짓을 따르는 이들이 이렇게 많은데 무슨 수로 거짓의 힘을 부정할 수 있단 말인가. 진실은 강하다. 그러나 거짓 또한 적어도 그 이상은 힘이 세다. 진실과 거짓은 비슷한 힘을 가지고 매번 승부를 가릴 뿐인 것이다. 그게 뿔 달린 고양이에 관해서일지라도. 바로 이것이 인간과 세계에 관한 진실이다. 그러니 나는 죽음 앞에서라도 강해져야 하지 않겠는가.

여전히 질문으로 가득 찬 내 생의 이 여름은 나의 독선 같다. 벌레를 먹고 자란 예쁜 새 같은 우리, 내가 몰래 지어 부르는 사랑의 노래는 나의 독설 같다. 하지만 '사랑에 관하여'의 반대말은 '이별에 관하여'가 아니라 '멸망에 관하여'이어서, 내가 스스로 바로 서면, 설령 불행이 찾아온다고 해도, 그것은 그냥 '불행'이라는 고체일 뿐이다. 만지면 벽돌처럼 감각되는. 그래서 그것으로 멋진 집을 지을 수 있는. 내가 남몰래 좋은 종교인이 될 수 있다면, 나는 나의 좋은 군인이 될 수 있다.

시인 J형은 전화를 끊기 전 내게 이렇게 말했다.

— 스무 살에 실수로 살인을 저지르고 감옥에 들어가 30년 만기복역 뒤 출소한 거라고 생각하지 말고.

— ······.

— 그냥 빵 하나 훔쳐서 살고 나온 거라고 생각해. 장발장처럼.

과연 나는 시인과 대화를 나눈 것이었고, 그것이 자랑

스러웠다. 그리고 하루 하고도 반나절 가까운 긴 잠 끝 새벽
녘에 눈을 떴는데, 베개가 무언가에 좀 젖어 있었지만, 꿈에
서 나는 내가 아프리카의 사막 같은 평원 위 하늘 높이 솟아
있는 바오밥나무 속에 시체가 되어 누워 있는 게 아니라, 하
나님 같은 바오밥나무와 그 그늘에 비스듬히 기대어 앉아
편히 쉬고 있는 걸 보고 난 뒤였다.

(2019.7.)

노래의 바람을 타고 검은 별에서 멀리

그 여름의 끝도 지나가 버렸다. 누군가 나를 대신해서 죽어 준 것만 같은 그런 여름이었다. 이런 기분이야 뭐 그저 이상한 기분일 테지만, 실지로 내가 아는 두 사람이 하나는 7월에 하나는 8월에 죽었다. 그들은 젊은이는 아니었으되 늙은이는 더더욱 아니었다. 둘 다 갑작스럽고 비참하고 고독한 죽음이었다. 나는 그들과 친한 사이가 아니었다. 각각 한두 차례인가 잠시 스쳐 지나갔던 것이 사석에서의 전부였고 목전에서나 풍문 안에서나 나로서는 별로 좋아할 타입들도 아니었다. 생전에 그들이 나를 염두에 둔 적이 있다면 그들도 나를 마찬가지로 여겼을지 모른다. 내가 그들을 잘 모르는 것만큼 그들은 나를 알아도 왜곡되게 알고 있었을 것이다. 기실 세상 인연이라는 게 여기서 크게 벗어나질 않는다. 오히려 오랜 세월을 함께하고 있음에도 잘 알지 못하는 서로를 잘 안다고 착각하는 일이 훨씬 위험하고 흔하다. 아무튼, 희한하게시리, 나는 둘의 죽음에 무작정 혼란스러웠다. 그것은 아픔이라기보다는 괴로움과 비슷했다. 그와 그가, 마치 나 대신 죽은 것만 같은 느낌에 사로잡히다니. 젠장, 쓸데없는 망상, 피곤한 죄책감이었다. 그렇다. 나는 그들을 잘 모른다. 물론 그들도 나를 잘 알 수는 없었을 것이다. 그리고 그와 그는, 예술가였다.

내가 언제부터 왜 바오밥나무에게 매혹당했는지는 기억이 나질 않는다. 사랑에 빠진 남녀들 가운데 대부분도 자신이 정확히 어느 순간 어째서 그렇게 됐는지 아리송할 것이다. 사랑은 사랑의 시원(始原)을 안개로 만드니까. 이 안개가 걷히면 사랑의 마법은 끝나 그 사랑의 모든 것들을 낱낱이 판단하게 되고, 현실이 이별이다. 나는 사진 속의 바오밥나무만 봐도 즐겁고 편안하여 이윽고는 진짜 바오밥나무를 가지고 싶었지만, 좀처럼 바오밥나무를 구할 수 없었다. 어떤 경로를 통하면 바오밥나무의 씨앗은 얻을 수 있다고는 하나 내가 가지고 싶었던 것은 그게 아니라 작은 바오밥나무였다. 바오밥나무는 다 자라면 아파트 7층 정도의 높이가 된다. 나는 아파트 7층에서 살아봤기 때문에 바오밥나무의 꼭대기에 서서 태양과 구름을 바라보는 심경을 대강은 유추할 수 있다. 바오밥나무의 씨앗은 내게 죽음의 뒤편처럼 너무 먼 미래였다. 내가 가지고 싶은 것은 오로지 작은 바오밥나무였고, 그것을 나는 거대한 바오밥나무로 키워 보고 싶었다.

　세상이 시끄럽다. 자고로 세상이야 항상 그렇다지만 날이 갈수록 더욱 그러한 가운데 요즘은 차마 견디기가 어려울 지경이다. 전쟁터에는 지옥과 비극의 위엄이라도 있으련만 이 아수라장에는 시쳇말로 '가오'가 없다. 그야말로 음식물쓰레기통이다. 아무리 귀를 막아도 들리고 아무리 눈을 감아도 보이는 것은 나 자신이 세상을 살아가는 까닭이니 선승(禪僧)이 되어 산중 동굴 속에서 면벽수행을 하지 않는 한은 피하기가 불가능하다. 돌이켜보건대 남몰래 처음 시를 쓰던 그 시절에 정작 내가 쓰고 싶었던 것은 시가 아니라 노랫말에 가까운 무엇이었거나 노랫말이었다. 현대시니 뭐니 하는 문학은 내게 있어 눈이 내리고 난 다음에 동네 어귀에 서 있게 된 눈사람에 불과한지도 모른다. 그 눈사람이 아무리 용하다 한들 창밖에 내리고 있는 눈보라보다 아름다울 수는 없다. 세상에서 발전한다는 것은 어떤 의미에서는 상처받는 것이고, 에덴동산에서 추방돼 문명을 건설한다는 것이고, 어쩌면 상처보다 독해진다는 뜻이다. 유행이라는 역병(疫病)에 익숙해진다는 뜻이다. 이야기는 가짜고, 노래는 진짜다. 우리가 열광하고 시달리고 편들고 하는 모든 이야기는 오염범벅이다. 노래에는 우리를 순수하게 하는 묘한 주술(呪術)이 깃들어 있다. 뛰어난 글을 쓰고 싶거든 뭐든 설명하려 해서는 안 된다. 그냥 그것의 본색을 드러내면 될 일이다. '노래'가 바로 이와 같다. 세상은 적개심과 분쟁과 고통으로 가득하다. 자신의 무지와 불안을 달래기 위해 타인을 증오하는 인간들로 부글거린다. 우리들은 어떤 거대한 검은 별에 살고 있는 것 같지만, 사실은 저마다의 가슴 속 그만그만한 검은 별 안에 갇혀 있는지도 모른다. 인간이 노래를 잃고 이야기에만 중독돼 이야기만을 광신하면 인간은 인간의 검은 별에 갇힌다. 누군가가, 혹은 '누군가들'이 설계한 검은 별에 갇힌다. 그리고 그것은 결국 자신의 검은 별이 된다.

지나 버린 그 여름날 밤, 누구를 좀 만나고 집으로 터벅터벅 걸어가는데, 지하철역 대로변에서 사시사철 웅크리고 앉아 정말이지 말도 안 되는 쓰레기 같은 것들을 늘어놓아 팔고 있는 할머니를 또 보았다. 술을 마신 탓이었을까, 그 할머니에게 다가가 이야기를 나누었다. 88세. 자식은 아들이 둘인데 다 미국에서 살고 있고 할머니는 근처 어디 작은 방이라도 있는지 거기서 홀로 연명하며 지내신다고. 나

무엇이 옳고 그르고를 떠나서, 편을 갈라 멸시하고 증오하는, 죽일 수만 있다면 정말로 죽여 버릴 사람들끼리 득실득실 우글우글한 세상이 불구덩이 지옥 같다. 무엇이 옳고 그르고를 떠나서, 어찌 되었든 언제부터인가 우리는 이렇게 되었다.

— 만약에 사람에게 살아남는 것보다 더 중요한 일이 없다면, 오직 살 수만 있다면 무슨 일이든지 못할 일이 없지 않겠는가. 만약 사람에게 죽는 것보다 싫은 일이 없다면, 죽음을 피하기 위해 무슨 수단이라도 다 쓰지 않겠는가? 삶보다 귀한 게 있기 때문에, 살 수 있지만 그렇게 하지 않는 경우가 있는 것이며, 죽음보다 더 싫은 게 있기 때문에 재난이 닥치더라도 피하지 않을 때가 있는 것이다.

가을 태풍의 마지막 숨소리를 들으며 『맹자(孟子)』의 한 대목을 읽는다. 진정 이러한 지조로 내전(內戰)하는 것이라면 굳이 말리고 싶진 않다. 나는 무력한 시 말고 가진 것이라곤 허무밖에는 없으니. 하지만 사람이라는 게 그렇다. 자신의 자리가 아닌 곳에 있으면, 미움과 저주를 사게 된다. 그래서 때로는 왕보다 떠돌이가 더 나은 것이다. 어쩌면 거의 항상.

인기 정치인 R. 억울하게 잡혀 들어갔던 감옥 안에서도 그렇게 독하게 몸을 만들어 다시 세상으로 나왔을 적에 참

는 도시의 가로수 길에 고려장(高麗葬)을 당한 늙은 어미의 노란 눈을 들여다보았다. 주머니를 뒤적여 보니 웬걸 2만 원이 있길래 드렸더니 복 받을 거라고, 이걸로 나 밥 사먹어야 돼, 그러시는 게 내 마음을 더 괴롭혔다. 집 앞 골목에 접어들며 나는 뭔가를 걱정하고 있었는데, 그것은 조금 전 저 할머니에 대한 걱정이 아니었다. 가족 하나 없이 시나 쓰고 있는 내 앞날이었다. 인간이란 그런 것이다. 그리고 나 같은 바보가 보기에, 이 사회에는 좌파니 우파니 그런 거 없다. 좌파 특권층 우파 특권층과 그들의 노예들만이 있을 뿐이다. 정치가 아니라 정신병이 있을 뿐이다. 이미 오래 전부터 이 세계의 노예는 쇠사슬에 묶여 있는 자가 아니다. 거짓말과 거짓말쟁이를 못 알아보는 자이다. 뭐가 그렇게 힘들었던 것일까. 취기에도 새벽이 밝아오기까지 잠이 오지 않았는데, 문득 벌떡 일어났다. 나는 스케치북을 꺼내어 바오밥나무를 그렸다. 나는 내가 그린 바오밥나무 그림이 마음에 들었다. 그리고 그것은 바오밥나무 그림이 아니라 나의 바오밥나무였다. 그냥 바오밥나무가 아니라 나의 '진짜 바오밥나무'였다. 바오밥나무에 대한 이야기가 아닌, 바오밥나무라는 노래였다. 비로소 나의 바오밥나무가 구차하고 비겁한 설명의 장막을 걷어 버리고 자신의 본색을 내게 환하게 드러낸 것이다. 이러한 이야기는 삶의 다른 모든 일들에 있

어서도 마찬가지인 노래라고 나는 믿는다. 인생이 온통 헛것 같고 사람들이 전부 거짓말하는 시체처럼 느껴질 때 우리는 갈 길을 잃고 시들어 가거나 파괴된다. 이럴 적에 우리를 구원하는 것은 다름 아닌 우리 각자의 수공업이다. '영혼의 수공업'이다. 내가 자신의 수공업이 없는 자들을 멀리 하는 것은, 그들이 자신의 허망함에 대한 화풀이를 타인에게 해대기 때문이다. 살다 보면 이러한 계절이 있다. 그가 누구인지는 잘 몰라도, 그가 나를 대신해 십자가에 못박혀 죽은 예수처럼 여겨지는 그런 계절이. 그러나 정말로 우리가 의심해 봐야 할 것은 혹시 누군가 나를 대신해 살아 주고 있는 것은 아닌가 하는 것과 내가 내가 아니라 남으로 살고 있는 것은 아닌가 하는 것이다. 내가 가지고 싶었던 것이 바오밥나무의 씨앗이 아니라, 작은 바오밥나무가 아니라, 거대한 바오밥나무가 아니라, 어쩌면 바오밥나무의 그림조차도 아니라, '바오밥나무를 그림 그리는 나 자신'이라는 노래를 깨닫게 되는 것이다. 그 노래의 바람을 타고 어떤 거대한 식물의 작은 씨앗처럼 자신의 가슴속 검은 별에서 벗어나 멀리 자신만의 길을 떠나는 것이다.

(2019.9.)

잘못된 세계를 가로지르는
아름다운 밤길

창가의 그림액자가 쓰러져 옷깃을 여미듯 청□□되는 밤. 가을의 태풍이 서서히 바다 너머로 사□□리를 듣는다. 머지않아 겨울이 오리라. 혹독한 겨□□라. 술에 취한 밤이면 아버지 어머니가 이 서울 어□□아 있을 것만 같은 기분이 든다. 무엇이 살아 있는□□엇이 죽은 것인지 확신이 서질 않는다. 원하는 바□□어지는 삶이 있다면 그 인생에는 기쁨이 없을 것□□고 하나님께 기도드린다. 어느 나무의 씨앗 하나□□위에 올려놓은 채 물끄러미 바라보곤 한다. 저 작□□앗 안에 거대한 나무가 잠들어 있다는 사실은 내게□□명하기 어려운 감정을 불러일으킨다. 은접시 위에□□대한 나무의 작디작은 씨앗 한 톨은 있는 그대로 선□□성(聖)이며 과학이자 우주이어서, 결국 시(詩)다. 니□□이라는 직업 아닌 직업이 죽는 그 순간까지 어색할□□

대단하다고 생각했더랬다. 내가 원래 그런 거에 감동을 무진장 하는 편이거든. 어떠한 역경 속에서도 육신을 단련하고 정신을 맑게 거두는 사람에게 말이다. 그러나 이제 인기정치인 R은 인기를 잃어버린 채 역사적 산송장이 되고 말았으니, 이게 인생이다. 자신의 규율이 아무리 자신을 강하게 한들 언제든 언뜻 사소해 보이는 사건에 의해 빌딩 옥상에서 떨어뜨린 테라코타 화분처럼 박살이 날 수도 있는 것. 하긴 며칠 전 시인이자 건축가 함성호 형이 전화통화 중에 했던 말,

　"인간 따위에게 규율은 무슨 얼어 죽을 규율. 그런 게 있다고 생각하는 그 순간부터 그게 타락이야."

　그토록 철저하고 처절하게 자신과 이 세계에 도전하던, 유사 이래 인류 최고의 산악인이자 탐험가 박영석 대장마저도 '그의 원칙으로 인해' 2011년 10월 18일 아직은 젊은 나이에 히말라야 안나푸르나 남벽에 코리안 루트를 개척 도중 6500미터 지점에서 눈사태 사고로 사라졌다. 멈추지 않는 자의 숙명. 박영석은 쉬운 루트를 버리고 남들이 가지 않는 어려운 길을 선택하는 '등로주의'를 추구했다. 이미 그는 탐험가로서는 모든 것을 이룬 사람이었다. 그런데도 그는 늘 죽을힘을 다해 새로운 도전에 임했다. 그는 서 있을 수 있

는 힘만 있다면 아직 인간이 정복하지 못한 어디든 가겠다고 공언했다. 그는 "나는 단 1퍼센트의 가능성만 있어도 절대 포기하지 않는다. 그 1퍼센트 안에 무엇이 있는지 아무도 장담할 수 없기 때문이다. 질 때는 마지막 1퍼센트까지 완벽하게 진다. 그래야 다음 도전이 가능하다."라고 충고했다. 그는 놀라운 업적을 이룬 뒤 은퇴한 다른 모든 탐험가들처럼 평온한 여생을 보낼 수 있었다. 그런다고 그를 평가절하 할 수 있는 인간이 존재할 리 없었다. 사람들의 머릿속에는 더 이상 그가 산악인으로서 이룰 만한 다른 어떤 것이 있으리라 상상할 능력이 없었다. 그래서 그는 그들의 상상력의 한계를 깨부수러 남극으로 갔고, 북극으로 갔고, 하얀 지옥의 얼음절벽에 코리안 루트를 개척했다. 요컨대 그의 원칙이란 그런 것들이었다. 그리고 결국 그렇게 죽었다. …… 인간 따위에게…… 인간 따위에게…… 나는 의심이 없는 사람들이 무섭다. 타인을 추종하고 자신에 대한 의심이 없는 사람들이 너무 무섭다. 노인학대 가해자 10인 중 9인이 가족이란다. 이게 이 사회의 인간이다. 이 사회가 그런 인간을 만든 게 아니다. 그런 인간이 이 사회를 만들었다. 이 진실은 이데올로기에 선행한다. 제발 남 위하는 척들 좀 그만해라. 대신 일과 중 틈만 나면 눈을 감아 보자. 꼭 필요할 적에만 눈을 뜨고 있는 것이 덜 피곤하고 더러운 꼴들도 덜 본다. 무엇보다 일부러 찾은 어둠 속에서 자신의 내면을 들여다볼 수 있다. 눈을 감고 있는 것은 불필요한 말을 줄이는 것과도 같다. 사람은 기도할 적에 눈을 감는다. 한 남자가 평소 믿고 따르던 선배에게 답답하고 슬픈 마음으로 털어놓는다.

"형. 사실은요, 내가 암에 걸렸어요. 너무 무섭고 힘이 드네요."

이에 선배는 언성을 높이며 말한다.

"너는 새끼야, 나약해빠져 가지고 말이야, 정신상태가 글러먹었으니까 암에 걸리지 빙신아. 줄넘기를 해. 줄넘기를. 왜 줄넘기를 열심히 안 해서 암에 걸리고 지랄이야. 그리고 신문배달을 하란 말이야. 알았어?"

이럴 때 잘못은 암에 걸린 그에게 있다. 암에 걸렸다는 사실을 평소 믿고 따르던 선배에게 털어놓음으로써 지푸라기 잡는 심정으로 조금의 위로와 용기라도 얻어 보려 했던 그는 다른 어느 누구도 아닌 바로 자기 자신에게 '인간이라는 존재에 대한 과대평가'라는 큰 잘못을 저지른 것이다. 사람은 듣기 싫은 말을 듣기 싫어한다. 그리고 그 듣기 싫은 말을 듣기 싫은 말로 결정하는 것은, '암에 걸려보지 않은 그 사람'이다. 명심하라. 이를 명심하지 못하는 자는 다 죄인이 될 것이다. 이 이야기가 황당한가? 정말로 그런가? 만일 그렇다면 당신은 행복한 사람이다. '암'을 '우울증' 내지는 '자살기도' 정도로 바꾼 뒤 그것을 제 경험의 메타포로 느끼게 될 사람들과는 비교가 불가능할 정도로. 제 가슴에 손을 가만히 얹고, 당신은 당신의 인생 중에 저 후배였고, 저 선배였을 수 있다. 사르트르가 "타인은 지옥이다."라고 말한 것은 우리가 사랑하는 이의 고통조차 다독여 주기 피곤해 하는 족속이라는 점을 간곡히 포함하고 있다. 인간은 실존적으로 서로에게 가해자인 동시에 피해자인 것이다. 진정한 소통과 우정과 사랑을 하려면 상대에게 너무 많은 이해와 내 것이 아닌 이득을 바라서는 안 된다. 나는 인간과 사회에 기대가 많은 사람은 별로 신뢰가 안 간다. 사람을 올바로 사랑하는 사람은 의외로 늘 가슴속에 안녕의 인사를 새기고 살지 않을까 싶은 것이다. 사람들은 '창작'이라는 게 뭐 대단한 건 줄 아는 모양인데, '무엇을 하든 그것으로써 나 자신을 찾는 것', 이것이 바로 창작이다. 창작이란 이렇듯 소박하고 '개미의 일' 같을 적에 더욱 강한 신비와 기적을 우리의 인생에 선물하는 법이다. 누구나 예술가가 될 수는 없다. 그러나 누구든 자신의 예술가는 될 수가 있다. 게다가 이러한 예술가는 언제든지 세상으로 확장될 가능성이 있다. 개인과 사회에 대한 사랑 역시 이러한 창작 안에서 수행되어야만 그 개인과 사회는 낙담과 폭력 대신에 수긍과 희망을 갖는다.

　네덜란드에 살고 있던 유대인 철학자 바뤼흐 스피노자
는 천체망원경의 렌즈를 가공하는 것을 생업으로 두고 있었
다. 스피노자는 신에게도 육체가 있으며 천사의 존재나 영
혼의 불멸성을 인정하지 않는다는 등의 철학적 논설들을 서
슴지 않았고, 그것들은 물론 그의 동족들에게는 사탄의 요
설에 불과했다. 어느 날은 유대의 회당에서 나오는 스피노
자를 다른 유대인이 칼로 찌르려 했고 칼날에 옷이 찢어졌
는데 그는 그때의 그 옷을 찢어진 그대로 보관했다. 철학자
로서의 삶이 평화롭지 않다는 것을 잊지 않기 위해서였다고
한다. 유대인 랍비와 지도자 들은 스피노자에게 공개적으로
참회하면 거액의 연금을 지급하겠다는 제안까지 했다. 스피
노자는 이렇게 답했다.

　"제게 히브리어를 가르치느라 고생들을 하셨으니 그
보답으로 저를 파문할 기회를 기꺼이 드리겠습니다."

　유대인들은 파문 같은 것은 잘 하지 않는 편이었지만,
1656년 7월 27일 암스테르담 광장에서는 진짜로 스피노자
에 대한 파문선언이 낭독되었다.

　"스피노자는 파문되었으니 더는 이스라엘 백성이 아니
다. 신의 분노가 임하고 성서의 모든 저주가 내릴 것이며 그

의 이름은 영원히 지워지리라."

　모든 유대인들에게는 스피노자에게 여섯 걸음 이내로 접근해서는 안 된다는 명령이 내려졌다. 1677년 2월 21일, 스피노자의 집주인은 이 위대한 철학자가 죽어 있는 것을 발견한다. 21년 간 우주를 관찰하는 천체망원경의 렌즈를 갈면서 들이마신 유리가루와 유리먼지가 그의 폐에 쌓인 것이 원인이었다.

　ㅡ신은 우주이며 본질이며 자연이고 바로 너이기도 하다. 존재하는 모든 것들은 존재해야 하기 때문에 존재하는 것이지 삶에 목적 같은 것은 없다. 우리는 무엇을 이루거나 무엇이 되기 위해 달려가고 있는 게 아니다. 다만 우리 인간은 끊임없이 모색하고 있는 거니까. 우리는 이미 그곳에 있다. 또한 우리는 죽어서 단지 우리가 태어난 신적인 근원으로 돌아갈 뿐이다. 살아서 가지게 된 우리의 감정과 기억 들은 우리가 죽고 나면 우리와 함께 가지 않는다.

　나는 스피노자의 이 말이 그 어떤 시보다 슬프고 아름답다. 아름다움을 잃어버릴 만큼 슬프다. 지식인이나 예술가가 권력자에게 사상검열당하는 국가는 그래도 희망이 있다. 그리고 지식인이나 예술가가 대중에게 사상검열당하는 국가는 절망적이다. 그런데 지식인이나 예술가가 다른 지식인이나 예술가 들에게 사상검열당하는 국가는 '절망'이다.

는 도시의 가로수 길에 고려장(高麗葬)을 당한 늙은 어미의 노란 눈을 들여다보았다. 주머니를 뒤적여 보니 웬걸 2만 원이 있길래 드렸더니 복 받을 거라고, 이걸로 나 밥 사먹어야 돼, 그러시는 게 내 마음을 더 괴롭혔다. 집 앞 골목에 접어들며 나는 뭔가를 걱정하고 있었는데, 그것은 조금 전 저 할머니에 대한 걱정이 아니었다. 가족 하나 없이 시나 쓰고 있는 내 앞날이었다. 인간이란 그런 것이다. 그리고 나 같은 바보가 보기에, 이 사회에는 좌파니 우파니 그런 거 없다. 좌파 특권층 우파 특권층과 그들의 노예들만이 있을 뿐이다. 정치가 아니라 정신병이 있을 뿐이다. 이미 오래 전부터 이 세계의 노예는 쇠사슬에 묶여 있는 자가 아니다. 거짓말과 거짓말쟁이를 못 알아보는 자이다. 뭐가 그렇게 힘들었던 것일까. 취기에도 새벽이 밝아오기까지 잠이 오지 않았는데, 문득 벌떡 일어났다. 나는 스케치북을 꺼내어 바오밥나무를 그렸다. 나는 내가 그린 바오밥나무 그림이 마음에 들었다. 그리고 그것은 바오밥나무 그림이 아니라 나의 바오밥나무였다. 그냥 바오밥나무가 아니라 나의 '진짜 바오밥나무'였다. 바오밥나무에 대한 이야기가 아닌, 바오밥나무라는 노래였다. 비로소 나의 바오밥나무가 구차하고 비겁한 설명의 장막을 걷어 버리고 자신의 본색을 내게 환하게 드러낸 것이다. 이러한 이야기는 삶의 다른 모든 일들에 있어서도 마찬가지인 노래라고 나는 믿는다. 인생이 온통 헛것 같고 사람들이 전부 거짓말하는 시체처럼 느껴질 때 우리는 갈 길을 잃고 시들어 가거나 파괴된다. 이럴 적에 우리를 구원하는 것은 다름 아닌 우리 각자의 수공업이다. '영혼의 수공업'이다. 내가 자신의 수공업이 없는 자들을 멀리 하는 것은, 그들이 자신의 허망함에 대한 화풀이를 타인에게 해대기 때문이다. 살다 보면 이러한 계절이 있다. 그가 누구인지는 잘 몰라도, 그가 나를 대신해 십자가에 못박혀 죽은 예수처럼 여겨지는 그런 계절이. 그러나 정말로 우리가 의심해 봐야 할 것은 혹시 누군가 나를 대신해 살아 주고 있는 것은 아닌가 하는 것과 내가 내가 아니라 남으로 살고 있는 것은 아닌가 하는 것이다. 내가 가지고 싶었던 것이 바오밥나무의 씨앗이 아니라, 작은 바오밥나무가 아니라, 거대한 바오밥나무가 아니라, 어쩌면 바오밥나무의 그림조차도 아니라, '바오밥나무를 그림 그리는 나 자신'이라는 노래를 깨닫게 되는 것이다. 그 노래의 바람을 타고 어떤 거대한 식물의 작은 씨앗처럼 자신의 가슴속 검은 별에서 벗어나 멀리 자신만의 길을 떠나는 것이다.

(2019.9.)

잘못된 세계를 가로지르는
아름다운 밤길

창가의 그림액자가 쓰러져 옷깃을 여미듯 창문을 닫게 되는 밤. 가을의 태풍이 서서히 바다 너머로 사그라드는 소리를 듣는다. 머지않아 겨울이 오리라. 혹독한 겨울이 오리라. 술에 취한 밤이면 아버지 어머니가 이 서울 어디엔가 살아 있을 것만 같은 기분이 든다. 무엇이 살아 있는 것이고 무엇이 죽은 것인지 확신이 서질 않는다. 원하는 바가 다 이루어지는 삶이 있다면 그 인생에는 기쁨이 없을 것입니다, 라고 하나님께 기도드린다. 어느 나무의 씨앗 하나를 은접시 위에 올려놓은 채 물끄러미 바라보곤 한다. 저 작디작은 씨앗 안에 거대한 나무가 잠들어 있다는 사실은 내게 뭐라 설명하기 어려운 감정을 불러일으킨다. 은접시 위에 놓인 거대한 나무의 작디작은 씨앗 한 톨은 있는 그대로 선(禪)이고 성(聖)이며 과학이자 우주이어서, 결국 시(詩)다. 나는 시인이라는 직업 아닌 직업이 죽는 그 순간까지 어색할 것이다.

무엇이 옳고 그르고를 떠나서, 편을 갈라 멸시하고 증오하는, 죽일 수만 있다면 정말로 죽여 버릴 사람들끼리 득실득실 우글우글한 세상이 불구덩이 지옥 같다. 무엇이 옳고 그르고를 떠나서, 어찌 되었든 언제부터인가 우리는 이렇게 되었다.

— 만약에 사람에게 살아남는 것보다 더 중요한 일이 없다면, 오직 살 수만 있다면 무슨 일이든지 못할 일이 없지 않겠는가. 만약 사람에게 죽는 것보다 싫은 일이 없다면, 죽음을 피하기 위해 무슨 수단이라도 다 쓰지 않겠는가? 삶보다 귀한 게 있기 때문에, 살 수 있지만 그렇게 하지 않는 경우가 있는 것이며, 죽음보다 더 싫은 게 있기 때문에 재난이 닥치더라도 피하지 않을 때가 있는 것이다.

가을 태풍의 마지막 숨소리를 들으며 『맹자(孟子)』의 한 대목을 읽는다. 진정 이러한 지조로 내전(內戰)하는 것이라면 굳이 말리고 싶진 않다. 나는 무력한 시 말고 가진 것이라곤 허무밖에는 없으니. 하지만 사람이라는 게 그렇다. 자신의 자리가 아닌 곳에 있으면, 미움과 저주를 사게 된다. 그래서 때로는 왕보다 떠돌이가 더 나은 것이다. 어쩌면 거의 항상.

인기 정치인 R. 억울하게 잡혀 들어갔던 감옥 안에서도 그렇게 독하게 몸을 만들어 다시 세상으로 나왔을 적에 참 우리의 이 시대는 권력자가 개인을 파문하는 시대 정도가 아니다. 우리의 이 시대는 서로가 서로를 파문하는 시대이다. 우리는 각자 여럿 발자국 떨어져서 서로를 죽이고 싶어 한다. 우리는 그러한 세상에서 살고 있다.

집 안에서 코끼리 시체가 썩어 가고 있다. 사람들은 악취 때문에 창문을 연다. 그러나 그런다고 코끼리의 시취(尸 臭)가 없어질 리 만무하다. 대신 죽은 코끼리를 집 안에서 멀리 내다 버려야 한다. 하지만 그럴 수가 없다. 그 코끼리 시체는 사람들 각자 속에 누워 있는 까닭이다. 인기 정치인 R. 그는 어떠한 역경 속에서도 육신을 단련하고 정신을 맑 게 거두는 사람이 아니라, 자신이 만든 감옥에 갇혀 복수심 에 각성 받는 독하디 독한 사람에 불과했는지도 모른다. 그 누가 산악인 박영석 대장이 죽었다고 그를 모욕하는가. 그 는 히말라야의 눈과 비와 바람, 태양과 구름이 되어 숨 쉬고 있을 것이다. 무언가를 너무 사랑하다가 죽어 아예 그것의 신이 돼 버린다면 히말라야의 그가 바로 그러할 것이다. 박 영석은 욕망이 아니라 자신의 실존 때문에 도전했다. 그는 비천한 인생에 휘말리지 않고 깨끗한 영웅의 마지막을 세상 사람들에게 증명해 주었다. 그는 닭들처럼 땅에서 죽지 아 니하고 매처럼 솟아올라 아무도 모르는 하늘 속으로 눈보라와 함께 사라졌다. 맹자의 저 말은 그런 그에게만 적용된다.

제게는 잘못된 세계를 가로지르는 아름다운 밤길이 필요합니다, 라고 기도드린다. 하나님, 저는 당신이 그 누구라 해도 상관없습니다. 당신이 덫에 발목이 잘린 채 산속을 헤매는 심정으로 살아가는 저 같은 짐승이라고 해도 아무 상관없습니다. 부디 저에게, 저희에게, 이 잘못된 세계를 가로지르는 밤길을 인도하소서. 내가 지금 기도드리는 이 하나님이 스피노자의 하나님과 다른 하나님일지언정 그것이 나의 기도를 더럽힐 리 없다. 또한 나는 이러한 말도 들었다. 화장(火葬)을 하면 불구덩이 안에서 시신이 한 번 일어난다고. 그렇겠지, 뭐. 시신도 불에 오그라드는 물질이니까. 술에 취한 밤이면 이 서울 어디엔가 살아 있을 것만 같은 기분이 드는 내 아버지도 필경 그랬을 것이다. 우리는 모두가 죽어 가고 있다. 나도 당신도 당신의 가장 아끼는 누군가도 당신이 가장 미워하는 그 누군가도. 우리가 건강하게 살아 있는 이 순간에도 우리 모두는 서서히 죽어 가고 있다. 언젠가는 반드시 죽는다. 살면서 죽어 가고 있음을 늙어 가고 있음으로 순화시키지 마라. 자유를 잃고 방황하게 될 것이다. 삶이란 허무와의 투쟁이다. 그 나머지는 전부 삶의 부스러기일 뿐이다. 그러나 그것이 허공에 먼지처럼 떠 있으면, 햇살 속에서 금싸라기처럼 빛난다. 세상과 타인에게 이해를 구하는 인생은 어리석다. 스스로 벗어났으면 그것으로 된 것이다. 내가 나의 등불이 되어 나의 어둠 속을 간다. 입술을 고요히 닫고 가만히 눈을 감으라. 우리 안에 누워 썩어 가고 있는 코끼리의 시체는 거대한 나무의 작은 씨앗 하나로 변할 수 있다. 가을의 태풍이 사라지는 소리를 듣는다. 곧 겨울이 오리라. 아름다운 겨울이 오리라.

(2019.10.)

사랑으로서의 질병이여, 사막과 별들의 바다여

　　손오공은 내 친구다. 한국 나이로 이제 서른한 살이니, 정확히 젊은 사내라 할 수 있겠다. 물론 '손오공'은 손오공 군의 이름이 아니다. 그렇다고 그의 주변 사람들이 그를 부를 적에 사용하는 별명도 아니다. 오공은 자신을 누가 손오공이라고 부른다는 사실을 전혀 모른다. 아무도 몰래 나 혼자 속으로만 그를 손오공으로 부르고 있기 때문이다. 내게는 이러한 경우가 종종 있다. 내 지인들 가운데 저팔계도 있고 사오정도 있고 삼장법사도 있는 까닭은 그래서다. 이 작은 글에서 오공 군의 리얼 네임을 밝히지는 않겠다. 세상 모두가 남의 책에 자기 이름이 박히는 것을 무조건 좋아하는 '관심종자'라는 보장이 없는 법이고, 차라리 안 하고 말지 이런 일을 두고서 당사자에게 일부러 허락을 구하는 것은 내 스타일이 아니기 때문이다. 더구나 진짜 요술쟁이 원숭이 손오공도 아닌 그는 무슨 유명인도 못되며, 그와 내가 함께 알고 지내는 사람 역시 없다. 설마 하는 노파심을 못 이겨 못 박아두는 건데, 성씨에 주목해 내 주변에 손아무개가 있나 수소문하는 위인이 있다면, 타인도 자신처럼 상상력이 빈곤할 수 있으리라는 그 황당한 자만심을 빛의 속도로 불살라 버리길 강력히 권고하는 바이다. 그래야 남은 인생 사회생활이 기적같이 편해질 테니 손해날 게 뭐며 안 그럴 이유가 대체 뭐란 말인가. 하물며 비록 내가 재능과 인기가 미천한 3류 작가일지언정 작가인 게 분명한데, 이런 쪽에서 머리 돌아가는 게 그대 같아서야 되겠느냔 말이지. 무엇보다, 나의 모든 글들은 남의 얘기가 아니다. 결국 다 내 얘기다. 나를 스쳐간 모든 인생들이 내 인생의 일부분인 것처럼. 그렇지 않은 글이 무슨 가치가 있겠는가. 내게 가치가 없는 글은 남에게도 필요치 않다. 이게 내 믿음이다.

진리가 아닐는지도 모르지. 그러나 대체로 불행은 한꺼번에 몰려든다. 내 경험상 그렇고, 요즘의 오공에게도 그러하다. 그는 7년 남짓의 깊은 연애가 부서졌고, 절망적이지는 않지만 잘못하면 죽을 수도 있는 어떤 질병에 걸렸다. 이 두 가지 사실을 함께 털어놓은 것은 내 앞에서가 처음이라고 그는 조용히 말하였다. 그의 부모님조차 그가 그녀와 헤어진 사실만을 어쩔 수 없이 알게 되었을 뿐이라고 하였다. 몸이 아픈데 이렇게 술을 마셔도 되나 싶었지만, 나는 관두

듯 놔두었다. 나는 죽음을 모르고 삶은 더 모른다. 내가 나 자신도 모르는데 남의 아픔을 어찌 안다고 감히 뭘 말리겠는가 싶었던 것이다. 누구에나 그렇지는 않겠지만, 어떤 때에 누군가에게는, 이런 묘하고 쓸쓸한 생각이 진실로 다가오기도 한다.

인간의 나이를 정신적 실존이 아니라 육체적인 상태로만 감안할 적에, 아직 나는 노인이라고까지는 할 수 없으되 청년은 이미 먼 추억일 뿐이다. 그럼에도 불구하고 나는 젊은 남자건 젊은 여자건 간에 그들의 젊음을 질투한 적이 추호도 없다. 이것은 비관이 아니며 비정상적인 생각은 더더욱 아니라고 생각한다. 헤라클레이토스는 "모든 것들은 흘러가고, 그 자리에 가만히 있는 것은 아무것도 없어, 같은 강물에 두 번 발을 담그기란 불가능하다."라고 설교했으나, 같은 강물에 두 번 발을 담글 수 있는 능력이 내게 있다고 한들, 여러 끔찍한 이유들로 인해 나는 내 생을 되돌리기가 싫고 그중 특히 청춘의 혜택과 장점 들을 돌려받기 위해 또다시 청춘을 견뎌야 한다면 차라리 죽는 게 낫겠다 싶다. 누군가는 이런 내게 아직 더 늙어 보지를 않아서 그 따위 소리를 하고 앉아 있다며 핀잔할는지 모른다. 하지만 지금까지의 숙고대로 솔직하건대, 이 질문에 대한 내 대답은 골백번 반복한들 똑같을 것이다. 당장 폭삭 늙은이가 돼 버린다고 하더라도, 노환이 고통스럽고 임박한 죽음이 두렵기는 하겠으나, 그렇다고 해서 결코 다시 젊어지고 싶지는 않을 것 같다. 인생이 아무리 후회로 가득 찬 것이라고는 해도, 당연히 내 인생 역시 후회로 가득 찬 것이지만, 내게 인생은 두 번 필요치 않다. 이러한 입장은 기쁨은 기쁨대로 슬픔은 슬픔대로 담담하게 대할 수 있게 해 준다. 지나가 버린 청춘, 나는 있는 대로 어리석었고 있는 대로 상처 주고 상처 받았고 있는 대로 방황했고 있는 대로 무언가가 되기 위해 치열했으며 결국 있는 그대로의 이런 내가 되었다. 물론 나의 청춘에도 아름다움은 있었고 좋은 것들이 있었다. 그리고 나는 무지했다. 나는 어두웠고, 내 사랑에게 나는 어둠이었다. 세월이 흘러 이러한 내가 바로 내 청춘의 재이다. 재에서는 재 냄새가 나지 않는다. 재에서 나는 것은 죽은 불의 냄새인 것이다. 내가 왜 또다시 그 사정없는 불길이 되어야 한단 말인가. 그럴 수도 없지만, 시켜 줘도 나는 싫다. 철학이란 그 어떤 경우에도 사는 재미를 잃지 않는 것이고 종교란 죽음을 도구로 삼아 생의 의미를 잃지 않는 것이고 이념이란 고통과 죄를 감수하고서 분노해 이루려는 것일진대 그 어느 것 하나 나는 서툴지 않은 게 없었다.

그사이, 오공은 많이 겸손해져 있었다. "아직 비극의 손길이 닿지 않는 것. 그래서 비극을 비극으로 느끼지 못하는 것이 청춘"이라고 철학자 화이트 헤드는 설명했지만, 비극이 시련이 아닌 사람이 남녀노소 인간이라면 과연 어디에 있겠는가. 성자(聖者)가 아니고서는 어려울 것이다. 나는 만화주인공 같은 그의 순수함과 야심이 좋았고 그의 재능과 열정을 사랑했다. 아마도 그래서 그가 나의 손오공이 되었으리라. 그러나 그런 그는 늘 위태로워 보였고, 다분히 이기적이었다. 그가 예의 바르게 행동할수록 또 쿨하게 말할수록 그는 점점 더 정교한 이기주의자가 되어 갔다. 그랬던 그가 오늘 겸손해진 것은 잔인한 말이지만, 그의 몸과 마음의 병 때문이다. 나는 그가 자신의 병을 통해 자신과 타인과 세상을 새롭게 배워 나가는 과정이라 믿고 싶다. 몸이든 마음이든 삶의 부상은 누구나 당한다. 회복하고 재활해, 하나하나 기록은 다시 세워 나가면 되는 것이다. 나는 병을 앓지 않는 사람이 불쌍하다. 인간에게는 눈에 보이는 병이든 보이지 않는 병이든 병이 있어야 한다. 아프지 않은 사람은, 아파 보지 않은 사람은, 타인의 아픔을 알 수가 없다. 아픈 만큼 자신과 타인과 세상에 대한 이해는 깊고 넓어진다. 아프지 않은 자는, 아파 본 적이 없는 자는, 죄의 진실을 모른다. 우리는 어려서부터 이런 말을 듣고 자라나 지금에 이르렀다.

　—나쁜 마음이 죄를 저지른다.

이에 나는 이렇게 말하고 싶다. 잘못된 앎이 죄를 저지른다. 작은 죄부터 어마어마한 죄까지 거의 다. 사도 바울이 해석한 '예수가 십자가에 못박혀 돌아가시고 부활하신 사건'의 의미를 대중적으로, 현세적으로 정리한다면 바로 이것일 것이다.

— 죄인인 너희는 남의 죄 가지고 장난치지 마라.

인간에게는 나의 죄가 있어야 하고 나의 병이 있어야 한다. 그래야 자신의 어리석음 앞에서, 자신이라는 어둠 앞에서 교만하지 않을 수 있다. 나는 흔들리는 청년들이 좋다. 그들이 진정으로 살아 있는 인간의 모습이기 때문이다. 나이는 갓 20대임에도 불구하고 이미 수백 살을 먹어 버린 것처럼 영혼이 썩어 버린 괴물들을 도처에서 많이 본다. 그들의 삶은 능수능란하고 악취가 진동한다. 나는 사랑으로서의 질병이 있는 사람이 좋다. 그 밤 나는 그와 어두워진 골목에서 헤어지며 그의 어깨를 다독였다. 그가 눈물 비슷한 것을 흘렸는지는 모르겠다. 그리고 그에게도 나처럼 모르는 것이 있다. 내가 그의 웃옷 안주머니에 거대한 바오밥나무의 씨앗처럼 작은 여의봉 하나를 몰래 넣어 준 사실 말이다. 나는 그리 멀지 않은 날에 그가 그 여의봉을 커다랗게 만들어 휘두르며 온갖 요괴들을 물리치는 것을, 사막과 별들의 바다를 건너 가치 있는 말씀들을 얻으러 가는 광경을 상상하였다. 나의 모든 글들은 남의 얘기가 아니다. 결국 다 내 얘기다. 나를 스쳐간 모든 인생들이 내 인생의 일부분인 것처럼. 그렇지 않은 글이 무슨 가치가 있겠는가. 대체로 불행은 한꺼번에 몰려든다. 그런데 그것들의 껍질 안에는 아름답고 좋은 것들이 숨어 있다. 이런 묘하고 쓸쓸한 생각은 지나가 버린 내 청춘이 증명한 진실이고, 이 세상에서 오직 나만이 알고 있는 나의 친구 손오공에게도 그러할 것이다.

(2019.10.)

장미와 장미, 그리고 장미를 위하여

　인간은 세상이 묻지 않은 것에는 대답하지 말아야 한다. 세상이 질문하지 않은 것에 관해 답변하는 인간은 크게 봐서 두 종류가 있는데, 하나가 미친 인간이요 다른 하나는 작가이다. 이 둘은 세속적 기준으로 봤을 적에 별로 행복하지 못하거나 완전히 불행할 공산이 크다. 생물학적으로 청년과 노인 사이에 있는 야릇한 존재가 된 이후로, 가끔 젊은 친구들이 세상의 이것저것들이 혼란스럽다며 찾아온다. 이런 경우 내 주특기인 '거절'이 쉽지 않은 까닭은, 작년 한 해만 해도 아직 인생을 살아 보지도 못했다고 말할 수 있는 푸르른 나이에 스스로 목숨을 끊은 이들이 적지 않아서다. 라이너 마리아 릴케는 「젊은 시인에게 보내는 편지」를 썼고, 나는 「젊은 배우에게 보내는 편지」를 써도 되지 않을까 싶다. 내 벗인 젊은 배우들은 예민하고 우울하고 분노에 차 있지만 자존심이 강해 예의가 바르다. 예의가 바르다는 점 말고는 내 젊은 시절과 사뭇 비슷하여 나는 그들에게서 근친(近親)을 느끼고, 표현을 안 해서 그렇지 그건 내게 괴로운 일이다. 그들이 싫어서가 아니다. 나는 그들을 사랑하는 것까지는 아니더라도 매우 좋아한다. 하지만 어느 누가 불구덩이 속에서 불덩이로 일렁이는 오래전 제 모습을 재회하고 싶겠는가. 전성기를 누리지 못하고 있는 청년 예술가의 초상(肖像)이라는 건 예나 지금이나 그렇다. 아니, 자신과 자신의 꿈을 동일하게 만들고 싶고 또 진정한 자신과 자신의 꿈이 무엇인지 찾느라 방황하는 젊은이란 도무지 안 그럴 수가 없다. 그들은 '시인 릴케의 장미' 같다. 괴로운 일이라고 했지, 괴로운 일'만'이라고는 안 했다. 진지하고 맑은 그들과 함께하는 시간에 기쁨이 없다면 그 외의 다른 것들에서 내가 감각하는 아름다움의 실체란 고작 가면(假面)에 불과할 것이다. 장미 같은 그들은 마음이 약하다. 의지박약이라는 소리가 아니다. 모질지 않아 상처받기 쉽다는 뜻이다. 단점만은 아니어서, 약아빠지고 지독한 젊은이란 꼴 보기 싫다. 썩어 가는 꼰대만 음흉하고 이기적인 것은 아니다(이 나이에 무슨 욕심이 있겠느냐, 나는 다 내려놓은 사람이다, 라며 말하는 노인이 있다. 80살에 79살까지 사탄처럼 살다가 그런 말하면 뭐하나? 아직도 거짓말 칠 힘이 남아 있는가 보다. 지옥에나 가라). 젊은 늙은이가 있듯 늙은 젊은이가 있다. 나이에는 육체의 나이와 실존의 나이가 따로 있는 셈이다. 내가 관심 있는 청년이란 몸과 영혼이 더불어 젊은 젊은이일 뿐이다. 이집트에서 온 여인에게 장미를 꺾어 주고 그 장미 가시에 찔린 탓에 죽은 라이너 마리아 릴케의 묘비에는 이런 문구가 새겨져 있다.

— 오오 장미여, 순수한 모순의 꽃.

돌이켜보면, 내 어린 시절에는 가출하는 청소년들이 많았다. 요즘은 어떤지 정확한 통계는 모르겠다. 정작 그러거나 말거나 중요치 않다. 다만 내가 이런 말을 하는 건, 작은 가방 하나에 당장 필요한 몇 가지를 대충 집어넣고, 지긋지긋한 가족들이 잠들어 있는 무의미한 집을 뒤로한 채 어둠 속으로 사라지던 그때의 그 몸과 마음이 어쩌면 우리 어른들의 나머지 삶에는 구원이 될 수도 있지 않을까 하는 생각이 들어서이다. 어떤 나무는 숲을 거부하고, 어느 별은 별자리에서 이탈한다. 그 어떤 나무와 그 어느 별이 '순수한 모순의 꽃'이 된다.

지금은 어디서 무엇이 되어 살고 있는지 모르겠지만(어쩌면 천국에 있을 수도 있다. 누구도 예외가 아니니 절대 악담이 아니다. 언제 어떻게 하나님이 데려가실지는 아무도 모른다.), 기독교 신앙심이 아주 깊은 큰누나뻘의 한 여인과 알고 지냈었다. 전두환과 이순자의 치세였다. 그 시절 나는 언덕 위에 있는 빨간 벽돌 고등학교에 다니는 걸 죽기보다 싫어하며 남몰래 시를 쓰고 있었다. 드러내지 않는 시니컬함이 심각한 수준에 다다라 마음이 병든 녀석이었고 이것이 30대 중반까지의 나를 래디컬하다 못해 악성 변종 아나키스트이게 하는 밑천이 되었다. 내가 그녀를 짝사랑하고 있었던가. 잘 기억나지 않는다. 그 혹한의 겨울날 그녀와 나는 교회 골방 석유난로 앞에 나란히 앉아 불을 쪼이고 있었다. 말 같지도 않은 말들과 말 같은 침묵이 오갔다. 나는 세상에 대한 나의 증오를 조금이나마 털어놓았다. 당시의 나로서는 대단한 용기였다. 내 말이 다 끝나고 침묵도 다 끝났을 때, 그녀가 이런 말을 했다.

"성경을 읽어 보면 알 수 있어. 사람들이 죄를 너무 많이 짓게 되면, 하나님은 악하고 어리석은 지도자로 하여금 그들을 지배하게 하셔. 화를 내서는 안 돼. 우리는 우리의 죄를 회개해야 해."

다시금 침묵이 시작되었다. 내가 듣기에는 지나치게 종교적인 이야기였고, 어처구니없는 논리였다. 나는 그녀를 짝사랑하고 있었던가. 사실은 모든 과거가 그러하듯, 이제와 아무 상관이 없는 일이다. 빨갛게 달아오른 석유난로의 철망이 기억난다.

청춘은 세상과 삶의 모순 속에서 고통 받지만 거기서 무엇으로든 꽃을 피운다. 그리고 그 꽃은 누군가에 의해 규정된 꽃이 아니라 저마다 스스로의 가치가 있는 꽃이다. 노인으로 사는 것이 더 힘든지 청년으로 사는 것이 더 힘든지는 모르겠으나, 어쨌든 이 사회에서 몸과 마음이 함께 젊은 청년으로 산다는 것은 단순히 어려운 일 정도가 아니라 위험천만한 일이다. 자신에 대한 불안으로부터 도피하기 위해 몰두하는 타인에 대한 적개심이 창궐하는 사회. 듣고 싶은 대답을 자기가 미리 정해 놓고 상대에게 던지는 가장 더러운 질문들로 점철된 사회. 옳고 그르고를 떠나 무조건 질기고 뻔뻔하지 않으면 단지 심리적인 측면에서만이 아니라 실지로 목숨을 저버리게끔 만들어 버리는 사회. 나아가 이러한 모든 것들이 정의로움으로 포장되는 대중파시즘의 사회. 사이코패스와 소시오패스가 일반화된 느낌마저 드는 이 언어적 집단 린치와 영혼살해의 요인은 경제적 불평등과 가난이 아니라, 어떤 평범한 사악함이다. 우리는 무지하고, 무자비하고, 무도하고, 야비하다. 취직이 안 돼서 헬조선이 아니라, 여기는 재미 삼아 죽여 놓고 애도하는 것이 무한 반복되는 괴물사회, 장미 같은 그들의 자살은 아무도 처벌받지 않는 타살이다.

왜일까. 나는 앞으로도 연이어 그렇게 죽어 갈 저 마음 약한 젊은이들이 우리 모두가 지은 죄를 대속하기 위한 희생양처럼 여겨져 끔찍하다. 일단 씹으면 제 것이라며 가책 없이 삼켜 버리는 육식동물이 아니라, 금방 목구멍으로 넘어간 한 줌의 기억조차도 믿지 못해 자꾸자꾸 되새김질하는 소심한 초식동물. 왜 그 유순한 초식동물의 각을 뜨고 피를 뿌리며 번제(燔祭)의 제물로 드려 이 교활하고 무정한 육식동물의 죄를 씻어야 하는지 하나님에게 따져 묻고 싶은 것이다. 그 혹한의 겨울날 교회 골방 붉게 아른거리는 석유난로 앞에서 들었던 그녀의 그 말도 안 되는 말이 문득문득 떠오르는 것이다.

솔직히 나는 좋은 상담자가 아니다. 제대로 살아오지도 못했을 뿐더러, 무엇보다 나는, 나 자신을 포함한 '인간'을 혐오한다. 자학이 아니라 과학이다. 나는 어떤 사람이냐 하면은, 세상에서 상처받았으나 그 아픔을 누구도 이해할 수 없기에 사람들로부터 숨어 버린 사람의 마음을 잘 아는 사람이다. 사적인 친분관계로 검사(檢事) 몇을 종종 만나곤 한다. 나는 허구한 날 범죄자만 대하는 검사들이라니 당연히 인간에 대한 환멸이 대단할 줄 알았더랬다. 그런데 막상 별로 그렇지 않았다. 은근히 관찰하기도 하고 직접 대놓고 물어보기도 했지만 정말 그렇지 않았다. 이것은 의사들도 마

264

찬가지였다. 일생의 대부분에 걸쳐서 인체에 대한 해부학적 체험이 누적되는 사람들에게 무슨 사람에 대한 정나미가 남아 있을까 싶었는데 웬걸, 아니었다. 피부 안쪽의 것들을 속속들이 들여다봐도 피부로 가려진 해골과 애정을 나누는 데에는 지장이 없는 것 같았다. 그래 그렇다면, '인간'을 연민하고 옹호하고 사랑해야 마땅하다고들 요구되어지는 '시인'인 나는 왜 이토록 '인간'을 싫어하는 것일까? 고백하건대, 나는 이미 파괴된 사람이다. 그리고 그런 사람만이 가지고 있는 고통이 오히려 그런 사람을 자유롭고 강하게 만들고 말았다는 배짱이 있다. 이것은 믿음이라고 부르기에는 너무 어둡고 불모함이라고 부르기에는 자칫 경솔할 수 있는 측면이 있다. 또한 분명한 것은, 만일 내가 아직도 파괴되지 않았더라면, 나는 살인을 저질렀거나 자살하고 말았을지도 모른다는 사실이다. 신은 지옥으로도 인간을 구원하신다. 나는 라이너 마리아 릴케가 아니다. 내가 선호하는 묘비명은 이소룡의 묘비에 새겨져 있다는 이런 것이다.

　─브루스 리, 절권도의 창시자.

　나는 어쩌다 이 지경이 되었을까?

　내가 좋아하는 소설가 커트 보니것. 참전한 제2차 세계 대전에서 독일군의 포로가 돼 드레스덴의 한 공장에서 노역 중이던 그는 도살장 지하 생육저장실에 갇혀 있던 덕에 원자폭탄 투하에 비견되는 미군과 영국군의 공습폭격에도 기적적으로 생존할 수 있었다. 이 드레스덴 대공습은 인류 역사상 가장 야만적이고 대재앙적인 폭탄투하로 기념되고 있다. 나치 괴벨스가 연합군의 비도덕성을 선전하는 데에 사용한 것은 물론, 윈스턴 처칠이 부끄러워했을 정도니까. 그러한 며칠이 지나 지상으로 기어 올라온 청년 보니것은 불지옥이 휩쓸고 간 잿더미 위에 서 있는 자신을 발견했다. 왜 그랬을까? 드레스덴 대공습에서 얻은 트라우마 때문이었을까? 미국으로 돌아가 이윽고 유명 작가가 된 그는, 그때로부터 거의 40년이나 흐른 1984년에 자살을 시도했으나 다행히 실패했다. 하지만 위대한 정복자 알렉산더 대왕이 모기에 물려 죽었던 황당하지만 엄연한 사실과 같은 격이라고나 해야 할까, 보니것은 2007년 맨해튼 자택 계단에서 굴러 떨어져 머리를 크게 다친 몇 주 뒤 사망했다. 이게 인간이고 이게 인생이다. 드레스덴 대공습에서도 살아남은 그가 자기 집 계단에서 발을 헛디뎌 죽은 것이다. 명불허전, 괜히 소설가 커트 보니것이 블랙코미디의 대가가 아닌 거다.

'어른'이라는 게 별게 아니다. 자신의 고통을 타인이 자신의 고통처럼 이해해 줄 수 있다는 것을 깔끔하게 포기한 사람. 그런 그가 어른이라면 나는 어른이 맞다. 인간이 악마까지는 아니더라도 악의로 가득 차 있는 짐승이라는 팩트 앞에서 오히려 마음이 편해지는 것은 타인에 대한 어리석은 기대를 조용히 내려놓을 수 있기 때문이다. 나를 사랑한다고 말하는 그대에게마저도 나에 대한 지나친 기대를 내려놓으라고 담담하게 말해 줄 수 있기 때문이다. 무엇이 진실함이고 누가 사기꾼인가. 나는 인간에 대한 사랑과 희망을 입에 달고 다니는 작가들이 사람으로나 문학으로나 미덥지 않다. 이제껏 내가 환멸하는 인간들 가운데 그들이 가장 개새끼들이었다. '인간의 제일 더러운 짓'으로 제 욕심과 욕망을 채웠다. '인간의 제일 더러운 짓'이 뭐냐고? '사람의 사람에 대한 착한 마음을 악용하는 것'이다. 어딘가에 완전히 복종하고 싶은 자가 무언가를 지독히 증오하는 법이다. 이 사회는 그런 사람들이 너무 많고, 인간에 대한 사랑과 희망을 입에 달고 다니는 것들은 그런 사람들을 제 노예로 만들어 착취당하고 악행하게 한다. 노예가 돼 버린지도 모르는 채 악행하는 건지도 모르도록 거짓 정의로움에 중독시킨 채로. '인간에 대한 불신'이 사람을 못되게 만든다는 생각은 모자라는 생각이다. 우리는 '인간에 대한 불신'을 '잘' 가지고 있어야 한다. '인간에 대한 불신'은 우리를 차분하게 한다. '인간에 대한 불신'은 정말로 진실하고 싶어 하는 인간이 가져야 할 중요 조건이다. 인간을 신뢰한다고 떠벌리는 인간을 신뢰하지 않으면 나쁜 일들을 많이 피해 갈 수 있을 것이다. 많은 나쁜 일들을 하지 않고 살다가 죽을 수 있을 것이다. 다만 내가 이런 말을 하는 건, 작은 가방 하나에 당장 필요한 몇 가지를 대충 집어넣고 지긋지긋한 가족들이 잠들어 있는 무의미한 집을 뒤로 한 채 어둠 속으로 사라지던 그때의 그 몸과 마음이 어쩌면 우리 어른들의 나머지 삶에는 구원이 될 수도 있지 않을까 하는 생각이 들어서다. 어떤 나무는 숲을 거부하고, 어느 별은 별자리에서 이탈하며, 신은 지옥으로도 인간을 구원하시니까.

죽음처럼 절망스러울 적에 나는 아우슈비츠의 이야기들을 '즐겨' 읽는다. 그 어떤 절망 속에서도 내가 나치 유대인 수용소에 있던 그들보다 절망스러울 수는 없기 때문이다. 절망과 고난은 굳이 극복하는 게 아니다. 굳이 극복하려다가는 불구덩이 속에서 재가 돼 버리고 만다. 극복하는 게 아니라, 절망은 빠져나가고 고난은 견디면 비로소 올바른 방법이 되는 것이다. 그리고 빅터 프랭클의 『죽음의 수용소에서』에 나오는 다음과 같은 고백은 내 얼굴을 화끈거리게 한다.

— 이 수용소에서 저 수용소로 몇 년 동안 끌려 다니다 보면 결국 치열한 생존 경쟁에서 양심이라고는 눈곱만큼도 찾아볼 수 없는 사람들만 살아남게 마련이다. 그들은 수단

과 방법을 가리지 않을 각오가 되어 있는 사람들이었다. 자기 목숨을 구하려고 잔혹한 폭력을 일삼고 도둑질을 하는 건 물론, 심지어 친구까지 팔아넘겼다. 운이 아주 좋아서였든 아니면 기적이었든 살아 돌아온 우리들은 알고 있다. 우리 중에서 정말로 괜찮은 사람들은 살아 돌아오지 못했다는 것을……[8]

여기 '삶이라는 죽음의 수용소' 안에서 죽었고, 또 죽어가는 내 '릴케의 장미 같은' 젊은 친구들 앞에서 나는 미안할 것까지는 없어도 마음이 좀 불편하다. 대신 나는 나의 순수한 젊은 친구들에게 「젊은 배우에게 보내는 편지」를 쓰는 셈치고 이런 이상한 메시지를 전하고 싶다. 한 인간이 온갖 고통 속에서도 자신의 순수함을 지켜나간다는 것은 고귀한 일이다. 순수하다는 것은 순진하다는 것과는 다르지 않은가. 순진한 사람은 자신의 깨끗함에 상처받아 죽어 가지만, 순수한 사람의 깨끗한 상처는 그 삶의 빛나는 훈장(勳章)이다. 순수한 사람은 '그래서'가 아니라 '그럼에도 불구하고' 순수한 사람이다. 순수는 혁명가의 이념이다. 순수한 사람은 자기와의 혁명의 결과다. 나는 그 어떤 부자와 권력자도 부럽지 않다. 그럼에도 불구하고 나는 순수한 사람에게 열등감을 느낀다. 나는 순수한 사람을 그저 좋아하는 것에 반대한다. 순수한 사람은 참 존경받을 만한 사람이다. 인간 저마다는 하나의 고유한 외계어 사전이다. 나는 작가란 타인의 이야기를 쓰는 자가 아니라 타인을 세상에 번역해 주는 사람이라고 믿는다. 삶을 용서하기 위해서라면 '운명'을 믿기보다는 그것을 적절히 사용할 필요가 있다고 믿는다. 나자신을 세상의 희생제물이 아니라 내 인생을 위한 예배로 만들면 된다고 믿는다. 어느 누가 불구덩이 속에서 불덩이로 일렁이는 오래전 제 모습을 재회하고 싶겠는가. 그러나 청년 커트 보니것은 불구덩이 속에서 재가 되지 아니하고 살아나와 그의 글을 사랑하는 이들에게 불꽃이 되었다. 불구덩이를 인정하는 이들만이 자신이 견뎌 내고 빠져나온 그 불구덩이가 결국은 세상에서 가장 아름다운 모순의 꽃인 불꽃임을 깨닫게 될 것이다. 바로 이것이 세상이 질문하지 않은 것에 관해 답변하느라 세속적 기준으로 봤을 적에는 별로 행복하지 못하거나 완전히 불행할 공산이 큰 미친 작가인 내가 번역한 당신의 이야기다. 그리고 좋은 상담자가 못돼 주어 미안하다.

(2020.2.)

270

환란 중인 지구인들을 위한
유서 작성 교본

어제는 「저녁의 아름다운 노래」라는 시를 한 편 썼고, 오늘은 아직은 제목을 정하지 못한 노랫말 하나를 썼다. 저녁 숲을 거닐며 바다의 거대한 고래를 상상하는 소년에 대한 이야기가 그 시가 되었고, "슬픈 꿈을 꾸었으니"라는 말로 그 노랫말은 시작된다. 그리고 생활에는 전혀 도움이 되지 않는 이런 일들이 내 천직이라는 현실이 예나 지금이나 나는 별로 마음에 들지 않는다. 뭐 이런 엉터리 주술사(呪術師)도 다 있나 싶은 것이다. 다만 이런 생각은 가져 본다. 만약 내가 '남몰래' 좋은 종교인이 될 수 있다면, 나는 나의 뛰어난 군인이 될 수 있을지도 모른다는. 사람이 하는 짓들 가운데 뭐가 방황이고 뭐가 모색인지 나는 여전히 헷갈린다. 천사인 척하는 인간들이 악마보다 더 끔찍한 세상이다. 내게는 난쟁이 친구가 있다. 그는 솔직하다. 악마를 싫어하고 천사는 피곤하게 여긴다. 그가, 나와 단둘이 있는 자리에서 말했다.

"인간이 아닌 생명체들도 꿈을 꾼다."

"잠 잘 때 꾸는 꿈?"

"그것도 그렇고. 이루어졌으면 하는 꿈도 있겠지."

"네 문학적 판타지라고 본다."

"쥐는 인간이랑 유전적으로 얼마나 비슷할까?"

"……글쎄. 사람이 쥐랑 뭐가 비슷하겠어."

"88퍼센트."

"헉. 쥐가?"

"개 84퍼센트. 소 85퍼센트. 닭 65퍼센트. 오리너구리 69퍼센트. 침팬지 90퍼센트."

"그런 식으로 늘어놓으니 사람이나 짐승이나 별 차이가 없네."

"초파리 45퍼센트. 꿀벌 44퍼센트. 회충 38퍼센트."

"미치겠다."

"포도 24퍼센트."

"……."

"빵의 효모 18퍼센트."

"……."

"개 한 마리만 키워 보면, 녀석들에게도 영혼이 있다는 걸 분명히 알 수 있지. 잠꼬대를 하거든. 가위에도 눌리고.

우리와 유전적으로 비슷한데 왜 무의식이 없겠어? 어떤 향유고래는 백년을 산다. 어떤 거북이는 오백 년을 살고. 사람보다 오래 살면서, 혹은 몇 배를 오래 살면서, 그 긴 시간 동안 왜 꿈을 꾸지 않겠어? 왜 희망 같은 게 없겠어?"

내 친구 난쟁이는 심지어 바이러스에게까지 어떤 정령(精靈)이 있다고 믿는 듯하다. 이를테면 코로나 바이러스에게도 말이다. 바이러스가 생명체인지 아닌지에 관한 논쟁은 그것이 최초로 발견된 1892년부터 끊이질 않았다. 바이러스는 유전형질과 재생산능력, 자연선택의 대상 등 유기체의 여러 특징들을 갖추고는 있지만, 세포벽이 없고 영양분을 에너지로 전환 못 하며, 생존하고 재생산하기 위해서는 숙주가 필요하다. 또한 바이러스들은 숙주의 면역체계로부터 자기를 보호하려 숙주세포를 모방해 위장하고 숙주의 세포막 안으로 접어들기도 한다. 자신을 위해서 다른 존재에 스며드는 것들, 나는 이런 것들이 옳건 그르건 다 무섭다. 난쟁이는 강자(强者)다. 그는 눈에 보이지 않고 귀에 들리지 않는 것들도 믿고자 하면 믿는다. 나는 난쟁이가 무섭다. 그는 혁명가 타입인 것이다.

난쟁이는 소설가다. 지난주 월요일부터 그는 유서를 작성하기 시작했다. 마무리까지는 보름 정도가 더 걸릴 거라고 하였다. 글자 수가 많아서가 아니라고 했다. 기껏해야 A4용지 두 장 안에 10포인트 크기 함초롱바탕체로 죽음과 삶을 스스로 정리하는 일이 보통의 시력(詩力)으로는 버겁기 때문이리라. 이것이 잘 정리되면, 그는 마음 편히 남은 인생을 마저 살아 낼 수 있을 것 같다고 말했다. 요즘은 어떤지 모르겠으나, 과거 일본소설 속에는 편지가 자주 등장했다. 아예 서간문학도 많았다. 내가 한 시절 오래된 일본문학을 좋아했던 이유다. 나는 한국인들이 '진짜 편지'를 좀 많이 썼으면 한다. 종이 위에 펜으로 한 글자 한 글자 꾹꾹 눌러서 편지를 쓰는 일은 사람을 안정시킨다. 한국인들은 정이 많다고는 하나 너무 사납다. 한국사회가 이 지경인 것은, 한국인들 각자가 불구덩이이어서다. 나를 포함해 한국인들은 가엾다. 사나운 것은 가엾고, 사나운 것들끼리 바득바득 모여 살아야만 하는 일은 더욱 가엾다. 각설하고, 나는 난쟁이의 유서가, 문득 편지가 쓰고 싶어서 쓰는 그런 글이었음 한다. 꼭 편지가 아니어도 좋으나 편지 같은 글. 죽음이라는 먼 행성에서 이 지구를 향해 천천히 적어 내려가는 마음. 누구에게 도착하는 것인지 모르고, 설령 아무도 읽어 주지 않은들 아무 상관이 없는 편지. 살아 있는 동안 이런 일이 이번 한 번뿐이라면, 나쁠 게 대체 뭐란 말인가. 무의미는 편안함이다. 좋은 유서란 그런 것이리라. 전부 놓아 버리기 위해 쓰는 것이지 이것저것 챙기기 위해 쓰는 게 아니리라. 난쟁이는 자신이 이미 파괴된 인간임을 잘 알고 있다고 했다. 결코 복구될 수 없다는 그 사실이 도리어 자신을 자유롭게 해 준다고도 했다. 방황이란 무엇이냐고? 난쟁이의 대답은 이렇다.

— 나를 사랑하지 않는 것들, 내가 사랑하지 않는 것들 곁에 있는 것. 그러나 그러한 경험이 없다면 제대로 성장하지 못하는 일.

모색이란 무엇이냐고? 난쟁이의 대답은 또한 이렇다.

— 무엇을 사랑할 것이고 무엇을 사랑하지 않을 것인지를 고뇌하는 것. 그러나 그러한 시간이 지나치게 길어지면 아무것도 사랑할 수 없게 돼 버리는 일.

시궁창의 어둠에 웅크린 채 잠든 쥐도 사람과 같은 꿈을 꾼다고 믿는 난쟁이는 지난밤 오래 전에 돌아가신 어머니를 꿈속에서 만났다고 하였다. 흰색 홈드레스를 입고 난쟁이의 어린 시절 그 집 그 화장대 거울 앞에 앉아 계셨다 한다. 엄마가 오른손 검지로 당신의 오른쪽 볼을 가리키면서 요기에 뽀뽀를 해 달라기에 난쟁이는 엄마가 원하는 그대로 뽀뽀를 쪽, 하고 해 드렸다. 그러고 나서, 그가 아까 자신이 그린 흰 고래 그림을 나무 벽에 고정하려다가 떨어뜨린 뒤로 못 찾고 있는 압정 얘기를 좀 나누다가, 꿈에서 깨어났다. 난쟁이는 한동안 아무 생각이 없다가, 약간 슬펐다. 하지만, 몸이 아프지 않은 어머니를 보아서 좋았다고 하였다.

천사인 척하는 인간들이 악마보다 더 끔찍한 세상에서 살아가고 있다고 생각하는 나는, 악마를 싫어하고 천사는 피곤하게 여기는 솔직한 난쟁이 친구에게 어제 오후 어느 한적한 카페에서 내가 본 것을 말해 주었다. 아주 잘생긴 바리스타 청년이었다. 한참 떨어진 구석 자리에서 책을 읽다가 우연히 지켜보게 되었는데, 찻잔들을 가만가만 씻으면서 소리 없는 눈물을 흘리고 있었다. 무슨 사연일까? 청춘들에게는 울 일들이 많다. 그걸 다 울고 나서야 비로소 노인이 될 수 있다. 그리고 이러한 생각을 가지고 있는 나는 청년과 노인의 사이, 청년 쪽보다는 노인에게 더 가까운 어디쯤에서 노인을 향해 저벅저벅 걸어가고 있는 중이다. 더 이상 사랑의 기쁨을 느낄 수 없게 되었을 때가 아니라, 더 이상 사랑의 아픔을 느낄 수 없게 되었을 때 인간은 늙은이가 된다. 나는 오리너구리와 닭도 꿈을 꾼다고 믿는 난쟁이에게 말했다. 나는 그 잘생긴 바리스타 청년의 고요한 눈물이 좋았노라고. 사이코패스와 소시오패스가 일반화된 세상에서, 무엇 때문인지는 몰라도 무엇에게 슬퍼하는 사람은 아름답다. 무엇보다, '조용히 홀로' 슬퍼할 줄 아는 사람이 가장 아름답다. 예수께서 말씀하셨다. 남 보는 데서 큰 소리로 기도하지 말라고. 너희는 아무도 없는 방 안으로 혼자 들어가 문을 걸 어 잠그고 기도하라고. 슬퍼하는 일은 기도하는 일이다. 마 음이 약하면 죽임을 당하게 되는 세상. 슬픔도 흉기 삼아 휘 두르는 세상이다. 이제는 내가 어떤 글을 써도 감히 어느 정 도의 수준은 유지할 수 있다고 자신하는 까닭은 내가 잘나 서가 아니다. '인간에 대한 나의 불신'이 완성되었기 때문이 다. 사람들을 사랑한다고 광장에서 외치는 사람을 나는 경 멸한다. 그의 유전자는 거짓말쟁이의 유전자와 100퍼센트 일치한다. 반면, 좀 기이한 베이스에서 인간을 너그럽게 바 라보는 사람도 있다. 막 환갑을 넘은 어느 언론인은 1980년 대에 전설적인 마르크시스트 운동권이었는데, 어찌어찌 시 대의 격류에 떠밀려 옛 소련에도 갔다가 이후 난데없이 유 고와 아프리카의 내전 등에서 종군기자를 하기도 하였다. 그는 이 사회 이 나라에서 아무리 더럽고 심각한 일들이 벌 어져도 실실 웃는다는 소리를 주변으로부터 자주 듣는다고 한다. 그는 아이들과 여인들이 집단으로 강간당하고 도륙당 하는 것을 직접 본 사람이다. 인간이 인간을 멸종시키겠다 며 죽여서 정말 산처럼 쌓아 놓고 기념사진 찍는 것을 제 두 눈으로 똑똑히 본 사람인 것이다. 지옥보다 더한 세상과 악 마보다 더한 인간들을 이미 본 마당에 뭐 이 사회 이 나라이 멍청이들 정도면 좋은 사회 좋은 나라 착한 사람들 아니겠냐고 내게 되묻는다. 과연 득도(得道)와 해탈(解脫)에는 죽음처럼 순서가 없다지만, 방법과 그 결과도 저마다 다른가 보다. 그러나 정작 내게 훨씬 더 인상적이었던 것은, 사람들이 이데올로기를 표방하는 집단에 매몰되는 원인에 대한 그의 아래와 같은 견해였다.

"인간은 어디에 소속되고 싶어 한다. 혼자 못 있어. 들어가서 용해돼 버리면, 나중에는 나가고 싶어도 겁이 나서 나갈 수가 없다. 나가고 싶어 할 줄이나 알면 다행이지. 그 사실조차도 자각하지 못한 채 죽는 그 순간까지 쭉 그대로 간다. 거의 모든 인간들은."

애에? 고작 그거라고? 뭐 이런 충격적인 허무개그가 다 있단 말인가. 하지만 나는 저 고백을 하고 있는 그 인간의 무게를 감히 무시할 수 없었다. 순간, 나는 괴테의 『파우스트』에 나오는 한 구절을 떠올렸다.

— 벗이여, 모든 이론은 회색이고, 영원한 것은 저 푸른 생명의 나무라네.

레닌이 당대의 이론가들을 논파하여 혁명을 밀어붙이기 위해 자주 인용하던 대목이라고 한다. 기가 차서 말문이 막힌다. 똑같은 말도 시대와 상황과 사용자에 따라서 얼마나 효과적으로 오용될 수 있는지를 본다. 내가 굳이 여기서 '악용'이 아니라 '오용'이라는 단어를 선택한 것은 레닌이 저 말을 인용했을 적에는 과학적 판단에 의한 진심이었을 것이기 때문이다. '그때'는 '진실'이었다. 그러나 '오랜 세월이 흐른 뒤' 보니, '엄청난 거짓'이 되어 있는 것이다. 바로 여기에 '역사의 사악함'이 있다. 인간이 역사 앞에 겸손해야 할 이유에 다름 아니다. 예수께서 십자가 처형을 당할 적에 그의 곁에는 그의 제자들이 하나도 없었고, 구원받은 강도와 이름 없는 여인들만이 있었음을 우리는 자꾸 잊는다. 한 인간이 다른 모든 인간들에게 겸손해야 할 이유이기도 하다. 이 두 가지 겸손만 챙기고 살아도 우리는 모든 어둠을 피해 가지는 못할지언정 타인의 어둠이 되지 않을 수는 있는 가능성이 매우 높아진다. 내 친구 난쟁이는 악당은 아니다. 다만 그는 몇 가지의 악의들을 쓸쓸한 기도처럼 사용하곤 한다. 나아가 절대 풀리지 않을 문제를 두고 복잡하게 생각하는 것은 고통에 대한 중독일 뿐임을 누구보다 잘 알고 있다.

"왜 그랬어?"

"……."

"그렇게 오랫동안."

"……모르겠어요."

"……."

"그냥……."

"……."

"……사는 게 내 뜻대로 되지가 않았어요."

초파리와 꿀벌도 꿈을 꾼다고 믿는 난쟁이가 자신이
요즘 쓰고 있는 소설의 대사들 가운데 가장 마음에 드는 부
분이라고 한다. 뭐, 나쁘지는 않은 거 같다. 그리고 맞는 얘
기 같다. 후회와 아쉬움이 아주 없기야 하겠냐마는 돌이켜
보면 정말로 지난 일들이란, 가까운 것이건 먼 것이건 간에,
적어도 당시의 나로서는 어쩔 수 없는 것들이었던 것 같다.
그 어리석음마저도 사실은, 죽을 만큼 힘들어서, 죽는 것보
다는 차라리 그게 나을 것 같아서, 그렇게 해서라도 어떻게
든 살아 보려고 그랬던 거겠지. 타인에게만 너그럽고 자신
에게는 엄격한 게 정답인 거 같지만, 타인과 자신 양쪽에 공
평하게 너그러운 것이 이른바 '낙천(樂天)의 지혜'다. 아마
도 서구 문명에서는 이것을 유머(humor)라고 부르는 모양
인데, 낙천은 나사가 풀린 상태가 아니라, 자기과신과 오만
의 대적(對敵)일 뿐이다. 이렇게 낙천하는 이는 페르소나(누
구의 배우/가면)가 아닌 캐릭터(자기 자신)로 살아간다. 단 하
루 단 한순간을 살더라도 남이 아닌 '나'로 살다가 죽어야
옳다. 그래야 사랑도 할 수 있고 이별도 할 수 있다. 가면에

게는 실패하는 연극밖에는 없다. 캐릭터만이 자신의 언어와 행동으로 '질문'한다. 질문하지 못하는 인간은 인형(人形)이다. 질문하는 이가 인간이다. 사랑에 대해 질문한다는 것은 인생과 죽음에 대해 질문한다는 것이며, 신에 대해 질문하는 것은 사랑에 대해 질문하는 나를 포기하지 않는 것이다. 이런 사람이 '조용히 홀로' 슬퍼할 줄 아는 사람이 된다. 남 보는 데서 큰 소리로 기도하지 않는다. 아무도 없는 방 안으로 홀로 들어가 문을 걸어 잠그고 기도한다. 어디 소속되지 않은들 아무렇지도 않다. 지금 속한 곳이 있어선 안 되는 곳이라는 판단이 서면 뒤도 안 돌아보고 떠나 버린다. 그는 그리하는 것이 자신은 물론 타인과 세상에게도 매우 유익한 일임을 의심하지 않는다. 이런 사람 앞에서 사람은 다 그저 사람일 뿐이다. 역사라는 요술상자 속에서 대단하다고 기록되는 사람이야 있겠지. 그러나 그게 얼마나 진실인지는 아무도 장담할 수가 없을 뿐더러 늙어서 죽건 병들어 죽건 사건사고로 죽건 죽으면서까지 대단한 인간은 결단코 없다. 나는 공산주의가 현실에서 실현되지 않는 중요한 이유를 몇 가지 알고 있는데, 그중 하나만 밝힌다면, 모든 인간은 이미 자신만의 불행과 죽음 앞에서 평등하기 때문이다. 살바도르 달리는 85세에 죽었다. 그는 반 고흐처럼 가난하고 불우하지 않았다. 달리는 파블로 피카소만큼의 부와 명예, 그밖에

한 인간으로서 누릴 것들을 정말이지 실컷 다 누렸다. 그런 그도 아내가 89세로 세상을 떠난 뒤 파킨슨병과 우울증, 자살 기도, 침실 화재로 인한 수술 등에 시달리며 끔찍한 만년(晚年)을 보내다가 폐렴과 심장병 합병증으로 죽었다. 뿐인가. 죽은 뒤에는 친자확인소송에 DNA가 필요하다며 법원이 관 뚜껑까지 열었다. 이게 인생이다. 인간의 몸속에 웅크리고 있는 회충은 불쌍한 인간들에 관한 꿈을 영화처럼 꾼다. 쥐와 사람은 크게 다르지 않다. 인간에게 세상은 쥐덫과 같으니까. 어려서부터 나는 권력자보다 위대한 것이 혁명가라고 생각해 왔다. 나이를 먹어 갈수록 나는 많은 혁명가들을 만났다. 그리고 그들 중에 혁명가는 단 한 명도 없었다. 놀라운 일이었다. 그들이 전부 캐릭터가 아니라 페르소나라는 사실 말이다. 내가 만약 인간을 신뢰했더라면 정치를 하고 있었을 것이다. 나는 인간을 불신하기에 문학을 선택했다. 그렇다고 해서 내가 그들 때문에 우울해질 필요는 없었다. 인생이 우스꽝스럽다는 진실이야말로 오히려 인간을 구원해 주니까. 우리는 누군가에게, "그래, 너나 나나 안 죽었으니 됐다." 이렇게 말해 줄 수 있어야 한다.

바이러스는 라틴어로 '독(毒)'이라는 뜻이다. 포도와 빵의 효모도 꿈을 꾼다고 믿는 난쟁이는 바이러스에도 영혼이 있다고 믿는 듯하다. 나는 그 정도까지는 아니지만, 무엇이든 우리에게로 온 것에는 그것만의 섭리 내지는 의미가 있으리라 간주한다. 심지어는 그것이 재앙이라고 해도 말이다. 재앙은 인간으로 하여금 평소에는 하지 않던 일들, 할 수 없었던 일들을 하게 한다. 가령, 스스로를 돌아보는 일 같은 거. 우리의 삶과 죽음, 타인과 세상, 눈에 보이는 것과 보이지 않는 것, 귀에 들리는 것과 들리지 않는 것 등에 관한 깨달음 같은 것들. 알베르 카뮈의 『페스트』는 194×년 오랑이라고 하는 알제리 해안에 있는 한 도시에서 쥐들이 각혈을 하며 죽어나가는 장면으로 시작한다. 그리고 책의 맨 마지막은 인간이 페스트를 물리치거나 소멸시킨 게 아니라 페스트 스스로 사라진 것이며 대신 언제고 "인간들에게 불행과 교훈을 주기 위해 페스트가 쥐들을 다시 깨우고, 그 쥐들을 어느 행복한 도시로 보내 죽게 할 날이 오리라는 사실"을 이야기하고 있다. 물론 나 역시 내가 이런 코로나 바이러스, 일종의 '페스트의 은유' 속을 실제로 살아가게 될 줄은 꿈에도 몰랐다. 나 하나 죽는 것은 별 문제가 아니다. 막말로 죽으면 그뿐이다. 이런 심정으로 살게 된 지 이미 오래도 되었고. 그러나 만약 내가 어느 병원으로 잡혀 들어가 격리되거나 죽으면, 토토가 걱정인 것이다. 그런데, 나의 존경하는 편집장께서 내 유고시에는 자신이 토토를 맡아 줄 터이니 아무 두려움 갖지 말라고 하는 게 아닌가. 나는 너무나 감동하여 침묵처럼 울었다. 과연 보라. 재앙을 통해서 나는 이렇게 나의 진정한 친구가 누구인지를 알게 되는 것이고, 또한 잘생긴 바리스타 청년의 고요한 눈물이 어쩌면 속상함의 눈물이 아니라 나의 눈물처럼 감동의 눈물이었는지도 모른다는 아름다운 희망을 가지게 된 게 아닌가. 게다가 이런 재앙이 없다손 치더라도 평소에 마스크 좀 쓰고 사는 게 각자의 건강에 여러 모로 나쁠 일이 없겠다 싶고, 인간들이 보기 싫은 얼굴들 좀 가리고 살아 주면 서로의 정신건강에 이 아니 좋지 아니하겠는가 말이다. 특히 한국인들은 이렇게 마스크를 쓰고 지내니 훨씬 덜 소란스럽고 예의도 있어 보이고, 무엇보다 '개인'이 살아 있는 '현대인'으로서의 소양이 발전한 듯해 뿌듯하기까지 하다. 이런 게 바로 '낙천'이라는 것이다.

나는 나의 난쟁이 친구처럼 이 코로나 바이러스에 정령이 있다고는 믿지 않지만, 이 시련이 우리에게 지혜를 주고 우리를 강하게 하리란 걸 믿는다. 참다운 성공이라 함은 뭐 대단히 빛나는 일들이 아니라 참혹한 고통 속에서도 다시 일어나 새로 시작해 본 그 경험 자체이기 때문이다. 신은 고흐에게나 달리에게나 공평하셨다. 왜냐고? 그 둘 다 우리와 같은 인간이었기 때문이다.

　1945년 드레스덴 대공습에서도 살아남았으나 2007년 자신의 뉴욕 아파트 계단에서 굴러 떨어져 며칠 뒤 숨을 거둔, 내가 이 세상 소설가들 가운데 난쟁이 다음으로 가장 사랑하는 커트 보니것은 '예술가의 일'에 관하여 다음 두 가지를 남겼다. 첫째, 예술가는 자신이 온 세상을 바로잡을 수 없다는 걸 인정한단다. 둘째, 예술가는 최소한 이 세상의 작은 부분이라도 바람직한 모습으로 만든단다. 찰흙 한 덩어리, 캔버스 하나, 종이 한 장 등 뭐가 되건 말이지.

　이에, 대한민국이라는 이 이상한 나라에서 글로 하는 일들 중에는 안 해 본 일이 거의 없는 괴승(怪僧) 같은 작가인 나는, '인간의 일'에 관하여 다음 두 가지를 당부하는 바이다. 첫째, 카르페 디엠, 현재를 즐겨라. 둘째, 메멘토 모리, 너의 죽음을 기억하라.

　지난 봄 어떤 낯선 여자와 묘한 첫 데이트가 성사되어 횟집에 마주앉았을 적에, 소주를 마시던 그녀가 갑자기 감방 동기들이 보고 싶다면서 눈물을 글썽일 때에도 나는 위의 두 가지를 상기하며 급성 우울을 극복할 수 있었다. 알겠는가. 세상의 온갖 환란들은 평소 우리가 감사한 줄도 모르고 살아가던 것들에 사과하고 아직 남아 있는 그러한 것들에 정식으로 감사인사를 보내게 해 준다. 사랑한다고 속삭이게 해 준다. 사랑에 대해 질문하는 나를 포기하지 않게 해 준다. 신께서 이러한 우리를 포기하실 리가 있겠는가.

어제와 오늘 「저녁의 아름다운 노래」라는 시를 한 편 썼고, 아직은 제목을 정하지 못한 노랫말 하나를 썼다. 저녁 숲을 거닐며 바다의 거대한 고래를 상상하는 소년에 대한 이야기가 그 시가 되었고, '슬픈 꿈을 꾸었으니'라는 말로 그 노랫말은 시작된다. 나는 마음이 안 좋을 적마다 고래 그림을 자주 그린다. 주로 대왕고래를 그린다. 어떤 향유고래는 백 년을 살고, 나는 허먼 멜빌의 『모비딕』을 세 번이나 통독했음에도 종종 성서처럼 들춰 본다. 그리고 지난밤 나는, 오래 전에 돌아가신 어머니를 꿈속에서 만났다. 흰색 홈드레스를 입고 내 어린 시절 그 집 그 화장대 거울 앞에 앉아 계셨다. 엄마가 오른손 검지로 당신의 오른쪽 볼을 가리키면서 요기에 뽀뽀를 해 달라기에 엄마가 원하는 그대로 뽀뽀를 쪽, 하고 해 드렸다. 그러고 나서, 아까 잠들기 전에 그린 흰 고래 그림을 나무 벽에 고정하려다가 떨어뜨린 뒤로 못 찾고 있는 압정 얘기를 좀 나누다가, 꿈에서 깨어났다. 나는 한동안 아무 생각이 없다가, 약간 슬펐다. 하지만, 몸이 아프지 않은 어머니를 보아서 좋았다. 그리고 금방 우연히 마룻바닥에서 압정을 발견하였고, 엄마는 내가 이런 작고 날

카로운 것에도 다치지 않길 바라시는구나, 하고 생각하였다. 하얀 고래에 대한 진실은 이렇다. 고래는 나이를 먹어 가면서 상처가 늘어 가고, 그것들이 아문 자리가 바다에서는 하얗게 보인다고 한다. 흰 고래의 신비로운 흰빛은 상처의 빛이다. 인간이라고 다를까.

고백하건대, 나는 눈에 보이지 않고 귀에 들리지 않는 것들도 믿고자 하면 믿는다. 나는 '남몰래' 좋은 종교인이 되기 힘들어 나의 뛰어난 군인은커녕 예나 지금이나 방랑자일 뿐이다. 나는 솔직한가? 내 문학은 겨우 어디까지 솔직해질 수 있는 것일까? 나는 천박해 무사(武士)도 시인도 못 된다. 대체 이런 엉터리 주술사(呪術師)가 어디 있단 말인가. 나는 괴승(怪僧)일 뿐이다. 이제 문득, 내 유일한 친구인 난쟁이 소설가는 겨자씨만큼 작아져 내 손바닥 위에 놓여 있다. 나는 그것을 홀씨처럼 입김으로 불어 날린다. 그를 버리는 것이 아니다. 떠나보내는 것이 아니다. 그는 어딘가로 가서 무슨 이름으로든 자라 나무가 될 것이다. 나는 이렇게, 나 자신을 위해서 다른 존재에 스며들었던 나와 이별한다. 나의 난쟁이는 이제 반딧불이가 되어 먼 우주로 날아가고 있다. 내가 너무 싫어서 싫어할 수밖에는 없었던 사람. 이 별에서 이별을 꿈꾸게 했던 사람. 인생은 우스꽝스럽지 않다고 내게 속삭여 나를 괴롭혔던 사람. 나를 영원히 떠

287

날 것 같지 않던 아픔 같은 나. 내 속에서 나온 나의 또 다른 나. 그가 저기 사라지고 있다. 슬픈 꿈을 꾸었으니, 좋은 일이 있을 거야. 어둠 속에 있다고 하여도 그것은 어둠이라고만 말하렴. 그가 내게 남긴 말이다.

(2020.8.)

타투가 있는 그 사내는 왜 서쪽으로
갔는가?

「달마가 동쪽으로 간 까닭은?」이라는 영화가 있다. 1989년, 한국영화계와는 아무 관련 없이 하늘에서 혼자 뚝, 떨어졌던 영화. 조용한 천둥벼락 같은 영화. 감독을 비롯한 대부분의 것들이 수수께끼였던 영화. 그 이후로도 비밀의 안개가 채 다 걷히지 않고 있는 영화. 어쩌면 오히려 더 깊은 질문들 속으로 멀어져 가고 있는 영화. 한국대중의 불면증 치료에 큰 도움이 되었을 영화. 「달마가 동쪽으로 간 까닭은?」. 이렇듯 내용보다는 제목이 세상을 지배하는 경우가 있다. 제대로 읽은 이가 몇이 안 돼도, 혁명이라기보다는, 혁명에 관한 영원한 분란을 일으키는 칼 마르크스의 『자본론』처럼. '인간'이 뭔지도 모르면서 '인간적인 것'들을 우기고 따져 가며 서로 싸우고 살육하는 인간들처럼. 달마가 동쪽으로 간 까닭은? 저 죽은 사과나무가 에덴동산 언덕 위에서 있는 까닭은? 뭐 그런 거지, 대충 알아서 아무것도 모른다는 것은. 그래도 별일 없는 것은. 그래도 별일 없다고 생각해서 무서운 일은. 그런 일들은. 우리는 누군가가 설명해 주기를 바라는 것 같지만, 사실은, 아무도 설명해 줄 수 없는 것들에 매혹되곤 한다.

가족관계증명서를 들여다보고 있으면 멍해진다. 그 16절지 안에는 나 말고 두 사람이 더 있는데 둘 다 죽은 사람이다. '사망'이라는 글자는 '어떤 일이 있어도 다시는 만날 수 없음.'을 뜻한다. '완전한 이별'인 거지. 그런데, 어머니에게는 생몰연월일은 물론이고 '사망'이라는 단어조차 기재되어 있지를 않다. 그저 이름만 덩그러니 있다. 주민센터 공무원에게 까닭을 물으니, 돌아가신 지 너무 오래된 이의 경우 서류에 그렇게 나온다고 한다. 이게 보통사람의 죽음 뒤 존재다. 여기서 얼마만큼의 시간이 더 흐르면 가족관계증명서 따위를 뽑아 볼 아들조차 세상에서 없어질 것이다. 나쁜 일도 좋은 일도 아니지만, 좋은 일에 더 가까울 수도 있다. 한 번뿐인 인생, 과거도 없고 미래도 없이, 순간순간을 살다가 죽음 뒤 완전 소멸되면 그뿐인 것이다. 이의를 제기 못하는 깨끗한 진실. 뭐가 남아야 고민이 있지. 고민은 허상이다. 허무주의자만 방황할 뿐, 허무주의 자체는 해탈이다.

아직 생몰연월일이 남아 있는 내 아버지는 괴짜라면 괴

짜였다. 예술가와는 전혀 다른 삶을 살았던 그였지만 그의 언행들을 돌이켜보면 그게 그의 숨겨진 예술성이었는지도 모른다는 생각이 든다. 가령, 아버지의 유언은 다음 세 가지였다.

첫째, 보증을 서지 마라.
둘째, 의형제를 맺지 마라.
셋째, 문신을 새기지 마라.

첫째와 둘째는 타인과의 관계에 대한 부탁이다. 타인과 경제적인 책임을 나누지 말 것은 물론이요 인간을 과신하지도 과신 받지도 말라는 뜻이다. 예수도 비슷한 말을 했다. "또한 옛사람에게 말한바 헛된 맹세를 하지 말고 네 맹세한 것을 주께 지키라 하였다는 것을 너희가 들었으나, 나는 너희에게 이르노니 도무지 맹세하지 말지니 하늘로도 말라. 이는 하나님의 보좌임이요. 땅으로도 말라. 이는 하나님의 등상임이요. 예루살렘으로도 말라. 이는 큰 임금의 성임이요. 네 머리로도 말라. 이는 네가 한 터럭도 검고 희게 할 수 없음이라. 오직 너희 말은 옳다 옳다, 아니라 아니라 하라. 이에서 지나는 것은 악으로 좇아 나느니라." 요컨대, 판단은 하되 맹세는 하지 말라는 말씀. 이런다고 내가 내 죽은 아버지를 예수 급으로 추켜세우려는 것일 리는 없다. 함께 한 이승의 시간 동안 우리는 사이가 좋지 않았다. 그가 판단 하기에 아들은 괴짜 중에서도 '쓸모없는 괴짜'였다. 그는 내 가 문인인 것을 싫어했고, 내가 영화를 하는 것을 더 싫어했 고, 내가 교수를 그만둔 것을 가장 싫어했다. 나는 아무것도 맹세해 주지 않았다.

　아무튼. 세 번째는 오로지 나 자신에 관한 항목이다. 내 몸뚱이에 꽃을 그리건 악어를 그리건, 그건 내가 나에게 하 는 짓이니까. 내가 문신을 하고 다닌다고 해서 날 조직폭력 배로 볼 만큼 심약하고 상상력이 지나친 사람은 없을 테니 까. 지난해 가을이던가, 영화평론가 김봉석이 타투(tattoo) 를 하고 나타났다. 늙어서 주책도 주책이려니와, 우리가 어 느 횟집 접시에서나 흔히 보게 되는 '그 파도무늬'를 새겨 넣은 것이다, 왼편 어깨에.
　"왜 그런 걸 그려 넣었어?"
　"좋으니까."
　왜? 횟집 메뉴판을 새겨 넣지 그랬냐. 차마 이런 말을 해 주진 못했지만, 나는 타인을 이해할 수 있다고 믿는 것이 얼마나 큰 교만인지를 깨달았다. 그리고 바로 그 순간, 이런 생각이 싸악─ 하고 스치는 거였다.

나도 문신을 해 볼까?

안 될 게 뭐란 말인가. 사이가 좋지도 않았던 그의 유언을 내가 왜 따라야 한단 말인가. 게다가 그럼에도 불구하고 나는 첫 번째와 두 번째 유언은 잘 지켰고 앞으로도 그럴 텐데. 이만하면 돌아가신 아버지가 만약 어디서 나를 지켜보고 있다고 한들 날 비난할 순 없는 거 아닌가 말이다.

자신의 아버지와 편지들을 많이 주고받았고 또 그 내용이 중요한 기록으로 남겨진 대표적인 인물로는 프란츠 카프카와 칼 마르크스가 있다. 카프카의 모든 작품들 가운데『아버지에게 드리는 편지』를 가장 좋아한다는 뭔가 척, 하기 좋아하는 어떤 재수 없는 위인을 술자리에서 본 적이 있다. 카프카는 평생 아버지의 존재적 무게와 그늘에 짓눌렸고 시달렸더랬다. 그의 소설은 거의 예외 없이 그의 그러한 세계관이 반영된 결과물들이다. 1818년 5월 1일 '어린이날'에 유대인 변호사의 아들로 태어난 마르크스는 김나지움에서 5년간 공부한 뒤 1835년 10월 본대학에 입학했다. 마르크스의 부친은 아들이 변호사가 되어 가업을 잇기를 바랐다. 근데 웬걸, 마르크스가 심취했던 것은 법학이 아니라 문학, 특히 '시창작'이었다. 마르크스는 하이네와도 친분이 있었고,『자본론』에는 셰익스피어, 괴테, 발자크 등의 문학작품 속 등장

인물과 표현 들이 그대로 혹은 패러디되어 등장한다. 청년 마르크스가 쓴 시들은 그가 아버지와 나누었던 편지들처럼 잘 보존되어 요즘 우리들도 책으로 읽어 볼 수 있다. 마르크스는 문학에 소질이 없었다. 만약 그가 라이너 마리아 릴케처럼 시를 잘 썼더라면 세계사는 지금의 것과는 엄청나게 달랐을 것이다. 이런 마르크스는 모범생이 아니었고, 온갖 탈선들 끝에 사브르 결투까지 벌여 왼쪽 눈 위를 다치기도 했다. 마르크스 부자지간은 세월이 흐를수록 더욱더 사이가 안 좋아졌다. "마치 경계표처럼, 한 시기의 종료를 알리면서도 동시에 어떤 새로운 방향을 분명하게 가리키는 인생의 순간이 있는 것입니다."라는 1837년 11월 10일자 마르크스의 편지에 아버지 하인리히의 답장은 이러했다.

"너는 부모를 속상하게만 하고 기쁘게 해 주는 것은 단 하나도 없는 놈이다."

나도 아버지에게 이와 비슷한 말을 들은 적이 있다. 아니지, 더 심한, 천만 배는 더 심한 소리였지. 하지만 나는 마르크스와는 달리 시에 소질이 있었고, 그래서 나 때문에 레닌이나 스탈린이나 마오쩌둥이 나타나지도 않았고, 소련이 생기거나 공산주의가 전 세계의 절반 이상을 점령하는 일도 벌어지지 않았다. 이 사실 하나만으로도 나는 위대한 시인인 것이다.

마르크스와 나의 차이는 또 있다. 아들을 욕하는 저 편지를 쓰고 나서 반년 후 트리어에서 마르크스의 아버지는 사망했고, 베를린에 있던 마르크스는 장례식에 참석하질 않았다. 둘은 '완전한 이별' 이전에 화해하지 못했던 것이다. 반면 나는 말년에 병원에 누워 고생하던 아버지를 제법 열심히 돌보았고, 어느 밤 어느 순간, 아버지는 내게 나를 쓸모없는 괴짜로 보았던 것을 조용히 사과했다. 나는 그게 괜히 싫었고, 괜히 슬펐다. 그리고 아버지는 얼마 뒤 나와 완전히 이별했다.

장례식장에서 상주로 서 있으면서, 나는 아버지의 지인들 가운데 사회적으로 약자인 친구와 후배 들이 많이 찾아와 엉엉 우는 것을 물끄러미 바라보며, 그들이 자신들을 지켜 주고 격려해 주고 위로하던 자신들의 대장을 잃었다는 것을, 자신들의 '의형제'가 죽어 애통해하고 있음을 알았다. 사랑하며 살아가다 보면, 우리는 의형제를 맺지 않아도 누군가의 의형제가 되고, 굳이 보증을 서지 않아도 누군가의 증명이 된다.

영화평론가 김봉석의 놀라운 문신을 본 뒤 한참이 지났어도 아직까지 나는 문신을 하지 않았다. 아버지와 했던 화해가 마음에 걸려서만은 아니다.

지울 수 없는 것은 몸에 일부러 새기지 마라. 문신을 하건 말건 간에, 모든 인간들은 나이가 들어가면 갈수록 얼굴부터 발끝까지 지울 수 없는 마음의 상처로 문신이 새겨진다. 아직 노인이 된 것은 아닌데도, 이미 내 몸에는 너무 많은 보이지 않는 문신들이, 그러나 지워지지 않는 문신들이 새겨져 있다. 나는 그 문양들의 의미를 모르고, 전부 무의미한 그저 흉터인 것만 같아 괴롭다. 어쩌면 이게 삶인지도 모르지. 이게 내가 문신을 하지 않는 이유다. 인생이 뭐냐고? 다 알면서도 모른 척해 주는 것, 그게 인생 아닐까? 사랑하는 너에게, 다른 누구도 아닌 바로 나 자신에게 말이다. 파도가 많은 인생에서 제 왼편 어깨에 횟집 접시의 파도무늬를 그려 넣는 사람도 있는 것이다.

나는 내 아버지에게 편지를 쓴다.

"마치 경계표처럼, 한 시기의 종료를 알리면서도 동시에 어떤 새로운 방향을 분명하게 가리키는 인생의 순간이 있는 것입니다. 아버지."

아버지가 말씀하신다.

"타투가 있는 그 남자는 왜 서쪽으로 갔는가?"

삶은 아무도 설명해 줄 수 없는 매혹 같은 영화다. 영화를 찍다 보면, 아버지와 아들은 사이가 안 좋을 수도 있는 것이다. '사망'이 '완전한 이별'이라면, '사랑'이라는 말에도 다른 뜻들이 포함되어 있을 것이다. '그리워하고 있음. 많이 미안하고, 이미 다 용서했음.' 이러한 이것은 옳은 말이고, 나는 아무것도 맹세하지 않아 행복한 시인이다.

(2021.4.)

6부

성찰하는 괴물

성찰하는 괴물

어느 순간 어떤 질문 하나가 누군가의 가슴에 날아와 박혀 그의 나머지 삶 전체를 지배하게 되는 경우가 있다.

— 나는 무엇과 어떻게 싸워야 하는가?

편견과는 달리, 투쟁이 없는 인생은 즐겁지 않다. 인간의 지옥은 고통이 아니라 무의미인 것이다. 이러한 실존적 굴레에서 벗어난 이를 우리는 철인(哲人) 내지 도인(道人), 부처 혹은 주님이라 불러 줘야겠으나 우리 모두가 철인이라든가 도인, 부처이거나 주님일 수 없다는 사실만이 아니라, 가짜 철인과 가짜 도인, 가짜 부처와 가짜 주님으로도 모자라 가짜 혁명가에 가짜 양심적 지식인까지 덤으로 설쳐 댄다는 점에서 속세는 제 성격을 민망하게 드러낸다. 적(敵)이 확실한 시대가 오히려 더 건강한 시대라고 인정할진대, 얼굴 없는 혼돈이 우리의 적이 돼 버린 시대, 과연 지금이 그렇지 아니한가.

세월이 한참 흐른 뒤 역사라는 플롯기계에 의해 영화화가 돼서 그렇지, 인류의 현재 진행형은 단 한 차례도 일목요연해 본 바가 없다. 그나마 혼란은 진압하고 수습하면 그뿐이지만 혼돈은 아예 패러다임 자체를 통째로 교체해 버려야 한다. 이것은 고작 혁명 정도로는 안 된다. 전쟁들 가운데서도 대전쟁을 치러야 할 사안인 것이다. 자신의 당대를 난해하게 여기지 않는 사람은 무지하고 뻔뻔하며 그런 자들로 가득 차 있는 곳이야말로 독재파시즘보다 훨씬 끔직한 대중파시즘의 사회다. 적이 부재한 삶이 적을 간직하는 삶보다 불행한 것일지라도, 적이 될 필요가 없는 사람들끼리 마구잡이로 적이 돼 버리는, 꼭 그래야만 직성이 풀리는 공동체는 우리에게 낯설지 않은 아수라다. 괴물이 뭐 별건가 싶다. 깊이 상처받은 것을 남몰래 감추고 있으면 그게 괴물이지. 나는 내가 괴물이 되어 버린 것 같다. 당신은 다른가? 어느 순간 어떤 질문 하나가 누군가의 가슴에 날아와 박혀 그의 나머지 삶 전체를 지배하는 경우가 있기에, 나는 내가 나의 절실한 질문을 결코 포기하지 않고 있으면 언젠가는 해답을 얻게 되기나 할 것인지 아무에게라도 되묻고 싶은 것이다. 화두 같은 질문에 죽도록 지배당하는 게 아니라 오래 흔들릴지언정 끝내는 그 질문 같은 화두를 지배하고 싶은 것이다. 나는 무엇과 어떻게 싸워야 하는가? 이 질문이 내가 남몰래 감추고 있는 나의 깊은 상처다. 당신은 다른가? 나와는 뭐가 대단히 다른가?

　루드비히 폰 미제스는 인간행동학에 기반한 자유주의 경제학으로 공산주의 체제의 허구성을 공산주의가 가장 기세등등하던 시대에 갈파하여 후일 전 세계 좌익 파시즘의 몰락을 불러온 인물이다. 카를 마르크스에게 블라디미르 레닌과 볼셰비키가 있었다면, 루드비히 폰 미제스에게는 프리드리히 하이에크 같은 여러 제자들과 그들의 가르침을 힘으로 실행한 마거릿 대처, 로널드 레이건 같은 정치가들이 있었다. 물론 1973년에 사망한 미제스는 소련을 비롯한 공산권의 해체를 목도하지는 못했으나 어쨌든 게임 그대로만 판정한다면 마르크스는 미제스에게 완패했다고 볼 수밖에는 없다. 그런데도 사람들은 마르크스는 알고 미제스는 모른다. 왜일까? 대중은 경제학이 아니라 신학(神學)을 원하기 때문이다. 신은 인간의 모든 골치 아픈 물음표들을 깡그리 빨아들이고 아멘과 할렐루야를 제공한다. 대중은 미제스라는 외계 언어처럼 어려운 경제학자가 아니라 마르크스라는 뭔가 비장하게 숭고해 보이는 메시아를 기다리는 편이 체질에 딱 맞아 노상 은혜 충만한 것이다. 인간의 한계를 인정하는 자유주의 경제라는 껄끄럽고 찝찝한 진실 체계에 비해 공산주의라는 위선과 망상의 교리문답은 너무도 먹기 쉽고 달콤한 초콜릿이다. 뇌(사상)도 몸의 일부여서 인간은 몸이 편한 쪽으로 가서 드러눕는 것이다.

마르크시즘과 기독교는 결정론적 세계관을 비롯한 대부분의 요소요소들에서 매우 유사하거나 정확히 일치하는데, 특히 이 둘이 공유하고 있는 (신학적+철학적) 종말론은 현실에서 예언의 형식을 띠게 된다. 문제는 바로 이 지점에서 기독교는 신의 섭리라는 알리바이를 요술지팡이처럼 들이대며 말세의 끝이 고비 고비마다 영영 유보될 수 있지만 마르크시즘은 자본주의의 멸망과 공산사회의 도래가 잘 들어맞지 않아 그 혼돈을 메우기 위해 언어적, 실재적 폭력을 동원한다는 점이다. 20세기에 그것은 캄보디아의 킬링필드나 중공의 문화대혁명 같은 것들로 나타났고, 21세기에는 장소를 가릴 것 없이 스탠딩 코미디언과 아귀 떼 같은 그 팬덤(fandom)을 형성한다. 인문학자들이 소정의 경제학을 제대로 공부해 둬야 하는 이유는 경제학을 논쟁하기 위해서가 아니다. TV 속이나 광장에서 인문학적 개소리로 랍비 노릇을 일삼는 고릴라가 되지 않기 위해서이다. 천사의 의도를 가지고 실천했으되 그것의 결과는 악마의 배설물일 수 있는 게 경제다. 부디 이 시대 이 나라의 인문학자들을 경계하라고 권하는 이유는 그들이 과학적 철학자가 아니라 기실 수사학자 부근에서 서성이는 어떤 허명(虛名)에 기갈이 난 동물인 경우가 허다하기 때문이다. 또한 수사학자란 아주 좋게 말해서는 언어의 연금술사이고 솔직히 말해서는 신나는 약장수다. 요는 그들이 팔아대는 만병통치약이 쥐약 발라 놓은 공갈빵이라는 것이며 백번을 양보한들 수사학자는 시인보다는 열등하고 사기꾼보다는 어느 정도 더 공익적이되 항시 위험천만한 법이다. 본질적으로 수사학은 진리가 아니라 기능이다. 말발이 수사학으로 쓰이는 것은 그럭저럭 봐줄 만한 일이겠지만, 수사학이 과학을 가장하며 행세하는 사회는 검은 기름에 뒤덮인 청둥오리다.

마르크스와 엥겔스의 『자본론』과 『공산당 선언』, 미제스의 『인간행동론』과 『자본주의 정신과 반자본주의 심리』와 『관료제』, 하이에크의 『노예의 길』 등등이 아니더라도, 직업적인 필요에 의해서 뭔 책이든 지하철에서 급히 읽어야 할 때가 많다. 한데 그러다 문득 주변을 둘러보면 나를 제외한 모든 승객들이 스마트폰에 몰입하고 있는 것을 새삼 깨닫고는, 아무도 나를 쳐다보지 않음에도 읽던 책을 스르륵 가방 안으로 쑤셔 넣은 채 멍하니 시간을 허송하게 되곤 한다. 졸지에 중세의 이교도가 된 듯한 이러한 경험은 묘한 낙담을 안겨 준다. 그럴 필요가 전혀 없는 행동을 스스로에게 저질렀다는 걸 자각했을 때 느끼게 되는 모욕감. 하지만 20세기의 작가적 자의식을 아직 버리지 못하는 답답한 종자라면 별로 특별할 게 없는 일상일 것이다. 21세기의 작가는 그저 재밌는 이야기를 구라 떠는 자이지, 더 이상 20세기의 작가들처럼 이 세계의 해석과 현대적 미학을 책임지는 이가 아니다. 이것은 나쁘고 안 나쁘고의 문제가 아니다. 내 처지가 그렇게 돼 버렸다는 현실일 뿐이다. 이제 현대작가는 주법(奏法)이 유실된 옛 악기처럼 쓸데없고 쓸쓸하다.

그렇다. 인정한다. 그러나 나는 내가 분명 자유민주주의 자유시장경제 사회에서 살아가고 있음에도 불구하고 어떤 이상한 전체주의 사회 속에서 퇴물로 전락해 버린 것만 같은 느낌에 자주 사로잡히곤 한다. 퇴물로 전락했다는 게 불만이 아니라, 어떤 이상한 전체주의 사회 속에서 그러한 것만 같다는 게 등골이 서늘하다는 소리다. 당연히 나는 지금 자유주의경제학이 사회주의경제학보다 우월하다는 식의 논쟁을 하려는 게 아니다. 세상이 우익이 되건 좌익이 되건 나는 아무 관심이 없다. 내가 증오하는 것은 우익 파시즘과 좌익 파시즘일 뿐이다. 예전에는 맘에 안 드는 얘기를 하는 자는 독재자가 죽였는데, 이제는 대중이 검열하고 죽인다. 게다가 이제 파시스트들은 정치에서 버젓이 나오지 않는다. 문화에서 양악수술을 하고 나온다. 이를 기반으로 악마의 시스템은 더 멀리 제 영역을 계속해서 넓혀 나간다. 이놈의 나라에서는 어떤 부류들이 정권을 잡느냐가 중요한 게 아니다. 나는 나를 포함한 한국인들 전부가 지긋지긋하고 숨 막힌다. 나는 대한민국에는 진정한 의미에 있어서 사상의 자유가 없다고 생각한다. 국가보안법 때문이 아니다. 이곳이 과학적 민주주의의 체계를 준수하는 게 아니라 사이비 신앙적 체계에 휘둘리며 마녀사냥이 자행되는 중세처럼 여겨져서이다. 그리고 그 폭군의 정체는 좌익이건 우익이건 중도건 날라리건 다름 아닌 그 대중이다. 우국(愚國)이 우국(憂國)인 것은 우매(愚昧)하다는 단어가 신앙적 분별력의 상실을 뜻하기 때문이기도 하다.

무엇보다, 북한의 정치범 수용소에서는 어머니가 제 아들을 비판하며 돌로 쳐 죽일 것을 요구하게 만든다. 관리인들이 남편 앞에서 아내를 강간한다. 쥐들은 털에 반지르르 광택이 흐르며 개만하다. 죽임을 당해 널려진 수감자들의 시체를 뜯어먹기 때문이다. 그리고 그런 쥐들을 아직 살아 있는 수감자들이 잡아먹고 연명한다. 오늘 우리가 진보 좌파니 보수 우파니 하며 미친 닭싸움을 처벌이고 있는 이 시각에도 저기 저곳에서 우리의 동포들이자 헌법상 대한민국 국민들에게 가해지고 있는 더 심한 무간지옥의 장면들을 열거해 보라고 한다면 정말 끝이 없을 수도 있다. 어떤 핑계와 이중 잣대를 갖다 들이대도 절대로 통하지 않고, 통해서도 안 되는 인류 역사상 최악의 야만이 바로 우리 머리맡에서 버젓이 펼쳐지고 있고 그것은 우리가 과연 누구이든지 우리의 정의감과 잘난 척과 문명과 사랑과 인간성과 이념을 일거에 구더기가 들끓는 똥통으로 둔갑시켜 버린다. 이러한 절망이 혼돈이 아니라면 이 나라 지식인의 혼돈은 대체 무엇이란 말인가. 북한을 멍하니 바라보고 있는 남한은 실존이 배덕(背德)이자 정변(政變)이요 환멸과 신경 질환이 주민등록증인 나라다. 깊이 상처받은 것을 남몰래 감추고 있는 사람이 괴물이라면 하긴 괴물이 아닌 사람이 어디 있겠는가. 그래도 우리가 인간과 괴물 사이를 오가며 방황하는 것은, 어느 순간 어떤 질문 하나가 우리 각자의 가슴에 날아와 박혀 성찰의 아픔을 주는 까닭이다. 그 아픔이 우리를 인간이게 하고 어둠에서 빛을 향해 전진하도록 도와준다. 가짜 철인과 가짜 도인, 가짜 부처와 가짜 주님, 가짜 혁명가와 가짜 양심적 지식인이 되느니 차라리 괴물임을 괴로워하는 인간이 천만 배 낫다. 나는 묻고 싶다. 당신의 처지는 나와 몹시 다른가? 나는 제발 그러길 바란다. 이것은 부끄럽고 비통한 일이기 때문이다. 혁명 따위로 일소될 적폐가 아니기 때문이다. 편견과는 달리, 투쟁이 없는 인생은 즐겁지가 않다. 성찰하는 괴물이 되어 버린 나는, 이제 무엇과 어떻게 싸워야 할 것인가?

(2017.6.)

국가와 환멸과 나

독사(毒蛇)가 돼야만 잘 살아갈 수 있는 세상인가. 그게 인생인가. 그러하다고 일부러 말하진 않더라도, 그렇지 않은 게 당연하다고 말할 수는 절대 없는 세상이다. 인생에는 애인만큼이나 적(敵)이 절실하니, 내 스승과 동지의 가르침과 독려보다 오히려 나의 적이 나로 하여금 더 지독히 배우게 하고 기어코 나를 전진시키기 때문이다. 아무리 가혹한 지경에 처했을지언정 최소한, "내가 죽어? 누구 좋으라고?" 이런 식의 오기라도 부릴 수 있게 해 주는 우리 각자의 참으로 소중한 적.

누군가를 제대로 알고 싶을 때 나는 그 사람보다는 그 사람의 적이 누구인지를 더 깊이 살펴본다. 그러면 그 사람의 적으로 인해 그 사람의 실체가 가장 고스란히 드러난다. 만약 그 사람에게 단 한 명의 적도 없다면, 정말 그게 사실이라면, 그 사람이 제아무리 많은 장점들을 지녔다손 치더라도 나는 그 사람을 근본적으로는 신뢰하지 못한다.

나는 적이 없는 성자(聖者)보다는 적이 분명한 악당이 좋다. 그런데 역사상 모든 성자들은 자신의 적이 분명했을 뿐더러, 적이 분명한 악당이란 악보다 더 사악할 따름인 위선자까지는 아닐 것이다. 법정(法廷)에서는 알고 짓는 죄가 모르고 짓는 죄보다 크지만, 불가(佛家)에서는 알고 짓는 죄가 모르고 짓는 죄보다 차라리 낫다. 제 죄를 아는 자는 그 죄의 사슬을 끊기가 제 죄를 모르는 자보다 훨씬 수월한 까닭이다. 제 죄를 모르는 자는 깨닫기가 어려워 계속해서 천근 같은 죄업을 태산처럼 쌓는다. 부처님 입장에서 본다면 최악의 악은 무지(無知)이고, 이는 곧 무명(無明)인 것이다. 하여 과거에는 강하고 늠름한 적만이 나의 적이었는데, 그러한 적이 아니면 아예 버러지 취급조차 안 해 주며 무시했었는데, 이제는 더럽고 무식하고 지질하고 멍청하고 야비한 적도 참 좋아요, 하는 마음은 내 스승과 동지의 가르침과 독려보다 오히려 나의 적이 나로 하여금 더 지독히 배우게 하고 기어코 나를 전진시킨다고 믿는 마음들 가운데 최상품이다. 나의 모든 적들을 낱낱이 분명케 해 주는 이 지혜는 우리에게 상쾌한 힘을 준다. 저 쓰레기들이 나의 주님이 되면 절망은 잠자코 구원을 내어놓는 것이다. 이러면 사방(四方) 도처에 도무지 기쁨 아닌 게 없다. 천하무적이 된다.

그러나 인간이 철퇴가 아니고 인간인 이상, 그 어떤 백전용사(百戰勇士)일지라도 때로는 치명적인 환멸을 앓기 마련이다. 적과 나를 포함한 세상(직업/사회가/국가가/현실)이 통째로 확 정떨어질 적에는 적과의 싸움은커녕 그 세상(직업/사회/국가/현실) 자체를 포기한 채 멀리 도망쳐 버리고 싶어지는 것이다. 구역질과 넌덜머리의 극한을 치닫는 우울. 한국에서 살아간다는 것은 뭐로든 불구덩이 속에서 살아감을 의미한다. 한국이 불구덩이어서라기보다는, 한국인들이 저마다 불구덩이어서다. 좌파니 우파니 뭐니 하는 허깨비 이념 칼춤이 아니라, 불구덩이. 불이 아니라, 불구덩이. 가령, 한 정치평론가는 도널드 트럼프를 지지했던 적이 없고, 지지하지 않는다. 무엇보다, 그는 미국인이 아닌 한국인이다. 그런 그가 이런저런 연구와 실증으로 일찍부터 트럼프의 미국 대통령 당선을 예상해 맞췄다고 해서 (정치적 비난을 받는 것도 황당무계한 일이지만 나아가) 온갖 입에 담을 수 없는 인격모독을 감수해야 하는 것이다. 미국인도 아닌 한국인들에게서 말이다. 내일 날이 밝는 대로 야외로 소풍을 가고자 하는 사람들이 있다고 치자. 오직 한 기상 예보관만이 내일은 하루 종일 비가 많이 내릴 거라고 말했고, 다음 날 정확히 비가 하루 종일 많이 내렸다. 그럼 그 기상예보관은 나쁜 기상예보관인가? 그에게, 야외로 소풍 가고 싶었던 자들이 우르르 몰려가 부도덕하다며 침을 내뱉는 곳이 바로 대한민국이다. 이런 기가 막히게 소박한(?) 사례들이야 밤하늘의 별들로는 모자란다. 한국인들은 '정의(正義)'라고 적혀 있는 흉기다.

작년 한 해 미합중국 내 남한 유학생들의 미군 자원입대 러시에 관한 국내외 언론보도는 우리 사회를 새삼 눅눅하게 만들었다. 그들 가운데는 한국에서 군 의무 복무를 마친 이들도 적지 않으며, 30퍼센트가 여성이라는 점이 더욱 충격적이었다. 2015년 250여 명, 2016년 상반기에만 200여 명인 이 수치는 아시아계에서는 최대 규모로서 향후로도 증가 추세가 꺾이지 않으리란 전망이다. 과연 이것이 대략 11퍼센트(단기적으로는 12.5퍼센트) 정도의 청년 실업률과 30퍼센트가 넘어가는 청년 비정규직 비율로 대변되는 한국 경제의 불황과 모순 때문만일까? 미국의 외국인 모병 프로그램 매브니(MAVNI, Military Accessions Vital to the National Interest)는 대한민국 젊은이들이 제 조국을 즐겨 비하하곤 하는 헬조선(Hell-Choseon)으로부터의 도피처인 것인가? 그렇다면 그들은 왜 헬남한(Hell-South Korea)이라고 부르지 않고 군이 'South Korea'의 자리에 남북한(혹은 한민족)을 통칭할 수도 있는 'Choseon'이라는 단어를 사용하고 있는 걸까?

남한 사람들의 무의식 속에는 대한민국을 하나의 완성된 국가가 아니라 여전한 해방공간(1945~1948)으로 여기는 트라우마가 대를 걸쳐 유전하고 있다.(물론 이것이 의식으로까지 정리돼 있는 이들도 없지 않다.) 이것은 일본인들이 늘 지진과 화산 폭발을 두려워하면서도 그 두려움 자체가 마비된 듯 멀쩡히 생활하는 노릇과 비슷하다. 그렇다면 왜 한국전쟁이 아니라 해방공간인가? 한국전쟁은 적이 분명한 살육의 생지옥이지만 해방공간은 피아(彼我)가 혼란스럽게 뒤엉킨 아수라를 상징하기 때문이다. 남한의 현실은 전자가 아니라 후자 쪽에 친연(親緣)하다. 전쟁이 아니라, 전쟁 직전의 테러인 것이다. 해방공간에서는 백색테러와 적색테러가 백주(白晝)에 보통 사람들 끼리에서조차 난무했다. 미군정 방첩대(CIC) 통계는 1947년 8월 한 달 동안에만 이념 반목이 원인이 된 테러가 총 505건 발생해 사망이 90명, 부상자가 1100여 명이라 기록하고 있다. 현재 남한의 정치적 분열 증오는 온라인의 언어와 이미지를 뚫고 나와 실지로 준동하는 수준이다. 2014년 12월 한 우익 고등학생이 황산폭발물을 사제해 친북 인사들이 주최하는 토크콘서트를 테러하고 2015년 3월 마크 리퍼트 주한 미국 대사가 한 운동권 출신 시민운동가에게 칼로 테러당한 것 등등은 그저 작은 전조(前兆)였을 뿐임을 우리는 최근의 대통령 탄핵 정국과 그 전후에서 실컷 구경하고 있는 중이다. 우리의 정치는 정치가 아니라 정치라는 가면을 쓴 정신병리학적 폭력이다. 혀와 손에 독이 발린 개인과 집단 들이 저마다의 정의를 들먹이며 서로를 공격하는 남한 사회가 이대로 지속, 악화된다면 통일 대한민국은 설령 이루진다 한들 그야말로 헬조선의 완성일 것이다. 21세기 대한민국의 젊은 엘리트들이 경제적 어려움 때문만으로 부모형제와 고국을 멀리 등진 채 다른 나라의 위험한 군인이 되고자 줄을 선다고 판단하는 것은 지나친 단순화이다. 지금껏 우리는 이 문제를 두고서 진지하고 치밀한 사회심리학적 분석을 가해 본 적이 있는가? 이것은 최인훈의 『광장』 속 주인공 이명준이 거제도 인민군포로수용소에서 남한도 북한도 아닌 중립 제3국 인도를 택해 가던 중 원양선박 타고르호 위에서 바닷속으로 스스로 몸을 던진 것과 은밀히 비유된다. 저들은 애인만큼 절실한 적이 흐리멍덩하거나 그와의 싸움이 잘 되지 않아 절망한 게 아니라, 더럽고 무식하고 지질하고 멍청하고 야비한 적에게마저도 참 좋아요, 하며 구원을 구걸하고 있는 자신을 포함한 이 공동체가 통째로 확 정떨어지는 환멸을 의식적으로든 무의식적으로든 경험한 게 아닐까? 증오보다 한참 무서운 게 환멸이다. 증오는 희극으로도 반전이 가능하며 그 자체로도 가치가 있는 비극이지만 환멸은 그저 영혼이 썩어 들어가는 질병일 뿐이다. 환멸 안에는 증오와는 달리 상대하고 충돌해서 변증법적 발전을 추구할 적이 없다. 덜 떨어졌거나 사이비임에 불구하고 저돌적인 신념에 찌든 증오가 고질이 돼 버린 다수가 지배하는 사회에서는 환멸에 시달리는 소수가 숨죽여 불어난다. 환멸을 앓는 개인이 많은 사회는 절망하는 개인이 많은 사회보다 더 절망적이다. 나는 내가 속해 있는 국가가 그쪽을 향해 서서히 옮겨 가고 있다고 생각한다. 그리고 이것은 정치인들만이 아닌 정치인들이 귀속되는 대중, 결국 모든 한국인들의 어떤 부족함과 기이함 탓이라고도 생각한다. 그러나 이러한 환멸이 오늘날 나만의, 우리만의 어둠일까?

가끔 소도시(小都市)에 홀로 가 머물며 소설을 쓸 때면 항상 손창섭을 읽는다. 아는 이라고는 아무도 없는 소도시에서 홀로 지내다 보면 하루 이틀 사흘 흘러갈수록 내 몸이 점점 물빛으로 지워지다가 끝내는 사라져 버릴 것만 같은 느낌에 사로잡히곤 한다. 프로이트는 삶의 의지와 관계된 에로스(Eros)의 반대편에 있는 죽음으로의 본능을 타나토스(Thanatos)라고 명명했는데, 나는 어디로든 갑자기 실종되고 싶어 하는 사람의 심정에서 일종의 사회적 타나토스를 본다. 그리고 필경 그것은 절망이 아니라 환멸에서 기인하는 일일 것이다.

손창섭은 1950년대 한국문학의 다루기 힘든 스캔들이었다. 그의 작품들은 한결같이 음습하고 무기력한 분위기를 띤 채 팔다리가 없는 상이군인, 폐병환자, 간질병자, 백치, 정신병자, 벙어리 등으로 가득 차 있다. 당시 실재 인간군상이라고는 하나, 손창섭의 그것은 다른 한국전쟁 전후 작가들의 소설에서와는 비교가 안 될 정도로 참담하며 괴괴하다. 소도시의 여관방 창문에 맺히는 수많은 물방울 속에서 나는 생전의 손창섭을 상상해 보곤 한다. 손창섭의 소설들에는 무슨『창세기』노아의 방주 이야기 속 종말처럼 하염없이 불길하고 침울한 비가 자주 내린다. 1922년 평안남도 평양에서 태어난 손창섭은 부친이 언제 죽었는지 알 수 없고 초등학교 5학년 때 어머니가 개가하여 칠순이 다된 조모 슬하에서 자랐다. 열다섯 살에 일본으로 건너가 신문배달부, 목공소 견습공, 아편 도매상 급사, 서적상 점원, 우유배달부, 명함(名銜) 외교원, 토목 인부, 매약(賣藥) 행상(行商), 요나끼 소바야(밤중에 국수를 팔러 다니는 상인), 육양(陸揚) 작업부(作業夫), 전신기 제작회사 공원(工員), 영사(映寫) 조수, 장공장(醬工場) 잡역부 같은 밑바닥 일들을 하였다. 우유배달을 하던 중학생 시절에 일본인 집주인이 소장하던 세계문학전집 수백 권을 탐독하면서 도스토예프스키와 샤를루이 필리프, 안톤 체호프에 특히 감명을 받았다. 만주 등지까지 떠돌던 그는 스물다섯 살에 평양으로 돌아왔으나 군밤 장사, 넝마 장사, 참외 장사로 연명할 수밖에 없었고 중고등학교 사, 잡지사 기자, 출판사 편집원을 하게 되면서부터 형편이 조금씩 안정됐다 한다. 이후 소설가로 이름을 날리던 그는 1972년경 7년 연하의 일본인 부인 우에노 지즈코와 함께 일본으로 이주한 뒤로는 한국문단과 소식을 끊어 버렸다. 이유로는 턱없이 낮은 원고료만으로 지탱하는 전업 작가 생활과 군사정권 아래서 만연한 기득권층의 타락과 부패가 지긋지긋해서였을 거라는 추측이 있을 뿐이다. 2009년 2월 18일자《국민일보》가 밝혀낸 바에 의하면, 1998년에 일본인으로 귀화해 우에노 마사루로 개명했으며 치매를 앓았다.

소도시의 여관방 창문에 빗방울이 메말라 얼룩으로 남을 때면 나는 내 안에서 나 대신 뭔가가 지워진 것만 같았다. 그것은 환멸에 젖어 있던 나 자신이었을까. 나는 다시 서울로 되돌아와 어쨌든 다시 시작할 수 있었다. 손창섭이 한때 안양 부근에서 파인애플 농장을 운영했었다는 사실을 처음 접했을 적에 나는 묘한 기분이 들었다. 손창섭과 파인애플이라니. 어울리지 않아도 그건 정도가 너무 심했던 것이다. 그는 2010년 6월 23일 일본 도쿄의 한 병원에서 폐질환과 알츠하이머병의 합병증으로 사망했다. 향년 88세. 두 달이 지나서야 겨우 한국 언론들에 몇 줄씩 쓸모없는 부고

기사가 났고, 나는 손창섭의 책이 출간되어 있는 출판사의 사장 겸 편집인에게 전화를 걸어 이것저것 물어보았다. 그도 아는 게 별로 없었다. 많을 리 없는 인세도 어떤 지인인지 친인척인지 하는 영감님이 때가 되면 은행계좌로 수령한다고 했다. 시대를 초월해서, 우리 가운데 우리를 환멸하여 멀리 떠나 버리는 이들은 그러는 것이 비록 그들 각자의 삶일지언정 우리의 가슴을 서늘하게 한다. 독사가 돼야만 잘 살아갈 수 있는 세상인가. 그게 인생인가. 그러하다고 일부러 말하진 않더라도, 그렇지 않은 게 당연하다고 말할 수는 절대 없는 세상이다. 적이 희미해지거나 적을 잃어버릴까 봐서, 악보다 더 사악할 따름인 위선자가 될까 봐서 매일 매일이 두렵지만 나는 내가 짓고 있는 죄만큼은 꼼꼼히 기록하면서 살아가고 있다. 그러면 천근 같은 환멸이 태산처럼 쌓여 나를 짓누르는 것을 조금이나마 비껴갈 수 있는 것일까? 두려움이 없는 사람은 추한 사람이다. 사랑하면 그 사랑 때문에 두려워할 줄 알게 된다. 사랑은 두려움을 먹고 마시며 자라난다. 사람은 두려움을 배우며 사람이 된다. 두려움은 겁쟁이의 감정이 아니다. 비열한 태도가 아니다. 두려워할 줄 아는 사람만이 진실로 용감한 사람이 된다. 개인이 환멸을 극복하는 거의 유일한 방법은 환멸을 앓고 있는 타인을 이해하는 데에 있다. 그러한 개인이 많아지면 많아질

수록 환멸을 앓고 있는 사회는 희망이라는 단어를 다시금 기어코 상상할 수 있다. 물론 그것을 실체로 만드는 일은 그 다음의 문제다. 도쿄에서 일본인 아내의 수입과 국가에서 나오는 보조금으로 생활하던 손창섭은 성경이나 불경 등 세계 여러 경전들 가운데 인간에게 도움이 되는 것들을 가려 뽑아 인쇄한 종이를 매일같이 거리에서 사람들에게 나누어 주었다고 한다. 대체 무엇을 의미하는지 가늠키 힘든 그의 만년(晩年)이었다.

(2017.4.)

이 어두운 세계의 빛나는 작법

인간이 살아간다는 건 이야기 속을 살아간다는 뜻이다. 당연히 타인들과 나의 이야기인 것 같지만 정작 오직 나에 대한 나만의 이야기. 그게 바로 인생이다. 아무도 나 대신 죽어 주지 못하는 사실이 아무도 나 대신 살아 주지 못한다는 사실과 조금도 다르지 않기 때문에. 우스갯소리만은 아닌 게, 간혹 술자리에서 낯선 이와 우연히 말을 섞게 되었을 적에 불가피하게 내 직업이 소설가임을 알게 된 그가 자신의 과거를 장편소설로 꼭 한번 집필해 보라고 진지하게 권해 오는 불상사는 그리하여 종종 발생한다. 객관적으로 지루하게 살았다고 해야 마땅할 사람조차 제 인생만큼은 파란만장한 것으로 믿어 의심치 않는 이러한 착각은, 가난하고 멸시받던 옛날이 풍요롭고 명예로운 현재보다 더 아름답게 그려지는 기억의 자기방어적 조작을 훌쩍 뛰어넘어 안쓰럽고 간절한 측면마저 있는 것이다. 그러나, 대부분의 인간들

320

은 체질로 굳어져 버린 미신처럼 오해하고 있다. 그들이 갈 망하고 있는 '자신의 이야기'란 기실 '이야기(Story)'가 아니라 '플롯(Plot)'의 결과인 것. 이야기 자체로는 절대 소설이라든가 영화와 같은 서사 작품이 될 수 없다. 이야기라는 재료를 가지고서 구조와 체계를 건축하는 그 원리와 작용을 플롯이라고 하며 모든 잘 쓴 글이란 이 세계의 잡다한 요소들 중 플롯으로 적절한 것들을 선택하고 정확히 배열하여 처음과 중간과 끝이 필연성 있게 연결된 것에 다름 아니기 때문이다. 우리가 홍상수의 영화를 볼 때 그것을 일종의 '몰래카메라' 즉 지독한 리얼리즘쯤으로 감각하게 되는 것은, 홍상수의 영화가, 일상의 온갖 어지러운 무의미와 노이즈 들이 카메라의 프레임 안에서 플롯에 의해 제거되고 재구성된 치밀한 모더니즘이어서이다. 게다가 몰래카메라는 지독한 리얼리즘은커녕 리얼리즘조차도 아니다. 그것은 그저 멍한 세상을 답답하게 쳐다보는 고정된 카메라의 '동태눈깔'일 뿐이다. 이렇듯 플롯은 이야기를 서사 작품으로 승화시키는 것은 기본이요, 여기서 더 나아가 하나의 이야기를 물리적으로 화학적으로 변용하고 혼용하여 무한수의 서사 작품들을 생산해 내기까지 한다. 한 인물과 그를 둘러싼 사건이 플롯에 의해 서로 다른 여러 독창적인 서사 작품들로 분열, 창조된 사례들은 역사와 예술 등의 도처에 널려 있다. 『춘향

전』의 이야기는 플롯을 거쳐 다양한 판본의『춘향전』들로 존재한다. 복음서들 속의 예수는 니코스 카잔차키스의『그리스도 최후의 유혹』속의 예수, 그리고 니코스 카잔차키스의『그리스도 최후의 유혹』을 원작으로 삼은 마틴 스콜세지 감독의 영화「그리스도 최후의 유혹」속의 예수와 각각 차이가 난다. 이는 한계를 더욱더 복잡하게 확장하고 혼성(hy-brid)시킬수록 미학적으로 매우 좋은 일이다. 플롯이론은 저 오래고 오랜『시학』에서 이미 정립된 바 있어, 에피소드들의 단순한 나열보다는 반드시 있어야만 하는 부분들이 개연성의 결을 따라 얽어짜여진 쪽이 훨씬 가치 있는 서사 작품이라 평가받으며 그 안에서야 비로소 '뒤바뀜'이나 '깨달음', 또는 그 두 가지가 함께 발생한다고 아리스토텔레스는 갈파했던 것이다.

사정이 이러한 고로, 어느 술자리에서 우연히 나와 말을 섞게 되었을 적에 불가피하게 내 직업이 소설가임을 알게 된 그가 파란만장하다고 착각하고 있는 자신의 지루해빠진 과거를 장편소설로 꼭 한번 집필해 보라고 내게 진지하게 권해 오는 불상사는 안쓰럽고 간절할지언정 불상사 이전에 체질로 굳어져 버린 미신 같은 오류다. 타인들과 나의 이야기이건 오직 나만의 이야기이건 간에 특별한 의미를 담보하려면 그것은 그냥 이야기가 아니라 플롯의 마법과 과학을 통과한 서사 작품이어야만 하기에 당연히 그것은 타인이 아니라 저 스스로 이루어 해결할 숙제란 소리다. 그가 원하고 있는 것은 남이 써 준 자신에 관한 소설이 아니라 소설 같은 자신의 인생인 것이므로. 따라서 이 글은 소설이나 영화 따위에 대한 이야기가 아니라, 인생이라는 물질과 영혼과 시공간의 공학적 유기체에 관한 어떤 아주 작은 논변이다.

2016년 7월 26일, 프랑스 북부 노르망디의 생테티엔 뒤 루브레 성당. 열아홉 살 아델 케르미슈는 미사 집전 중이던 여든여섯 살 자크 아멜 신부의 목을 예리한 칼로 그어 살해했다. 공범은 이 참상을 처음부터 끝까지 동영상으로 촬영하고 있었다. 아델은 자크 신부를 강제로 무릎 꿇리고 서툰 아랍어로 설교까지 했다. 그것은 알라의 말씀이 아니었다. 알라의 말씀을 참칭하는 미친 개소리에 불과했다. 인질로 잡혀 있던 다니엘르 수녀는 너희가 무슨 짓을 저지르고 있는지 아느냐며 절규했으나, 두 마리 꼬리 없는 사탄들은 전혀 아랑곳하지 않았다. 아델 케르미슈는 알제리계 프랑스인으로 이슬람 테러리즘에 빠진 지 불과 1년 남짓이었다. 대학교수인 그의 어머니는 "음악과 데이트를 즐기는 아이였는데 어느 날부터인가 모스크에 갈 때를 빼곤 은둔자로 지냈다."며 "마치 주문에 걸린 것 같았다."고 암담하게 술회했다. 자생적 IS 대원이라고 규정해야 할 이런 자들은 탈레

반이나 알카에다 같은 이슬람 극단주의 테러리스트들조차 고개를 절레절레 뒤흔드는 무정형의 괴물들이다. 저들은 신의 진리가 아니라 자신들의 폭력과 야만에 정당성을 부여해 줄 신이라는 껍데기가 필요할 뿐이어서, 정치적·종교적 목적의 테러와 개인의 광기를 구별하기가 불가능하다. 진정한 무슬림으로부터 무슬림으로 인정받지 못하는, 신과 악마가 교미해 낳은 잡종들. 경찰은 성당 안으로 진입했고, 아델 케르미슈와 공범을 사살했다.

위 사건의 이미지와 분위기는 충격의 정도를 따지기 전에 사뭇 그로테스크하다. 너무나 느닷없고, 도무지 플롯이 성립되지 않기 때문이다. 서사에 있어서, 하늘에서 뚝 떨어진 요술은 결국 이성적으로는 아무리 노력해도 이해할 수 없었다는 항복 말고는 아무것도 아니다. 생테티엔 뒤 루브레 성당의 비극은, 비극적인 '극(劇)'이라고 취급해 주기에는 그 형식이 지독히 모호하되 내용은 지극히 위험한 것이다. 자연스레 이것은 이슬람 지하드(聖戰)보다는 2012년 7월 20일, 크리스토퍼 놀란 감독의 '배트맨 시리즈' 최신작「다크 나이트 라이즈」를 심야 상영하던 미국 콜로라도 오로라의 한 영화관에서 벌어진 희대의 학살극에서 공통 유전자를 추출할 수 있다. 영화가 시작된 지 30분 정도가 지난 뒤, 첫째 좌석 열에 앉아 있던 붉은 기가 도는 오렌지색 머리의 청년 제임스 홈스는 비상출입문 틈에 이물질을 괴어 둔 다음 영화관을 빠져나간다. 오전 12시 30분, 방독면, 방탄 헬멧, 방탄 레깅스, 목 보호대, 전술장갑 차림으로 총을 들고 되돌아온 그를 관객들 가운데 몇몇은 알아차렸지만, 코스프레를 한 열혈 '배트맨 팬'이겠거니 한다. 오전 12시 38분, 연막탄이 터진다. 영화관 안으로 자우룩이 가스가 차오르자, 산탄총이 발사된다. 난사의 초반은 「다크 나이트 라이즈」의 첫 상영을 기념하는 홍보 이벤트로 오해받기도 한다. 100발짜리 드럼탄창을 장착한 스미스앤웨슨 M&P15 반자동 소총과 글록22 권총도 불을 뿜는다. 사망 12명, 부상자 70명. 오전 12시 45분, 제임스 홈스는 자신의 차 옆에서 아무런 저항 없이 체포된다. 그는 후일 콜로라도 교도소 간수의 증언에 따르면 「다크 나이트 라이즈」의 결말을 몹시 궁금해했다고 한다.

이보다 5년 전 즈음인 2007년 4월 16일, 미국 버지니아 블랙스버그 버지니아폴리테크닉 주립대학교 캠퍼스. 여덟 살 때 부모와 누나를 따라 미국으로 이민한 미국영주권자 조승희는 체인, 자물쇠, 망치, 칼, 합법적으로 구입한 반자동 권총 두 정, 그리고 약 400발의 홀로포인트탄이 들어 있는 배낭을 멘 채 배회한다. 오전 7시 15분, 그는 웨스트 앰블러 존스턴 홀에서 학생 두 명을 살해한 뒤 기숙사의 자기 방으로 가 이메일을 삭제하고 컴퓨터에서 하드드라이브를 제거한다. 우체국에서 자기가 쓴 글과 녹화 영상을 담은 꾸러미를 NBC뉴스로 발송한 조승희는 오전 9시 45분, 버지니아폴리테크닉 주립대학교로 되돌아와 노리스 홀에서 30명을 사살하고는 권총 자살한다. 사망 32명, 부상자는 23명. 올해 6월 12일 오전 2시경부터 아침까지 미국 플로리다 올랜도의 펄스라는 게이나이트클럽에서 발생한 난사사건이 최소 50여 명 사망 53명 부상으로 기록을 갱신하기 전까지는 미국 역사상 한 사람에 의해 가장 많은 희생자를 남긴 총기 학살이었으며 이것 역시 저 열아홉 살 자생적 IS 대원 아델 케르미슈의 만행과 궤를 같이 한다. 유럽연합(EU)의 경찰기구인 유로폴이 내놓은 보고서에 따르면 2016년에 IS가 배후임을 자처하고 일어난 테러들 전부가 거짓말과 과대망상 사이에 놓여 있었다. 게이나이트클럽 펄스를 불지옥으로 뒤바꿔 놓았던 29세의 아프가니스탄계 미국인 오마르 미르 세디크 마틴도 IS의 리더 아부 바크르 알바그다디에게 충성을 맹세했다고 주장했지만, 미국의 수사당국은 IS와의 어떠한 직접적인 연관성을 찾지 못했다. 어느새 새뮤얼 헌팅턴의 『문명의 충돌』이 제기했던 도저한 문제의식은 구닥다리 모델이 돼 버린 것이다. 현실이 인문학의 차원에서 병리학(病理學)으로 넘어가 버린 탓은 아닐까. 2000년부터 2015년

사이 테러를 저지른 '외로운 늑대'들 가운데 35퍼센트가 정신질환자였으며 사상적 테러범과 사회부적응자 사이의 경계는 허물어진 지 오래다. 올해 5월 17일 새벽 강남역 10번 출구 부근 한 상가 2층 공중화장실에서 일면식도 없는 23세의 여성을 칼로 수차례 찔러서 죽인 34세의 남성 김모 씨도 별반 다르지 않다. 그는 피 묻은 칼을 쥐고 있는 상태에서 경찰들에게 체포되었는데, 다니고 있던 교회에서 여성 신도들이 자신을 무시해서 그랬다고, 여성혐오에 '묻지마범죄'가 뒤섞인 기이하고도 아리송한 진술을 늘어놓았다. 단순한 공포라고는 말할 수 없는 물음표 앞에서 우리는 당황하지 않을 수 없다. 교회와 군주가 악마이던 시대가 있었다. 자본주의와 공산주의가 악마이던 시대도 있었다. 이제는, 종교와 체제와 이념과 대중이 다 악마다. 이 시대, 이 어두운 세계는 악마이면서도 자신이 악마가 아니라고 믿게 된 악마들로 가득하다. 그렇다면 이 새로운 악은 무엇으로 해석이 가능한가. 크리스토퍼 놀란 감독의 영화 「다크 나이트」에서 히스 레저가 연기한 조커는 까닭 모를 광기는 차치하고서라도, 인질들을 납치범으로 분장시켜 진압부대로 하여금 무고한 살인을 저지르게끔 유도하는가 하면, 두 그룹의 인질들이 생존을 위해 서로 죽여야 하는 선택을 조성하기도 한다. 조커가 원하는 것은 한낱 악행의 노획물 따위가 아니다.

악의 위대한 승리는 더더욱 아니다. 그런 것들이야 루시퍼나 메피스토텔레스가 이미 다 해먹은 유치한 수준일 뿐이다. 조커의 관심사는 오로지 세상의 혼돈(混沌), 즉 카오스다. 세상이 하나님의 말씀(言語)에 의해 빚어지고 지어지기 이전의 그 완전무결한 개난장판으로 세상을 되돌려놓는 것, 그리고 그렇게 돼 가는 과정 속에서 그것을 막지 못하는 인간이 스스로의 무능력함에 낙담하고 절망하게 되는 난리법석, 뭐 그런 것들을 쉼 없이 시도하고 즐길 뿐인 것이다. 미국 전역에서 피에로 가면을 쓰고 전기톱으로 사람들을 위협하는 요상한 인간들을 상기해 보라. 괴물 가면이 아니라 피에로 가면인 것이다. 이것이 중요하다. 그들은 사탄이 아니라 문명의 웃는 모양으로 입이 찢어진 조커의 자식들인 것이다. 우리의 이웃들인 것이다. 어쩌면 우리 자신의 모습인 것이다. 이 상황이 왜 정녕 두려운가 하면, 흉측한 악마는 선과 악의 익숙한 이분법으로 애써 충분히 쫓아낼 수 있지만, 도대체 왜 저런 짓을 하는지조차 모르겠는 피에로의 '인간이라는 핵심과 원리 자체에 대한 테러'는 그 무의미에 익사당하는 듯한 나머지 극복할 방법이 아예 없어 보이기 때문이다. 우리의 현대 21세기는 왜 이 꼴, 이 사달이 나버렸을까.

20세기의 끄트머리에서 우리는 프랜시스 후쿠야마의 『역사의 종말』과 새뮤얼 헌팅턴의『문명의 충돌』이라는 두 권의 중요한 책과 조우한 바 있다. 40여 년간 지속되어 오던 냉전체제가 종식됐다. 소련이 망하면서 공산권에 대해 서구 자본주의가 완승을 거둔 것이다. 안티테제가 지워진 인간의 가치관은 변증법적 작용을 멈추게 되었고, 이러한 인류의 역사는 아무리 긴 시간이 흐른다 한들 근본적으로는 역사로서 자격이 없다. 이른바 '역사의 종말'. 그러나 프랜시스 후쿠야마는 자유민주주의 시장경제 체제 단 하나로 굳어진 세계가 역사성을 잃어버렸을지언정 현실로서는 오히려 안정적일 거라는 낙관을 피력한다. 이에 반해 새뮤얼 헌팅턴은 장구한 세월 동안 꽁꽁 얼어붙어 있던 이데올로기의 바다가 녹아 버리자, 그 밑에서 잠 깨어 갑자기 거대한 날개를 펼치고 솟아올라 하늘을 뒤덮은 저 유서 깊은 익룡(翼龍), 이른바 '문명의 충돌'이 이 세계를 불살라 버릴 수도 있다고 경고한다. 1992년에 초판이 출간된『역사의 종말』과 1996년에 초판이 출간된『문명의 충돌』을 2016년 현재에 와 인문학적 예측성의 측면으로만 저울에 달아 본다면 아무래도『문명의 충돌』쪽에 더 비싼 값이 매겨지지 않을까 싶다. 2001년 9월 11일, 하이재킹(hijacking)한 여객기를 자살폭탄 삼아 미국의 심장부를 강타한 알 카에다의 테러를 거쳐 지금 우리는 황당무계한 IS까지 목도하고 있으며, 전 세계 곳곳에서 자유민주주의와 시장경제는 다양한 형태의 새롭고 파괴적인 도전과 의심 들에 직면하고 있는 형국이니까. 하지만 인간과 세계에 관한 고뇌의 깊이와 그 깔끔함에서라면 저 두 문제작은 피차 손해 보지 않는 맞교환이 가능하다. 가령,『역사에 대한 종말』에서는 머리말을 대신하여『국가』에서 플라톤이 인간의 영혼에 욕망과 이성 말고도 하나 더 있다고 갈파한 튜모스(Thymos), '패기(覇氣)'라는 개념이 등장한다. 헤겔이 말한 인간과 동물을 구별하게 만드는, 타인으로부터 권위를 인정받기 위한 순수한 투쟁. 쉽게 풀자면, 스스로에게 어떠한 값을 부여하고 그것을 과시하고 싶어 하는 속성 정도가 될 것이다. 인간은 태어나면서부터 갖게 되는 정의에 대한 감각과 같은 것이 있는데, 이것이 좌절되면 분노가 생긴다. 자신이 생각하고 있는 만큼 자신의 가치가 존중받지 못하는(못한다고 생각되어지는) 상태가 지속되고 심화되면 급기야 미쳐 버리고 마는 것이다. 그런데 더욱 골치 아픈 것은 이 노릇이 아델 케르미슈, 제임스 홈스, 조승희, 오마르 미르세디크 마틴, 34세 남성 김모 씨에게만 해당되는 게 아니라는 점. 론 하워드 감독의 영화「뷰티풀 마인드」에서 러셀 크로우가 연기하고 있는 천재 수학자 존 내쉬는 1940년대 최고의 엘리트들이 모이는 프린스턴 대학원에 장학생으로 입학한 웨스트버지니아 출신의 천재다. 지나치게 내성적이라 무뚝뚝하고, 오만이라 할 만큼 자기 확신에 가득 차 있는 그는 어느 날 술집에서 금발 미녀를 둘러싸고 벌어지는 친구들의 경쟁을 구경하던 와중에 발견한 '균형이론'의 단서를 바탕으로 1950년 스물두 살 때 비협력 게임(Non-cooperative Games)이라는 논문을 써 박사학위를 취득하였다. 훗날 '내시균형(Nash Equilibrium)'이라고 불리게 되는 저 '비협력 게임의 평형개념'을 개발한 업적 덕에 그는 수학자로서는 이례적으로 1994년 노벨경제학상을 수상한다. 그러나 이십 대부터 내시는 조현병을 앓게 돼 사랑하는 아내를 살해할지도 모르는 지경에까지 이르게 된다. 그는 현실에는 존재하지도 않는, 파처라는 미정보국 고위 요원과 자신을 감시하는 소련의 스파이들과 찰스라는 프린스턴 대학원 절친과 한 소녀의 허상에 사로잡혀 이들과의 유령 관계 속에서 헤어 나오질 못한다. 이유는 의외로 간단하다. 다름 아닌 튜모스(Thymos), '패기(覇氣)'의 극도 과잉이다. 타인으로부터 자신이 생각하고 있는 만큼 자신의 가치가 존중받지 못하는(못한다고 생각되어지는) 상태가 지속되고 심화돼 급기야 미쳐 버리고 말았던 것이다. 인간은 못나서도 미치지만, 너무 잘나서도 더 잘나고 싶다가 미친다. 이 말을 비유적으로 정리하면, 아마도 다음과 같을 것이다.

— 인간은 못나서도 조커가 되지만, 너무 잘나서도 더 잘나가고 싶다가 조커가 돼 버린다. 이 어두운 세계를 대체 어찌 해야 한단 말인가?

우리는 우리 모두를 위해, 다른 누구도 아닌 각자 저마다에게 무엇을 해 주어야 한단 말인가.

— 별이 총총한 하늘이 갈 수 있고 또 가야만 하는 길들의 지도인 시대. 별빛이 그 길들을 훤히 밝혀 주는 시대는 복되도다.[9]

게오르그 루카치의 『소설의 이론』의 '제1부 문화의 전체구조가 완결되었느냐 아니면 문제적이냐에 따라 고찰해 본 대서사문학의 형식'은 '제1장 완결된 문화'라는 소제목을 앞세우고 위와 같은 문장으로 시작한다. 그렇다. 밤하늘의 별빛이 이 어두운 세계를 비춰 주던 시대는 얼마나 행복했던가. 필경 그것은 '희망'일 것이다. 미래에 대한 희망이라기보다는 자신이라는 존재에 대한 희망. 길을 읽을 수 있어 길을 잃지 않을 수 있는 한 인간으로서의 배짱. 그 어떤 역경 속에서도 나는 내가 누구인지 알고 있다는 용맹함. 신에 대한 감사와 역사에 대한 책임감과 예술에 대한 동경, 가질 수 없는 사랑의 영원한 기쁨과 가질 수 있기에 언젠간 식어 버리고 마는 사랑의 아픔. 그리하여 문학은 세상을 반영한 결과이기도 하지만 동시에 세상을 이해하기 위한 수단이기도 할 것이다. "오늘 어머니가 돌아가셨다. 어쩌면 어제였는지도 모른다." 1942년 5월 19일 카뮈의 『이방인』이 출간되었을 적에 그 첫 문장은 매우 충격적인 것이었다. 이는 화자가 시간에 대한 불신 내지는 불확실성의 문제를 제기하고 있는 듯한 인상을 준다. 19세기 전반 사실주의의 선구자이자 나폴레옹 숭배자였던 오노레 드 발자크의 작중 화자들은 자신과 자신을 둘러싼 이 세계에 관해 전부 파악하고 있는 완벽한 화자였다. 그들과 비교해 뫼르소의 저 따위 발언은 문학 설계도상 그야말로 '혁명적으로 또라이적인 것'이 아닐 수 없었다. 카뮈의 이방인에서 비롯되는 현대 전위소설의 뿌리는 절망하는 현대인과 불가해한 현대성을 대리해 표현해 주고 있다. 누보 로망(nouveau roman)의 기수 알랭 로브그리예의 첫 소설 『어느 시역자』가 씌어진 때가 1949년이니 사실상 『이방인』과는 동시대 작품이라고 볼 수 있으며, 그것은 거의 전적으로 제2차 세계대전의 영향이다. 처음 나타났을 때 문학이라기보다는 일종의 스캔들처럼 느껴졌던 누보로망은 전후 1950년대에 '동시다발적'으로 '발생'했던 것이다. 서구 이성의 본령인 유럽 한복판에서 아우슈비츠의 상상을 초월하는 학대와 도살이 다른 누구도 아닌 유럽인들에 의해 같은 유럽인들에게 자행되었다는 것 특히 그것도 유럽 지성과 문화의 핵심이던 유럽 유대인들에게는 본시 거대하고 혹독하고 긴 전쟁이 하는 일이란 그 전쟁 이전의 세계와 이후의 세계를 단절시키는 것이라는 일반론을 너무 착한 정답쯤으로 얕보게 할 만큼이나 무서운 종말계시록의 현현(顯現)이었다. "아우슈비츠 이후 서정시를 쓰는 것은 야만"이라는 아도르노의 선언도 여기서 나온 게 아니던가. 가히 위선적이고 끔찍한 광경은 어느 시대의 중심이 아니라 과거와 새로운 시대의 접경지대에서 펼쳐지는 경우가 많다. 마녀사냥은 흔한 착각처럼 중세의 관광 상품이 아니다. 그것은 근대 초기에 인간과 악마가 신을 능멸하며 벌인 지옥 잔치로서, 15세기 초부터 산발적으로 시작됐지만 정작 16세기에서 17세기가 전성기였다. 마찬가지로 제2차 세계대전은 현대의 페스트였다. 페스트의 창궐이 1000년간의 중세를 종식시켜 버렸던 것처럼 제2차 세계대전은 근대의 막을 내리고 현대라는 블랙홀 속으로 인간을 내던져 버렸던 것이다. 바로 그러한 세상을 반영한 결과이자 이해하기 위한 수단으로서 현대 작가들은 서사작품들에서 일부러 플롯을 해체시켜 버렸던 것이고, 요컨대 사무엘 베케트의『고도를 기다리며』는 그래서 태어났던 것이다. 이는 예술적으로 정당한 성과였고 인간에게는 귀한 도움을 주었다. 그런 말도 안 되는 문건들을 읽으면서, 사람들은 자신들이 인질로 잡혀 있는 세계의 깊은 핵심을 들여다보고 만져 볼 수 있었던 것이다.

그러나 2016년, 21세기 초반의 우리들은 어떠한가. 이제는 아무도 작가들에게 '재미있는 이야기' 말고는 아무것도 바라지 않는다. 그리고 이것이 내게는 문학의 죽음이 아니라 작가의 죽음이요, 인간의 죽음이라는 소리로 들린다. 인간은 '이야기의 동물'이 아니다. 인간은 '플롯의 인간'이다. 만약 당신이 문명인이라면 이게 맞다. 이야기는 자주 증발되고, 증발돼 버리면 끝이다. 온통 허무다. 하지만 자신의 플롯을 가지고 운용하는 자는 잘났건 잘나지 않았건 간에 그 어떤 환란과 방황과 권태 속에서도 좌초되지 않고 궁극적으로는 행복하다. 미쳐 버리지 않는다. 플롯을 믿는다는 것은, 인간에 대해 회의(懷疑)하면서도 인간에 대한 믿음을 저버리지 않는다는 뜻이다. 또한 20세기의 작가들이 플롯을 해체할 수 있었던 것은 역설적으로 그들이 플롯을 믿었기 때문에 가능한 일이었다. 그런데 지금의 이 어두운 세계 속에서 우리는 플롯의 진정한 의지와 육체를 모르고 기술적이기만 한 플롯으로 속이 텅 비어 버린 이야기를 기계적으로 강간해 대고만 있다. 그리고 그 와중에 조커들이 태어나고 자라나 세상을 배회한다. 작가인 나와 작가가 아닌 당신은 재미있는 이야기에 중독되고 함몰된 채 어려운 질문들을 외면해선 안 된다. 그것은 가짜 이야기, 가짜 플롯에게 진정한 플롯을 희생시키는 짓과 다르지 않다. 우리는 남이 써 준 자신에 관한 소설이 아니라 자신이 쓴 소설 같은 자신의 인생을 원한다. 지식이란 세상의 모든 것들을 분류하고 종합하고 재구성하는 것이며 지혜는 지식과 지식 아닌 것을 분류하고 종합하고 재구성해 행동하는 것이다. 지식이 없으면 지혜의 절반은 작동하지 않고, 지혜가 없으면 지식은 태반이 악용된다. 우리는 플롯 아닌 플롯만 있거나 아예 플롯이 없는 이야기에 홀려 21세기의 미아가 되어선 안 된다. 우리는 우리의 삶과 예술의 플롯을 결코 포기할 수 없다. 이 어두운 세계의 빛나는 작법을 끝까지 수련하고 사수하여야 한다. 아무도 나 대신 죽어 주지 못하는 사실이 아무도 나 대신 살아 주지 못한다는 사실과 조금도 다르지 않은 게 바로 인생이기 때문이다. 어둠은, 삶으로 규명하면 밝아진다.

(2016.12.)

비극에 대한 계몽

무엇이 비극이고 무엇이 희극인가. 기존의 상식만으로는 도저히 이해가 안 되는 것을 기어코 이해가 되는 것으로 만들고 싶어서, 일생을 대충 살아가는 대다수의 인간들 가운데 유별난 부류는 때로 제 목숨까지 바치며 새로운 이론을 내세운다. 싸워서 무너뜨린 상대가 대단할수록 승자의 힘과 위상은 더욱 강해지는 법, 마찬가지로 한 이론이 공략하는 어떤 문제가 악독할수록 그 이론은 절실하고 기념비적인 것이 된다. 개인의 호불호를 떠나서, 가령 카를 마르크스의 공산주의 이론 같은 것 말이다. 자본주의의 어둠을 걷어내기 위해 태어난 저 파란만장한 이론은 역사의 척추를 뒤흔들었고, 아직도 현재를 의심케 하며, 음으로 양으로 미래를 선동한다. 혁명가나 정치가를 겸직한 이론가든 아니든 간에, 어쨌든 이론가는 자신을 괴롭히는 장애와 모순만 제거할 수 있다면 그 나머지 영역들의 처지에 대해선 크게 신경쓰지 않는다. 물론 겉으로야 절대 안 그런 척하고 심지어 자기 자신까지 속일 수는 있겠지만, 기실 지식인이라는 복잡하고 소란스러운 종(種)이 원하는 바는 결국, "날 좀 알아 달라"는 것이다. 불편한 감정이 들어도 어쩔 수 없다. 만약 이러한 지적을 완전히 부정하는 이론가가 있다면 그는 이론가 이전에 게으른 자와 위선자 그 사이 어디쯤 서 있거나 둘 중의 하나일 것이다. 무서운 말이지만, 마르크스의 이론은 인간의 행복과는 애초부터 별 상관이 없다. 뛰어난 이론이란 오류가 없는 이론이 아니라 도리어 오류가 확실해 다양한 변종이 끝없이 재생산되는 이론이기 때문이다. 마르크시즘은 마르크시즘 스스로 영생하며 행복할 뿐이다. 따라서 이론가란 악마 메피스토펠레스에게 영혼을 파는 대가로 젊음을 얻어 순결하고 아름다운 처녀 마르가레테를 타락시키는 늙은 철학자이자 화학자 파우스트, 그리고 자신이 인간 시체의 뼈로 신장 8피트짜리 인형을 만들어 생명을 불어넣은 괴물에게 동생과 신부를 살해당하고 복수심에 불타 북극까지 그 괴물을 쫓아갔다가 탐험대의 배 안에서 비참한 죽음을 맞이하는 제네바의 물리학자 프랑켄슈타인을 닮았다.

　　모든 이데올로기는 현실권력에서 정점을 찍는 순간부터 자연스러운 소멸과 지혜로운 전환의 길을 택하지 아니하면 파시즘으로 전락함으로써 폭력과 야만의 숭배가 된다.

사상의 탓도, 제도의 탓도 아니다. 인간이라는 동물의 영혼이 원래 그렇게 생겨먹은 것이다. 이념이 페스트와 같은 역병(疫病)으로 둔갑한 파시즘은 이념의 과녁이 아니라 인간 본성 자체로 날아가 박혀 썩어 들어가기에 우익에만 있는 게 아니다. 좌익 파시즘이야말로 기상천외한 상상력과 참혹한 방법들을 총동원해 그야말로 현실 속에 무간지옥을 건설하는 죄악들을 전격적으로 저질렀다. 캄보디아의 크메르 루즈와 킬링 필드를 기억하는가? 독재자들 중 살상한 인명의 숫자로는 수석이 마오쩌둥, 차석이 이오시프 스탈린, 아돌프 히틀러는 고작 3등이다. 우리가 파시즘 하면 우익 파시즘만을 버릇처럼 떠올리게 되는 까닭은 파시즘이라는 단어의 시초가 베니토 무솔리니이고 파시즘의 일종인 나치즘의 총통 히틀러가 그쪽 동네에서는 가장 인상적인 슈퍼스타이기 때문일 뿐이다. 재즈는 협연을 거부한다. 재즈와 결합하는 순간, 그 어떤 유려하고 정체성이 분명한 음악이든 장르상 재즈로 편입돼 버리는 것이다. 파시즘도 마찬가지다. 파시즘은 숙주를 가리지 않는다. 파시즘은 종교와 신도 마구 잡아먹어 자기 살로 만들어 버린다. 종교파시즘은 IS 이전에도 버젓이 널렸었고 지금도 도처에 천의 얼굴들을 하고 승승장구 중이다. 과학도 열외가 아니어서, 나치즘이 인종을 사이비로 해석한 진화생물학이었듯 마르크시즘은 거짓

과학으로 포장된 신학적 역사해석일 수 있다. 이데올로기라는 것은 고도로 응축된 고집과 과학적 광기인지도 모르고, 적어도 누구도, 절대 아니라고 단언할 수는 '절대' 없다.

　그러나 이론을 정립하고 그것에 맞춰 활동함으로써 이 세계의 한계를 정면 돌파하려는 인간의 시도가 없었다면 역사란 진보와 퇴보를 떠나 매우 심심하고 밋밋한 것이 돼버렸을 것이다. 지금까지의 내 말은 이념이 무용하다는 것도, 사망에 이르게 하는 병원균이라는 것도 아니었다. 이념이 가지고 있는 양면성, 그 악마적 속성을 조심하자는 뜻이었을 뿐이다. 인간은 확실히 '이론의 인간'이다. 이론을 만들든 이론을 따르든 한다. 심지어는 신과 외계인에 대한 이론까지. 하지만 우리가 반드시 명심해야 할 것은, 어떤 혼돈을 대함에 있어 '이치(理致)'를 이론보다 저능한 것으로 보고 이론에만 치중할 경우 굉장한 낭패에 직면하게 되는 경우가 꽤 많다는 점이다.

　이론은 이치라는 분자의 분모이다. 이론이 이치를 나눈 결과가 클수록 그것은 곧 이론의 값어치가 된다. 이치를 지키지 않는 이론은 더러운 당쟁이 되기 십상이다. 그러나 지식과 지성이 미개한 사회일수록 이론은 미신과 미숙함 그 사이에 서 있거나 그 둘 다이기 마련이고, 지금 우리는 그것이 우리 사회와 국가의 모습이 아니라고 주장할 자신이 없다.

현재로 미래를 함부로 예상하는 것만큼 현재로 과거를 함부로 확정짓는 것은 매우 위험한 짓이다. 인간의 기억이란 굉장히 나약하고 자의적이어서, 과거에는 그렇지 않았지만 현재에는 이러한 상황이 10년만 지속되면 과거에도 이러했다고 백퍼센트 착각한다. 요즘이야 '북한 붕괴'라는 소리가 우스갯소리가 되어 버릴 정도로 흔해졌지만 내가 장편소설 『국가의 사생활』을 부산의 한 숙박업소에 틀어박혀 쓰고 있던 2008년만 하더라도 모종의 급변사태에 의한 한반도 통일이라는 것은 SF적 상상력의 미덕을 훨씬 뛰어넘는 미친 소리 취급을 받았다. 그런데 이제는 역으로 지식인들 사이에서 북한 붕괴론을 아예 부정해야 마땅하다는 논설이 심심치 않게 여기저기서 튀어나온다. 이것이 왜 '역으로'냐 하면은, 작용에 대한 반작용, 그간 북한 붕괴론이 그만큼 득세를 하고 있다는 것의 반증이자 방증이기 때문이다. 건실하고도 합리적인 방향으로서의 북한 붕괴론에 대한 논의가 아니라 당쟁으로서의 그것에 대한 찬반만이 승하게 된 것이기 때문이다. 북한 붕괴론을 혐오하는 이들은 대한민국 정부가 터무니없는 망상으로 북한과의 외교를 망치고 있다고 지적한다. 그 외에도 불만 사항들이 수두룩한데 이것들은 정작 현 정권이 마음에 들고 안 들고를 차치하고서 소정의 일리는 있어도 얼마든지 반박이 가능하며, 미래는 여전히 뭔가 꺼림칙한 물음표로 남는다. 그리고 이럴 때야말로 우리는 '이치'에 기대야 한다.

일본에서는 '분로쿠[文祿], 게이초[慶長]의 역[役]'이라고 하고 중국에서는 '만력(萬曆)의 역(逆)'이라고 한다는 임진왜란은 1592년부터 1598년까지 두 차례에 걸쳐서 왜국이 조선을 침략한 사태를 이름이다. 제1차가 임진왜란, 제2차가 정유재란이지만 포괄적인 의미에서 이 두 가지를 합쳐 통상 임진왜란이라 불러도 무방하다. 16세기 말 선조대의 조선은 지난 이백 년 동안 국소의 간헐적인 왜침을 제외하고는 전쟁을 치른 적이 거의 없는 나라였고, 해서인지(정령 이것이 변명이 될 수 없는, 극도의 한심함과 야비함 투성이었지만) 무력(武力)의 와해와 방심이 뼛속까지 체질화된 터였다. 반면, 도요토미 히데요시가 이제 막 피비린내가 몰아치는 전국시대를 종식시키고 통일을 이룬 참인 일본은 15세기 후반부터 밀려든 서양 상인들을 계기로 발전한 상업도시들이 기반인 신흥세력의 역심(逆心)과 역량(力量)을 밖으로 내몰고 갑작스런 평화에 몽롱해진 백성들을 하나로 규합하기 위해 조선과 명나라를 칠 채비가 한창이었다. 당시 일본군은 그야말로 세계 최강의 군대였다. 일례로, 임진왜란에서 그토록 국력을 진탕 소모하고 되돌아간 2년 뒤임에도 불구하고, 도쿄 북쪽 세키가하라에서 도요토미 히데요시 파와 도쿠가와 이에야스 파가 후일 에도막부 시대를 열게 되는 결전을 벌일 때 사용된 총자루 수가 공식적으로 기록된 것만 각기 4만 정, 합이 8만 정이었다. 비공식으로는 10만 정 이상으로 추정되는데 이는 일본이 땅덩어리래 봤자 30만 평방킬로미터에서 실질적으로는 21만 평방킬로미터에 불과했던 그 시절 유럽 전역 450만 평방킬로미터 안의 총자루 수가 총8만 정 정도였던 것을 감안하면 실로 어마어마한 군사력이었다. 왜국은 조선에 통신사를 반복해 요청하고 있었다.

거두절미하고, 가당치도 않은 우여곡절들을 겪은 끝에 조선 조정은 1589년 9월경에 일본의 실상과 도요토미의 저의를 파악하기 위해 통신사를 보내기로 결정했으나 10월에 정여립의 모반사건이 발생해 통신사 파견은 버릇처럼 또 지연되었고 11월 중순쯤에 겨우 통신사 일행을 선정했는데, 정사는 황윤길, 부사는 김성일, 서장관에는 허성이 임명됐다. 통신사 일행은 1590년 3월에 일본으로 떠나 1591년 3월 1일에 한양으로 돌아왔다. 그러나 이것은 가공할 어리석음의 중간계투일 뿐이었다. 조선은 일본이 요구하고 있는 정명가도(征明假道), '조선은 일본에게 명을 도모하러 가는 길을 내어 놓으라'는 말 앞에서 아니나 다를까 기질과 특기를 살려 당파로 분열됐다. 정사 황윤길과 부사 김성일의 일본 정세에 대한 견해 차이가 동인과 서인 사이의 싸움으로 번

졌던 것이다. 서인인 황윤길은 일본이 수많은 전함들을 건조하고 있어서 반드시 침략할 것이라고 주장한데 반해 동인인 김성일은 침략의 조짐이란 조금도 없었을 뿐 아니라 도요토미 히데요시는 두려워할 만한 인물이 아예 못 된다고 하였다. 통신사 서장관 허성은 동인이었으나 역시 외변이 일어날 가능성이 분명히 있으며 특히 일본에 들어온 새로운 문물들이 너무도 신기하고 놀라웠다고 하였다. 이는 김성일을 수행했던 황진 역시 마찬가지였다. "눈빛에 광채가 돌았고 담력과 지략이 있어 보였다. 그리고 일본 전국을 통일한 직후여서인지 자신감이 넘쳐보였다. 분명히 조선으로 쳐들어올 것이다."라고 황윤길이 증언한 도요토미 히데요시와, "일본은 쳐들어오지 않을 것이다. 행여 오더라도 그리 걱정할 바가 없다. 도요토미 히데요시는 성격이 파탄 난 바보다. 게다가 전쟁을 일으키려 할 때는 은밀하게 움직이는 것이 상례이다. 저렇게 허세를 부리지는 않는다."라고 김성일이 증언하는 도요토미 히데요시와의 차이는 지금도 후세의 우리들을 황당하게 한다. 당시 광해군을 세자로 추천했던 서인들은 선조의 미움을 받아 정철, 성혼 등의 영수들이 귀양을 갔으며 이들의 처벌 수위를 놓고 동인은 다시 북인과 남인으로 갈라설 정도로 당파싸움이 치열했다. 동인들은 정치적 수세에 몰린 서인들이 전쟁의 위험성을 과장하여 동인의 공격을 막으려는 속셈이라고 믿었던 것. 조선 조정은 반신 반의하면서도 결국은 전쟁설을 퍼뜨려서 민심을 혼란스럽게 할 필요가 없다는 김성일의 주장을 받아들이게 된다. 그래서 성을 쌓는 등 그동안 그나마 왜란을 방비하던 것마저 명을 내려 중단시켰다. 선위사 오억령은 "왜국이 내년에 조선 땅을 빌려 명나라를 정복하려 한다."는 보고를 하기도 했지만 도리어 파직당했다.

이윽고 1592년 4월 13일 오후 5시, 일본의 20여 만 병력은 모두 아홉 개의 부대로 나뉘어 조선으로 밀려들었다. 당시 일본의 총 병력이 30여 만이었던 것을 감안한다면 전 병력의 3분의 2가 조선 침공에 투입된 셈이었다. 나머지 병력 중 약 10만여 명은 도요토미 히데요시의 지휘 아래 나고야에 머물러 있었으며, 3만여 명은 교토를 수비하고 있었다. 4월 30일 선조는 백성들의 돌팔매와 그들 손에 불타오르는 경복궁을 뒤로 한 채 개성과 평양을 거쳐 의주로 줄행랑을 쳤고, 조선은 불과 20일 만인 5월 2일 수도 한양을 내주고 말았다. 그 이후는 더 기술할 필요를 못 느낀다. 다만 일본의 사무라이들은 너무 놀라 진심으로 이렇게 말했다고 한다. "왕이 도망을 가다니! 세상에 이런 전쟁도 있을 수 있단 말인가?"

평상시 최악의 경우를 대비해야 한다는 것은 국가는 물

론 어느 조직 어느 개인에게도 적용되는 당연한 이치이자, 국가운영 교본과 국제정치학에서 금과옥조로 자리 잡은 지 오래인 기초이론이기도 하다. 가정해 보자. 선조대의 조선이 임진왜란이라는 '비극'을 미리 상정하고 그것을 대비하는 과정, 곧 '비극에 대한 계몽'을 통해 스스로를 개혁하고 재건할 수 있었다면, 그것은 임진왜란이 일어나고 안 일어나고를 떠나서 조선의 무조건적인 이득이자 홍복(洪福)이었을 것이다. 신산(神算)에 성실(誠實)이 더해지면 천운(天運)도 인조(人造)에 이른다. 그런데 이 신산이라는 것이 바로 이치로 감싼 이론인 것이고, 성실이 바로 그러한 것의 부단한 운용인 것이다.

역사란 역사적 필설로 정리가 된 탓에 만사가 진중하고 비감해 보이지만, 막상 사건 발생 당시를 솔직히 들여다보면, 항시 '블랙코미디의 외양을 띤 채 자연재해'처럼 덮쳐오기 마련이다. 1989년 11월 9일 베를린 장벽이 무너지고 1990년 10월 3일 서독이 동독을 흡수 통일하던 풍경이 그러했으며 그럴 줄은 전 세계의 어느 누구도 몰랐다는 게 공인된 정설이다. 1922년 레닌에 의해 강제 구성되어 69년 동안 지속된 소비에트 사회주의 공화국 연방이 1991년 크리스마스를 맞이하여(농담이 아니라 정말로 12월 25일에!) 해체되는 과정 또한 그러했으며 그게 그러리라 예측한 사람은 역시 전 세계에 아무도 없었다. 우리가 오늘날 북한 붕괴를 연구하고 대비하지 말아야 할 이유가 정쟁(政爭) 말고는 대체 어디 있단 말인가? 조선통신사 부사 김성일이 지금 여기 살아 돌아온다고 해도 북한 붕괴론으로 민심이 흉흉해질 거라는 소리는 차마 입 밖에도 내지 못할 것이다. 오히려 우리는 민간부터 정부 최고위층까지 갑작스러운 통일과 그 이후에 대하여 의식적, 무의식적 무관심이 자기방어로 중독돼 있지 않은가 말이다. 통일준비를 무슨 '테마파크 놀이'로나 여기고 있는 저 사상과 신념의 오합지졸 같은 통일준비위원회는 하루빨리 해체되어야 한다.

『약사경(藥師經)』에는 이런 대목이 있다. "부처님의 교법을 많이 들었으나, 아직 깨닫지 못하였는데도 이미 깨달았다고 생각하는 교만함이 생겨서, 그러한 교만함이 마음을 덮어 버린 까닭에 자신은 옳고 남은 그르다 하며, 부처님의 정법을 싫어하고 비방하면서 마구니의 패거리가 되는 이도 있느니라." 나는 이것이 이치를 무시하고 이론 축에도 못드는 시비걸기와 말싸움으로 '비극에 대한 계몽'을 외면하고 있는 이 나라의 정치 지식인들에 대한 준엄한 경계로 들린다. 도대체가 이 나라에서는 당위(當爲)를 말하면 현상(現象)을 왜곡하며 욕을 해대고 현상을 말하면 당위를 악용하며 멱살을 잡는다. 그리고 당위는 당위로 현상은 현상으로 나누어 논하면 확신에 불타는 표정으로 대뜸 칼을 들이댄다. 이 나라에서는 일단 무조건 사납지 않으면, 아무도 살아남지 못하고 아무것도 남아나질 않는다. 이 나라에서 힘이라는 것은 필요와 상징과 은유가 아니라 정말로 폭력을 가리킨다. 무지와 증오가 이념인 이 나라에서 안전한 것은 어떤 분야에서든 광신도들뿐이다. 이러한 우리에게 찾아올 통일은 축복 이전에 아수라일 것이다. 이제라도 우리는 북한 붕괴는 물론이요 가능할 수 있는 모든 통일 상황들에 대해 상상하고 설계해야 한다. 북한 붕괴가 당위는 아닐 수 있다. 그러나 그것이 현상으로 나타날 개연성은 그 어떤 반론 앞에서도 매우 충분하다.

세상사는 이치와 이론 정도가 아니라 불교의 연기론(緣起論)을 적용해야 할 만큼 복잡하고 오묘하다. 어디서 뭐가 어떻게 터질지 전혀 알 수가 없다. 그리고 역사 안에서 인문학자들은 원하든 원치 않든 어쩌면 어느 정도 점쟁이의 운명을 책임지고 있는지도 모른다. 인간과 세계의 개개(箇箇) 근본 이론들과 그 총체로서 '역(易)' 즉 '변화(change)'를 다루고 있는 『주역(周易)』은 점(占)에 대하여 다음과 같은 네 가지를 유의하라고 가르친다. 첫째, 올바르지 않은 일은 점치지 말라. 둘째, 자기 의지를 점치진 않는다. 셋째, 결과가 빤한 것을 점치진 않는다. 넷째, 자기가 생각할 수 있는 한은 생각해 선택의 폭을 최대한 좁혀 놓은 상태에서 나의 결정의 참고로 삼아라.

따라서, 우리는 북한 붕괴의 여부를 가지고 당쟁을 일삼을 필요가 없다. 북한 붕괴라는 난제를 넘어선 혼돈이 우리에게 닥쳤을 때에도 우리가 너끈히 그것을 감당할 수 있도록 '비극에 대한 계몽'을 성공시키면 그뿐인 것이다. 이것은 점을 쳐서는 안 되는 일이다. 첫째, 북한이 붕괴가 되든 말든 그냥 북한 붕괴 사태에 대해 준비하면 무엇으로든 합해서 선(善)을 이룰 일이니까. 해야 할 일이니 하는 것이다. 둘째, 그런 준비를 해야 하는 것은 우리의 의지이니 점을 칠 까닭이 없다. 하고 싶은 것은 하는 것이다. 셋째, 그러한 준비를 잘하면 어떤 식으로든 좋은 결과가 있을 것이 빤하니 역시 북한이 붕괴되느냐 마느냐를 따질 것이 없다. 요행을 바라지 않는 것이다. 넷째, 우리는 최선의 노력과 올바른 선택으로 우리의 운명을 스스로 결정할 것이니, 그것이 곧 우리의 괘(卦)이고 점(占)이다. 자, 이것은 희극이 될 것인가, 비극이 될 것인가? 이제는 이 역시 아무 상관이 없게 되었다. 우리가 우리의 '비극에 대한 계몽'을 외면하지 않는다면.

(2016.8.)

인용문 출처

1   스티븐 킹, 김진준 옮김, 『유혹하는 글쓰기』(김영사, 2002), 334쪽.

2   하세 세이슈, 손예리 옮김, 『소년과 개』(창심소, 2021).

3   커트 보니것, 이원열 옮김, 『아마겟돈을 회상하며』(문학동네, 2019), 9쪽.

4   생텍쥐페리, 박성창 옮김, 『어린왕자』(비룡소, 2000), 81쪽.

5   랜섬 릭스, 이진 옮김, 『페러그린과 이상한 아이들의 집』(현대문학, 2011), 11쪽.

6   제롬 데이비드 샐린저, 정영목 옮김, 『호밀밭의 파수꾼』(민음사, 2023), 260쪽.

7   칼 세이건, 김한영 옮김, 『에필로그』(사이언스북스, 2001), 329쪽.

8   빅터 프랭클, 이시형 옮김, 『빅터 프랭클의 죽음의 수용소에서』(청아출판사, 2020), 26쪽.

9   게오르크 루카치, 김경식 옮김, 『소설의 이론』(문예출판사, 2007), 27쪽.

고독한 밤에
호루라기를 불어라

1판 1쇄 펴냄   2023년 8월 18일
1판 5쇄 펴냄   2024년 6월 28일

지은이   이응준
발행인   박근섭, 박상준
펴낸곳   ㈜민음사
출판등록   1966. 5. 19(제16-490호)
서울특별시 강남구 도산대로1길 62(신사동)
강남출판문화센터 5층(우편번호 06027)
대표전화   02-515-2000
팩시밀리   02-515-2007

ISBN   978-89-374-2616-2 03810

* 잘못 만들어진 책은 구입처에서 교환해 드립니다.